戦渦の神宝

機本伸司

ハルキ文庫

角川春樹事務所

目次

戦渦の神宝

第一章　降臨

一

「なあ、俺《おれ》たち何でここにいるんだろうな？」

ふり向いた気弱そうな男が、列の最後尾を行く外園武志《そとぞのたけし》に聞いた。

丸眼鏡《まるめがね》をかけた初老の大学教授を先頭に、二十歳《はたち》そこそこの男五人が一列に続いている。全員、茶色い帽子をかぶり、雑嚢《ざつのう》を肩にかけていた。

「さあな」武志が首をかしげる。「それに答えられる人間なんて、この世にいないんじゃないか？　自分が何でここにいるかなんて……」

山道は、さほど険しくはない。しかしすぐ下を流れる沢は、さまざまな形状の巨石に覆われていた。彼らを取り囲む木々に、セミの鳴き声が反響している。

全員、集合場所の大阪《おおさか》駅前で今朝《けさ》出会ったばかりで、教授に命ぜられるまま乗り込んだ電車を降りて歩かされていたのだが、佐竹《さたけ》、下田《しもだ》、杉崎《すぎさき》、関川《せきかわ》という、彼らの名前と簡単な自己紹介ぐらいは武志も聞いて覚えていた。

「戦地送りになるはずが、こんな山の中とは……」
　汗をふきながら、体格のいい下田が彼に言う。
　三條薙刀《さんじょうなぎと》と名乗った先頭の教授からは、行き先も目的も、まだはっきりと知らされてい
ない。
「あの先生は俺たちをどうするつもりなんだ?」小柄な関川が、不安げに周囲をきょろき
よろしながらつぶやいた。「何でこんな山の中へ……。ひょっとして、何かの生贄《いけにえ》?」
「まさか……」下田はふき出しそうになっていた。「兵役免除した上で、俺たちをわざわ
ざ連れてきてるんだ。殺したりはしないだろう」
　確かにその通りだと、武志も思った。
　学徒出陣で召集され、死さえも覚悟していた。にもかかわらず入隊検査の後、条件付き
で兵役を免除するというのだ。条件というのは、昭和《しょうわ》二十年七月二十五日付で、内務省の
外郭団体である社団法人、帝国考古協会《ていこくこうこきょうかい》へ入社し、その関西支部の調査部に配属されるこ
とだった。徴兵ではなくなるものの、事実上の徴用だといえる。
　その理由が、五人には分からなかった。しかも正式な辞令が交付される前日——つまり
今日、大阪と奈良《なら》の境にある生駒《いこま》山の北麓《ほくろく》から、協会の顧問だという大学教授に連れられ
て、山道を歩かされている。
「大阪にも、こんな秘境のようなところがあるんだな」と、丸顔の杉崎があたりを見回し
ながら独り言を言った。

「この道で合っているのか？」

ひょろりとして背の高い佐竹がたずねると、杉崎は首をひねった。

こんな彼らとの共通点について、武志は自己紹介のときに知った。実は五人とも、大学は違うものの、文学部史学科の学生で、考古学を専攻しているのだ。そして彼らを引率している三條教授の専攻も考古学で、帝国考古協会の顧問を兼任しているという。

しばらくして彼らは、石造りの小さな鳥居の前に到着した。

その脇《わき》にある、やはり石の社号標には、「磐船明神社《いわふねみようじんしや》」と刻まれている。

磐船神社については武志も少しは知っていたが、この時期に自分がそこへ連れてこられるというのは、彼にとって意外なことだった。

鳥居の手前の木陰で、三條教授は「止まれ」と彼らに命じた。

整列した五人に向かい、教授が点呼を始める。

「佐竹、下田、杉崎、関川、外園」

関川だけは、「声が小さい」と怒られ、点呼をやり直していた。

「ふん、『サ・シ・ス・セ・ソ』の順か。『サ行分隊』だな」

そうつぶやく教授は、微笑《ほほえ》んでいるようにも見えた。そして一度、軽く手をたたいてみんなに言う。

「さあ、宝探しだ」

教授から『サ行分隊』と呼ばれた五人は、お互いの顔を見合わせた。

下田がやや躊躇《ちゅうちょ》しながらも、教授に聞き返す。

「宝探し、でありますか？」

「私は軍人じゃない。普通に話してくれていい」と、教授が言う。「体を楽にして聞いてくれ。君たちをここまで連れてきたのは、明日、帝考協——帝国考古協会に着任する君たちにとって、磐船神社こそが任務の内容を理解してもらうには格好の場所だからだ。話の後で、研修を兼ねて早速作業を始めてもらおう」

「それが宝探しですか」と、下田が繰り返した。「一体どんな宝なんでしょうか？」

もっともな質問だという顔で、教授がうなずく。

「天璽瑞宝十種《あまつしるしみずのたからとくさ》——十種瑞宝《とくさのみずのたから》とも言う。『先代旧事本紀《せんだいくじほんぎ》』に記されている宝物だ」

「先代……旧事本紀……」

佐竹がそうつぶやくのを聞いた三條教授が、みんなに説明した。

『先代旧事本紀』は、『古事記《こじき》』『日本書紀《にほんしょき》』に匹敵する歴史書と考えられていた時期もあり、神代から物部《もののべ》氏の系譜などを含めて、推古《すいこ》天皇の時代までが書かれている。所在不明の神皇系図一巻を除けば全十巻で、瑞宝は、その巻第三『天神本紀』と巻第五『天孫本紀』に登場する。天孫ともいわれる饒速日命《にぎはやひのみこと》が天から降《くだ》られる際に、天神御祖《あまつかみみおや》から授けられたのが発端だという。

「その降臨伝説があるのが、この磐船神社だ」教授は、鳥居の方に顔を向けた。「場合によってはここが、神話時代の中心地となっていたかもしれない」

杉崎が、「で、肝心の瑞宝は、どんなものなんですか?」とたずねた。

「十種瑞宝というのは、その名が示すように十種類ある。手帳にでも書いておくといい」

教授にそう言われた五人は、雑嚢からそれぞれ手帳を取り出した。「いいかな? 鏡二種、剣一種、玉四種、そして比礼《ひれ》三種で、合計十種だ」

「鏡、剣、玉は三種の神器にありますし、漠然《ばくぜん》とならなら分からないでもないのですが……」

と、杉崎が聞いた。「比礼というのは?」

「大学で習わなかったか? 女性が首にかけて前に垂らす、襟巻きのようなものだ」

「それらを授かって降臨したのが磐船神社だとすれば、瑞宝はここのどこかに?」

教授は首をふった。

「いや、ここかどうかも含めて、その後の行方《ゆくえ》について、『旧事本紀』にも最後までは明らかにされていない。可能性のありそうなところを手分けして探し始めたところだ」

「お言葉ですが」伏し目がちに、関川が言う。「戦況が日毎《ひごと》に悪化するなかで、国のために働く覚悟を決めた自分たちが、宝探しとは……」

教授ににらまれた彼は、半歩ほど後ずさりをした。

「確かに宝探しなどしている場合ではない。この戦時下で何故《なぜ》という気にもなるだろう。しかし、モノにもよる。非常時だからこそ、探すべき神宝がある。今から話すことは、我々だけの秘密だ。家族にも話すな。いいな?」

全員がうなずくのを確認してから、教授が小声で言った。

「この瑞宝調査は、内務省の管轄ではあるが、実質的には陸軍からの依頼である」

やはり、と武志は思った。そのために考古学を学んだ学生のなかから、ちょうど入隊寸前だった自分たちが緊急に徴用されたのだ。教授の説明が続く。

「十種すべてをそろえ、一二三祓詞《ひふみのはらえことば》とも布留《ふる》の言《こと》ともいわれる祝詞《のりと》の一種や、それぞれにつけられている名前を唱えながらこれらの瑞宝を振り動かせば、死者をも蘇《よみがえ》らせるほどの霊力があると、『先代旧事本紀』の記述から読み取れる」

五人はうなずきながら、教授の話を聞き続けた。

「つまり十種瑞宝とは、国家の隆盛をも操れる霊力が備わった神宝なのだ。陸軍では十種をすべて見つけた上で、なるべく早期に戦勝祈願すべく計画している。瑞宝こそが、この国難を救ってくれると信じてな」

教授は五人の前を、ゆっくりと歩き始めた。

「ところがその十種瑞宝は、長らく失われたままだ。しかも今、軍が宝探しをしていられる状況ではない。軍の体面にもかかわる。既存の考古学研究所や大学の研究室に依頼するのもはばかられるし、時局をかんがみれば満足な調査は期待できない」

「それで、協会が担当することに？」と下田がたずねた。

「陸軍の外郭団体には、陸軍美術協会や機械化国防協会などがあって、それぞれの特長を活《い》かしてお国のために貢献している。帝考協は内務省の外郭団体ではあるものの、その点において何ら変わりはない。神国日本の独自性を、考古資料によって明らかにしていくことを目的に設立され、他の考古学研究所などとは一定の距離をおいて活動を続けている。そして今回、帝考協が瑞宝調査の依頼を受け、その関西支部に動員がかかったというわけだ。早速、野間《のま》支部長を団長とする調査団が結成され、総力をあげて探している」

彼はふいに、苦笑いを浮かべた。

「ところが協会は、定年をむかえた役人たちの再就職先でもある。野外調査となると、ほとんどの人員は役に立たない。民間業者に業務を委託し、十名以上の作業員を得るには得たが、このご時世だ。活きのいい現場監督を除けば、臨時雇いの女性か年寄りばかり……」

佐竹が自分を指さした。

「それで、大学で考古学を専攻していた我々を引き抜いたと？」

「そういうことだ。君たちはまったくの素人《しろうと》でもないし、何より若い。ただし極秘調査なので、かり出せる人員は限られていたがな」

「ご期待に添えるかどうか……」佐竹が頭をかきながら言う。「でも我々みたいな援軍が求められたということは、ここまでの調査結果というのは……」

「ああ。芳しくない。七月末までという指示があったにもかかわらず、いまだに手がかりさえつかめていない有り様だ。軍からの突き上げもあって、支部長も私も焦っていたんだが、東京で協会長が軍部に陳情し、二週間延長していただけた」

「と、いうことは？」

「八月十四日までには発見しなければならない。すでに手分けして各地を探しているところであるが、磐船神社も候補にあげて軍に報告していたものの、手がつけられずにいた」

「それでここへ？」

「そうだ。瑞宝探しは、急を要する。正式な辞令交付前ではあるが、諸君は自らに課せられた任務を的確に把握した上で、直ちに作業に取りかかってもらいたい。瑞宝を見つけた者には、報奨金が出るだろう」

それを聞いた五人の顔が、ややほころんだように見えた。

「ただし」と、教授がつけ加える。「見つけられなかった者は、今度こそ戦地送りだ。しかも名誉なことに、最前線の激戦地へ」

そうなれば、間違いなく自分は死ぬと武志は思った。

「で、先程もお伺いしましたが」と、杉崎が遠慮気味にたずねた。「肝心の十種瑞宝はどんなものなんでしょう？　たとえば三種の神器とは、どう違うんですか？」

「八咫鏡《やたのかがみ》、草薙剣《くさなぎのつるぎ》、八《や》尺瓊勾玉《さかにのまがたま》」教授は指を折りながら言った。「これら三種の神器と同様、さっきも言ったが十種瑞宝にもそれぞれ名前がある。いいかな？　鏡は瀛都鏡《おきつかがみ》、辺都《へつ》鏡《かがみ》の二種、剣は八握剣《やつかのつるぎ》一種、玉は生玉《いくたま》、死返玉《よみかへしのたま》、足玉《たるたま》、道返玉《みちかへしのたま》の四種、比礼は蛇比礼《へみのひれ》、蜂比礼《はちのひれ》、品物之比礼《くさぐさのもののひれ》の三種」

杉崎は手帳に記入した後、首をかしげていた。

「三種の神器は一種につき一つなのに、十種瑞宝は同じ種類のものが、三つあったり四つあったりするんですね。三種の神器と同じ三種でもよかったたし、比礼を加えたいのなら四種でもよかったと思うんですけど、何で十種もあるんでしょう？」

「私に聞かれても分からない」教授は首をふった。「ただ、三種の神器とは別の原理で瑞宝は構成されているのかもしれない。また『十』というのはキリがいいので、十種としたのではないかという考え方もできる」

「こだわるようで恐縮ですが、何で比礼が十種瑞宝に入ってるんでしょうか？　宝物として、比礼がそれほど価値のあるものなのかどうか、自分にはよく分からんのですが」

「それも想像するしかないが、絹製で、さらには金糸、銀糸が使われ、意匠にも何らかの工夫が凝らされていたとすれば、相当の価値があったのではないかな」

「それぞれの形状とか、特徴は？」と、杉崎は聞いた。「絵とかはないんでしょうか？」

「全くないわけではない。奈良の石上神宮《いそのかみじんぐう》で原則的に毎年十一月に催される鎮魂祭《ちんこんさい》において、五角形の袋に、紙に描かれた十種瑞宝の絵が納められて神前に奉納される」

「袋が五角形なのは、いわゆる薬包みのようにして瑞宝の絵を納めるからですか？」

「いや、袋は紙を貼《は》り合わせたものらしいが、五角形をしているいわれについてまでは分からない。しかも肝心の瑞宝の絵が、どの程度真実を写しているかも不明だ。実のところ、『旧事本紀』に書かれてある以上のことはほとんど分かっていない」

杉崎は口をとがらせた。

「そんなよく分かっていないものを探すんですか？」

「分からないと言っても、鏡は鏡、剣は剣に違いない」

「そうおっしゃられても……、たとえば八握剣というのは、柄《つか》が八つあるんでしょうか？　そんなの、持ちにくいと思うんですが……」

「いや、柄の部分の長さが握り拳《こぶし》八つ分ということではないかと考えられる。だから剣というより、むしろ短槍《たんそう》に近いのかもしれない」

「玉はいかがでしょう？」と、佐竹がたずねる。「やはり勾玉状のものですよね？」

「それに関しては丸玉——つまり真球状の宝珠だという説も聞いている。実は軍や協会上層部には、そう信じている者もいる」

「じゃあ、比礼は？」と、下田が聞く。「今言われたように、金糸、銀糸が織り込まれていると考えていいんでしょうか？」

「織り込まれているというか……、『羅』といわれる絹で織った薄物を基布として、金糸などが刺繡《ししゆう》されているのではないかと私は想像している」

「でも布製なら、もう朽ち果てて現存していないのでは？」

　下田の脇腹を、杉崎が肘《ひじ》で軽く小突いている。

「そこが瑞宝じゃないか。自らの霊力で保たれているに違いない」

　横で聞いていた武志は、思わずつぶやいた。

「それはまた、有り難いことだな……」

「何だと？」

杉崎ににらまれた武志は、小刻みに首をふった。

「いや、何でもない」

二人のやりとりを無視するかのように、三條教授が説明を続けた。

「たとえば中国には、紀元前のものとみられる刺繍が残っているという。日本でも、奈良の中宮寺《ちゅうぐうじ》に七世紀ごろの作と考えられる天寿国繍帳《てんじゅこくしゅうちょう》が残されているし、瑞宝の比礼というのも、そういうものかもしれない。水に浸《つ》かったままの状態で維持されているなど、保存状態が良ければ絹でも十分残り得るし、少なくとも金糸、銀糸は現存しているに違いない」

関川が手をあげて質問した。

「十種は、まとまってあるんでしょうか？　それともバラバラになっているんですか？」

「いや、それも分からない」と、教授が答える。

彼は、かすかにため息をもらしていた。

「分からないことだらけですね……」

「とにかく、調査だ」教授は再び、鳥居に目をやった。「ここの宮司にも、すでに話は通してある。さ、行こう」

鳥居をくぐる教授の後を、サ行分隊の五人はついて行った。

二

三條教授がまず、社務所を訪れる。

中から現れた袴《はかま》姿の宮司に、みんなで挨拶《あいさつ》をした。

そして教授は宮司に、今後瑞宝の手がかり、あるいは瑞宝そのものが見つかれば、必ず連絡するよう伝える。それから少し歩き、巨大な岩の御神体を支えているかのように建つ、小さな拝殿へ向かった。

「今後の調査計画の成功を祈願するとすれば、ここは外せない」と、教授が言う。

教授の後ろに五人が並び、全員そろって、二礼二拍手一礼をした。

杉崎は関川を小突きながら、「お前まさか、縁結びをお願いしたんじゃないだろうな」と冷やかしている。

教授は一度咳払《せきばら》いをして、みんなに言った。

「神国日本にとって、十種瑞宝は最後の希望と言っても過言ではない。全員、心して調査するように。しかも大至急だ。期限の八月十四日まで、あと三週間しかないからな。諸君の当面の宿舎などは、協会が用意してくれる。そういう心配などせずに、調査に集中してくれればいい。見つからなければ戦地送りだということをくれぐれも忘れんように」

「どんなお宝が見つかるんだろう……。日本史を揺るがすような発見になるかもしれんな」

　佐竹がそう言うと、みんな笑顔になった。

　ただし武志だけは横を向き、「とうとう戦争も神がかりか……」とつぶやいた。

「何か言ったか?」

　三條教授が聞き返す。

「いえ」背筋を伸ばして、武志が返答する。「要するに陸軍のご命令に従って、瑞宝を探せばいいんですね」

「君は、口を開いたかと思えば……」教授は武志をにらみながら、彼のまわりを歩いている。「我々のやることに、文句でもあるのか?」

「ありません。しかし……、この国難を瑞宝に救ってもらうというのであれば、神風に期待するのとさほど違わないと思わないでもありません。いよいよ万策尽きたとしか……」

「君に何と言われようが、どんな策を講じてでも決して負けるわけにはいかないんだ。早速、瑞宝発見の手がかりを探す。君たちは、磐座《いわくら》の方を頼む」

　教授は、五人を岩窟《がんくつ》の入り口へ案内した。

　いくつもの巨石が、奥の方まで重なり合うように続いている。ここは一般の参拝者が拝観もできるらしい。ただしこの岩場をくぐり抜けて出口まで向かうのは、一苦労ではないかと武志は思った。

　同僚たちは佐竹を先頭に、岩窟の入り口から次々と中へ入っていこうとしかける。

佐竹がふり返り、「先生は入らないんですか?」とたずねた。

「私は宮司さんに案内してもらい、拝殿の方を調べさせてもらう」

「拝殿は分からないでもないですが」と、武志が言った。「この磐座の先には瑞宝はおろか、その手がかりもないとしか自分には思えません」

「また君か。探しもしないで」教授は眉間《みけん》に皺《しわ》を寄せている。「そうとは限らんだろう」

「でも参拝者も通っているところですし、そんなものがこの先にあるのなら、とっくに見つかっていてもおかしくないですよね。言わせていただければ、磐船神社は双六《すごろく》で言うと、あくまで『振り出し』だといえます。それからざっと二千年以上は経過していると考えられている。瑞宝が見つかるとすれば、他のところではないかという気がします」

「学者として、君の言うことは分からんでもない。それでも瑞宝発見の可能性のあるところはすべて調査して、軍に報告しなければならんのだ」

「で、その候補地は?」

「私と帝考協幹部、それから実作業を仕切っている現場監督が協議し、すでに一覧表を作成して軍に提出した。そこにあげた箇所はすべて調査せねばならない」と、教授が言う。

「『旧事本紀』には物部氏についての記述が多く含まれています。物部氏にゆかりがある神宝だとすれば、やはり物部氏の氏神が祀《まつ》られている石上神宮などを最優先に探すべきではないですか?」

「君に言われなくても、すでに調査している。私も近々、石上神宮へは行く予定にしている」返事をしない武志に、教授が聞いた。「まだ何か、言いたいことがあるのか?」

彼は少しためらった後、覚悟を決めたように言った。

「そもそも瑞宝存在の根拠とする『旧事本紀』には、偽書だという説があったはずです」

それを聞いた佐竹や下田たちは、不審げに顔を見合わせている。

かまわず、武志は話を続けた。

「江戸時代に数名の国学者たちによって、『旧事本紀』よりも後の時代に書かれたはずの『古事記』や『日本書紀』、『古語拾遺《こごしゅうい》』などと似た箇所があるなど、複数の疑問点が指摘されていたのでは?」

「いや、序文だけが偽物ではないかという説もある」と、教授は言う。「また記紀などにはない記述が、『旧事本紀』にはいくつもある。少なくとも瑞宝についてはまったく根拠のない話とはいえず、信じるに足るものだと私は考えたい。それに『瑞宝章《ずいほうしょう》』という美しい勲章はこの瑞宝にちなんだもので、当初は瑞宝の鏡を意識してかたどろうとしていたという話も聞いたことがある。だから『ミズノタカラ』が長くて言いにくければ、『ズイホウ』でもかまわないと思う。

とにかく『旧事本紀』によらずとも、瑞宝という表現こそ登場しないが、神から授かったという神宝は、『古事記』、『日本書紀』、また『古語拾遺』にもみられ、瑞宝と同等のものであると推察される」

「すると瑞宝の鏡は、瑞宝章の勲章みたいな形なんですか?」と、杉崎がたずねた。

「いや、そこまでは分からない」首をふりながら、教授が答える。「肝心の瑞宝が所在不明のため、やむなく瑞宝章は伊勢《いせ》神宮《じんぐう》の宝鏡をかたどったようだが」

もし瑞宝が現存していたとしても、その霊力については疑問ではないかと武志は考えていた。さらに言えばそれに頼ろうとする軍の姿勢も大いに疑問だったが、どうせ怒られるだけだと思い口にはせず、他のことを聞いてみた。

「先生方が一覧表にあげた候補地で見つからないのだとすれば、十種瑞宝はすでに、何者かの手に渡っている可能性も考えておくべきでは？　たとえば古美術商とか、あるいは個人の収集家とか……」

「だったら、どうだと言うんだ？」

「もしそうならば、とても探しきれないでしょう。先生は、瑞宝が見つかると確信されておられるのでしょうか？　どんなものかも分からないのに……」

立ち止まっていた五人の周囲を歩いていた三條教授は、武志の正面で彼を見据える。

「外園武志」

名前を呼ばれた彼は、「はい」と返事をした。

「軍からの報告書には、私も目を通した。君は成績優秀だが、なかなかの偏屈者のようだな。さっきから私の言うことにあれこれ口答えしては、屁理屈《へりくつ》ばかりこねている」

鉄拳《てっけん》制裁を覚悟した武志は、その場で姿勢を正した。

「ただし」と、教授が言う。「協会の今の進め方で、成果があがっていないのは事実だ。

また私のようなしがらみだらけの考古学者は、はっきりと分からないことについては黙っているものだ。妙な説を口走って、恥をかきたくないからな。そういう大胆な発想と行動は、君たちのような若者にしかできないかもしれない。だから私は、君たちにはむしろ、協会で探しきれないようなところを探してほしいと願っている」

教授は、武志の肩に手を置いた。

「君のように特異な才能を秘めている可能性のある人物に、円滑な団体行動ができるとは私も考えていない。君の使い方については、私から支部長に進言しておくとしよう。まあ今日のところは、私の指示に従った方が君のためだと思うがね」

「しかし本土決戦寸前にまで追い込まれ、この期に及んで瑞宝の霊力に頼るとは……」

武志は、言わない方がいいと思っていた霊力のことを、つい口走ってしまった。

けれども教授は、ニヤリとしながら答えた。

「何だ、間違っているとでも言いたいのか？　帝国考古協会にしても、期日までに瑞宝を見つけられなければ責任をとって解体するしかないだろうし、私や君たちだってどうなるか分からない。つまり是が非でも瑞宝を探し出し、戦争に勝利するしかないのだ」

無茶苦茶《むちゃくちゃ》だ、と言いかけたが、きっとそれが戦争なのだと武志は思い返した。その末端にいたるまですべて間違っていたとしても、何もおかしくはないのだ。

「磐船神社の調査結果については、明日、軍に報告する手筈《てはず》になっている。君たちの勤務態度も含めてな。断れば即、戦場送りだ。君は命令に逆らって死にたいのか？」

教授にそこまで言われても、瑞宝を見つけるのは相当な困難をともなうと武志は考えていた。それでも、宝探しをしている間は何とか生き延びることができるかもしれない。今の自分には、瑞宝を探すしか選択肢はないと思えてくる。

彼は唇をかみしめた後、「ご命令に従います」と教授に告げた。

「よし」と一言、教授が答える。

そして同僚たちに続き、彼も岩窟に入っていった。

十種瑞宝探しというのは、まるでこの岩窟の中のように、まったく先が見通せない大仕事になると、彼は思った。それでも、やるしかない。しかし同僚たちの後について、岩と岩の狭い間隙をくぐり続けている間、自分は何と場違いなところで、見当違いのことをしているのかという感情を、彼は抑えられずにいた。

ならば、どこなら場違いじゃないのか？　そもそも自分は、何でここにいるのだろうか？　武志は神社に入る前に関川に言った、自分自身の言葉を思い出していた。その質問に答えられる人間なんて、きっとこの世にいないに違いないのである。

それにもし十種瑞宝なるものが現存するのであれば、考古学的関心から見つけてみたいという高揚感のようなものも、彼はおぼえ始めていた。ただし予想はしていたが、岩窟の中をどれだけ奥へ進んでいっても、瑞宝の手がかりは見つかりそうにない。

出口に近づいたとき、かすかにサイレンの音が聞こえたような気がした。

「空襲警報だ」と、関川がつぶやく。

確かに遠くの方から、まるで遠雷のような音と混ざって聞こえてくる。

「このへんは大丈夫だろう」と、杉崎は言った。「狙《ねら》われているのは、市街地に違いない」

確かに今は大丈夫かもしれない。しかし急がないと……、と武志は思った。

三

翌朝、武志は大阪の京橋《きょうばし》にある、帝国考古協会関西支部へ向かった。

南西方向に大阪城を見ることができ、その周辺には軍需工場である大阪砲兵工廠《こうしょう》の敷地が広がっている。また、南へ少し行ったところには、陸軍第四師団司令部庁舎があった。

帝考協の関西支部は、京橋駅に近い四階建てのビル内にある。

出勤してきた武志は、まず総務部長に挨拶した。五十代後半で、さほど元気のなさそうな男だった。彼につれられて、支部長室へ向かう。

「外園武志、入ります」

そう言って、部屋の扉を開けた。

応接家具の奥にある大きな机に、支部長の野間茂平《もへい》が座っていた。国民服を着た小太りの男で、チョビ髭《ひげ》を生やしている。この男が調査団の団長を兼務しているらしい。

佐竹、下田、杉崎、関川の四人は、すでに出社していた。

「おはようございます」

武志は野間支部長の前まで進み、一礼した。

「おう、おはよう」と、支部長が言い、席から立ち上がる。

五人は、支部長の前に整列した。

「いやあ、昨日はえらい目にあった」

彼は頭に手をあててぼやき始めた。どうやら昨日の空襲のことを言っているらしい。

「この先の森《もり》ノ宮《みや》あたりは、相当な被害が出とる。ここは何とか助かったものの、えらい騒ぎで仕事も手につかんかった……」

一度窓の外に目をやった後、彼が再び話し始める。

「さて、君たちには本日付で正式な辞令が交付される。帝国考古協会の一員として、どうか職務に邁進《まいしん》してくれたまえ。知っての通り、我が帝考協は十種瑞宝の調査業務を請け負った。君たち若者の力を、是非《ぜひ》ともこの場で発揮してもらいたいと心から願っている。現地入りする前に、まず支部を案内しよう。軍の関係者がご参加になる連絡会議があるので、それにも冒頭のみだが出席してもらう。そして明日からいよいよ、現地の調査団と合流や」

全員、「はい」と大きな声で返事をした。

野間支部長に続いて部屋を出るとき、本棚に目をやった武志は、『古事記』『日本書紀』などとともに、『先代旧事本紀』やその関連本が並んでいるのを見つけた。当然のことながら協会は、瑞宝にまつわる資料もそろえているようだ。

その後五人は、支部長に事務所内を案内してもらう。関西支部には総務部の他、経理部、業務部、調査部などがあったが、確かに戦力になりそうにもない中高年がほとんどだと、武志は思っていた。ただし調査部特別調査課の課長を除いて……。

三十代のよく日焼けした男を、支部長がやや緊張した面持ちで五人に紹介する。それが特別調査課課長の堤敦男《つつみあつお》だった。作業机と向き合うように置かれた事務机に足をのせ、新聞を読んでいる。机の上には書類の他、黒の中折れ帽と色眼鏡がおいてあった。

「君らの直属の上司になる」と、支部長が教えてくれた。

支部長は何故か彼の前では緊張しているようで、武志は見ていて、どちらが上役か分からないという気がしていた。

「よろしく。普段は現場にいることが多いんだが、今日は会議やら何やらで事務所にいる」

堤課長がそう言うと、五人はそろって頭を下げた。

「まあ、そう硬くなるな。実は俺も、君らと同じだ」

微笑みながら堤課長が、事情を説明してくれた。彼は陸軍の元軍曹で、やはりこの任務のために除隊し、帝考協に急遽《きゅうきょ》新設された、特別調査課に着任したのだという。

要するに軍との連絡役ではないかと、武志は想像していた。

「そんなわけで、特別調査課長と言っても名ばかりだ。考古学はむしろ、君らの方が詳しい。しっかり頼む。さて、俺の方からも話しておきたいことがある。会議室へ行こう」

支部長と五人は、彼の後について行った。

会議室は二十人程度が入れる大きさで、正面に黒板があり、長机と椅子《いす》が「コ」の字形に並べられていた。それらとは少し離して、黒板の前にも長机と椅子が置かれている。

課長は五人を並んで座らせ、自分は支部長とともに反対側に着席した。

「話というほどでもないが、予備知識として聞いておいてもらった方がいい」課長はそう前置きして話し始めた。「俺は現場へは行くものの、支部長も俺も、基本的には管理業務なんだ。三條先生から聞いたかもしれないが、調査業務は機動力も要求されるため、協会からさらに、民間に委託して進められている。実地の作業は主に、その業者がすることになる。したがって現場では、君たちも現場監督の指示に従って動いてほしい」

「現場監督というのは？」と、佐竹が聞いた。

「請け負ったのは海道《かいとう》組という会社だ。現場監督はその社員で、城戸《きど》徹《とおる》という」

堤課長の話によると海道組は、海道商会という商社の子会社だという。

「どうして、海道組に？」

武志は課長にたずねてみた。

「海道組に請け負わせるのは、軍の意向でもあったんでな。それ以上のことは、俺にも言えん。それと、これも聞いたかもしれんが、瑞宝調査に関して、軍はあくまで後方支援の立場でしかない。軍の関係者が現場に立ち合うことは、ほぼないと考えてもらいたい」

武志が軽くうなずいていた。

「軍にとっての関心事は、瑞宝の発見のみというわけですね」

「まあそういうことだ。軍が直接宝探しをするというのは、大きな問題がある。そこで帝国考古協会に業務を委託し、帝考協ではさらに実地の作業を民間企業の海道組に請け負わせたという流れだ……」

彼がそこまで話し終わると、扉をたたく音がして、三條教授が入ってきた。

五人は起立し、教授に挨拶をした。

「じゃあ、ここで少尉の到着を待つことにしますか？」と、野間支部長が言う。

「少尉？」

聞き返した関川に、支部長が答えた。

「陸軍第十五方面軍司令部、十種瑞宝調査担当、辛島久史《からしまひさし》少尉だ。調査状況の確認と激励のため、わざわざ協会まで定期的にお越しいただいている」

そのとき、総務部担当者が扉を開け、彼らに告げた。

「ご到着されました」

支部長たちが起立するのを見て、五人も再び立ち上がる。

腰に軍刀を佩用《はいよう》した辛島少尉は、二名の下士官を連れて会議室へ入ってくると、黒板を背にして立った。

「気をつけ」

支部長のかけ声を合図に、全員、少尉に一礼する。

「ほう、新入りか」

まず支部長が、五人の名前を呼びながら、彼らを少尉に紹介した。

少尉は一つうなずいた後、五人を見て話し始めた。

「諸君も承知の通り、戦況ははなはだ厳しい。同盟国であるドイツはすでに降伏し、アドルフ・ヒトラー総統もお亡くなりになられた。わが国においても、本土決戦の日は確実に近づいている。事情は聞いていると思うが、そんな折なればこそ、瑞宝発見は急務である。言うまでもなく、日本は神国だ。十種瑞宝に祈れば、必ずや救われる。故国のため瑞宝は必ず発見してもらわねばならない。君たちの活躍に日本の未来がかかっていると言っても、決して過言ではない」

これはちょっと笑えない状況ではないかと思いながら、武志は聞いていた。

さらに少尉の話が続く。

「ただし瑞宝探しは、機密事項である。軍の関与も、この協会までだ。やむを得ない事情を除いて、口外してはならない。君たちもそのつもりで。分かっているだろうが、『見つからなかった』では済まされない。命がけで探せ」

「はい」

五人は声をそろえて返答した。

機密と言っても体面上言いたくないから機密扱いなのであって、石上神宮などの関係者は当然知っている。まあ、あまりペラペラ喋《しゃべ》るなということだろうと武志は思っていた。

次に三條教授が、昨日の磐船神社での調査報告をした。

続けて堤課長が、明日から五名の新人とともに、石上神宮へ入ると少尉に伝えた。石上神宮においては「禁足地」と呼ばれる区域を中心に、すでに発掘作業を進めているが、武志ら五人も、まずそこに合流させるのだという。

「禁足地、ですか……」武志は思わずつぶやいてしまった。「そこは明治《めいじ》の初期にも調査しているはずです。新たに瑞宝が出土する可能性は低いのでは？」

「何だと？」課長が武志を横目でにらんだ。「前回の発掘で見つかっていないこともあり得るだろう。我々は調査し尽くさなければならない。石上神宮ではさらに、『神倉《ほくら》』などの調査を進めている」

「しかし……、神倉の宝物も、多くは織田信長《おだのぶなが》による焼き討ちの際に、奪われたといいます」

「そのなかに、瑞宝があったかどうかは分からんじゃないか。貴様は、どこを探せばいいと言うんだ？」

「いや、それはまだ、自分にも……」

「そもそも貴様、我々の調査方針に従わないつもりか？　言っておくが、兵役免除された貴様らは、二等兵にもなりそこなった、三等兵以下だ。そんなことも分からんのか！」

課長の罵声《ばせい》を聞きながら、またやってしまったと武志は思っていた。黙っていればいいものを、つい自分の考えを口走っては、いつの間にか相手を怒らせていることが武志にはちょくちょくあった。人付き合いが苦手な自分の、大きな欠点の一つである。

辛島少尉も、けげんそうな表情で彼を見つめて言った。

「宝探しより、よほど戦地へ行きたいらしいな」

野間支部長が、深々と少尉に頭を下げている。

「何分、配属されたばかりでありますので……。新人には今後、しっかり指導いたします」

「まあ、いい」少尉は片手を前につき出した。「責めるつもりはない。むしろこの任務に関して、意見具申は大いに歓迎すべきかもしれん。我々では考えつかないようなところを探し、是非、瑞宝を探し当ててもらいたい」

少尉は、昨日の三條教授と似たようなことを言うと、「じゃあ、よろしく頼む」と言って席を立った。

そして支部長や教授らとともに、連絡会議のため支部長室へ向かう。

三條教授は退出する際、堤課長に「明日から現場はお願いします」と告げていた。

武志が、「先生は?」とたずねた。

「私は顧問だから。大学の講義や何やらで、常勤というわけにはいかなくてな。そんなわけで明日は無理だが、近々行く予定にはしている。君たちもしっかりやってくれたまえ」

五人はそのまま会議室で、三條教授らが作成した候補地のリストなどを見せてもらいいながら、現場の状況や今後の調査計画について堤課長から説明を受けた。

話の後、会議室を出た武志が、課長にたずねる。

「あの、自分たちの席は？」

彼は黙ったまま、課長席の前にある作業机を指さした。

「強《し》いて言えばこの机だが、君らの席は、ここにはない。これからずっと、現場に出てもらうからな。さて、明日から忙しくなるぞ。現場監督にしっかり可愛《かわい》がってもらえ」

堤課長は、一人で笑っていた。

「今日の残り時間は、明日からの任務に備えておいてほしい。まあ、今日のうちにしっかり遊んでおくんだな」

そう言うと課長は、その場で彼らに解散を命じた。


「三等兵以下か……」事務所を出てすぐ、杉崎はつぶやいていた。「確かにその通りかもな。けど三等兵でも、犬死にするよりはましだ」

関川が首をふっている。

「でも三週間以内に瑞宝を見つけられないと、激戦地送りじゃないか。犬死にまでの片道切符を渡される……」

「さて、これからどうする？」佐竹がみんなにたずねた。「準備と言っても、特にすることもないしなあ」

「打ち合わせでもするか？」と、関川が言う。

「それは明日、現場を見てからでもいいだろう。それより課長のお許しも出てることだし、どこかへ遊びに行かないか？　俺たちの親睦《しんぼく》をかねて」

彼の提案に、下田も杉崎もうなずいている。

しかし武志は、手を横にふった。

「僕はちょっと、調べたいことがあるんで……」

「何だ、付き合いの悪い奴《やつ》だな」顔をしかめて下田が言う。「それにいきなり三條先生や堤課長に反抗的な態度をとるなんて、世渡り上手《じょうず》とも思えん」

「反抗してるつもりはない。自分の生きたいように生きたいだけだ。もっともどう生きればいいか、僕にもまだよく分からないんだが……。それより君らも、予習しておかなくていいのか？　確か支部長室の本棚に『旧事本紀』に関する本が何冊かあったけど」

「だからそれも、現場へ行けば嫌と言うほどたたき込まれる」佐竹が彼の肩をたたいた。

「じゃあ明日、現地で合おう」

四人が武志に背を向け、京橋駅の方に向かって歩いていった。

四

武志は取りあえず、十種瑞宝について書かれた資料などがないかどうか、自分なりに探してみることにした。

実はこの近くに、武志がよく通っていた古書店があったのだ。難波《なんば》に構えていた大きな本店は三月の空襲で焼けてしまったが、支店のうちの一軒が京橋に残っているはずだった。ただし昨日の空襲で、そこも閉めているかもしれない……。そんなことを考えながら、彼は駅前の商店街へ向かっていった。

確かに多くの店が、品不足のせいもあってか閉まっている。古美術商も一軒あったのだが、そこもどうやら閉店していた。この分では古書店もどうなっているか分からないと思いつつ、彼は歩き続けた。

店先が戸板に覆われた商店街の一角で、『旧文字屋《くもじや》　京橋店』という看板を掲げたその書店は、ぽつりと開いていた。

入り口にリヤカーが一台とめられていて、壁には「古本高価買入いたします」の貼り紙がある。古本が並べられた平台の片隅に、小さな招き猫が置かれていた。

受験のときも大学に入ってからも、この書店には随分助けられてきたと思いながら、武志は店内に足を踏み入れる。さらに、左右に本棚が並ぶ狭い通路を進んでいった。一人で探すより、店主がいるなら彼に聞いた方が早いと考えたのだ。

一番奥に、首から手拭《てぬぐ》いをぶら下げたステテコ姿の男が、ハタキを持って立っている。度の強そうな眼鏡をかけた顔を、武志はよく覚えていた。天馬《てんま》寛八《ひろや》という彼の名前も聞いて知っている。あれこれと古書選びの指南をしてくれた彼は、武志にとって学校の先生も同然だった。

寛八も眼鏡に手をあてながら、入ってきたのが武志だと分かると笑顔になった。

「やあ、いらっしゃい」

武志は帽子を取り、ぺこりとお辞儀をした。

「ご無沙汰《ぶさた》してます。お店が開いていたので、助かりました」

寛八は手拭いで顔を拭《ふ》きながら、話し始めた。

「せやけど難波の本店も家も焼けてしもうて、家族は堺《さかい》の方に疎開させたんや。他の支店も閉めざるを得んことになって、今、開けてるのはここだけですねん」

彼はハタキで店内を指し示した。

「店は狭いけど、買いつけはできる。いい本は、空襲で焼ける前に仕入れておきたいからな。専門書や資料価値の高そうなものは、ぼちぼちと疎開先に移してるんや」

「じゃあ、この店には？」と、武志がたずねた。

「雑誌や、当面売れそうな実用書がほとんどやな。けど仕入れた本を元手に、またいつか本店を再開するつもりや。今はみんな、生きることと食うことに必死やけど、人間、食うだけでは満たされん。わしらの仕事が必要になる時代が、きっとまた来ると思とる」

天井の方を見つめていた彼は、ふと気づいたように、武志に顔を向けた。

「ところであんさん、兵隊に行ったんと違うかったんか？」

武志は苦笑いを浮かべた。

「それがある事情で、宝探しをすることに……」

「宝探し？」

　彼には打ち明けてもいいだろうと、武志は思っていた。第一そうしないと、資料のことも聞けないのだ。武志は話していい範囲で、彼に瑞宝のことを説明した。

「なるほどなあ」寛八はハタキを置いて、腕組みをした。「『旧事本紀』については知らんわけやない。それについて書かれた本を何冊か見た覚えがある。石上神宮の宝物に関しても、信長による襲撃の顚末記《てんまつき》や、明治における禁足地の調査資料なら、うちにもあった」

「あった？」と、武志が聞き返す。

「ああ、本店にあった分は、全部焼けてしもたからな。ただ瑞宝の行方について書かれた資料があったかどうかというのは……、ちょっと思い出せんなあ」

「そうですか」武志はうなずきながら、彼に言った。「もし関連する本か資料が手に入ったら、お手数ですが教えてもらえますか？」

　自分は当分、石上神宮にいることを彼に伝えた。

「では、よろしくお願いします」

　武志は再びその場で頭を下げ、寛八と別れた。

　店を出た彼は、次に玉造稲荷神社《たまつくりいなりじんじゃ》へ行ってみようかと思っていた。鏡、剣、玉、比礼とある瑞宝のうちの、玉について手がかりが得られないかと考えたのだ。玉造神社も六月の空襲で社殿は焼失していたはずだが、それでも何かあるかもしれない……。

京橋から南へ向いて歩き出した彼は、昨日の空襲の惨状を目《ま》の当たりにしていた。延々と続く瓦礫《がれき》からいまだに立ち上る煙をながめながら、ひょっとして、このあたりにも瑞宝の手がかりがあったかもしれないのにと思った。そして、ふと見つけた道端のお地蔵さんに供えられていた、百日草の花束をぼんやりながめていたときだった。

若い女性の叫び声が、彼の耳に届いた。

「泥棒！」

五

顔を上げると、書類入れのような行李《こうり》をかかえた若い男が、こっちへ向かって走ってくるのが見えた。後ろから、上はセーラー服だが下はもんぺ姿の女学生が追いかけている。

「泥棒！」と、再び女学生が声を張り上げていた。

咄嗟《とっさ》に武志は、泥棒らしき男の進路をふさぐ形で道の真ん中に立った。しかし、ものすごい勢いで迫ってきた男は空いている方の手をふり上げ、武志の肩を殴りつける。

その衝撃をもろに受けた彼は、その場に転倒してしまった。

すぐに上半身を起こしてふり返ると、行李をかかえた泥棒の進行方向に、別な男がいるのが見えた。浮浪者ではないかと思えるほど、汚れた服を着ている。

その男の前を泥棒が通り過ぎようとした瞬間、彼は泥棒の前に片足を出した。転倒すると同時に泥棒が行李を落とし、中身が散乱する。

急いで立ち上がった泥棒は、あわてて拾えるものだけ拾い集め、追いつかれまいとして再び走り出した。懸命に逃げる泥棒の姿が、次第に遠のいていく。

追いかけていた女学生は、腰を下ろしたままの武志の前をやや行き過ぎ、やがて立ち止まった。膝《ひざ》に両手をつき、荒い息をしている。

彼女が追いかけていた男の姿は、もう見えなくなっていた。

武志は立ち上がり、女学生にかけ寄った。

「大丈夫ですか？」

声をかけてみたものの、彼女の呼吸はまだ乱れている。

垂れ下がった横髪にやや隠れてはいたが、可愛い顔を汗まみれにしていた。

泥棒を転倒させた浮浪者風の男も、二人のそばに近づいてくる。大きめの背嚢を担いでいて、年は武志より二つ三つ上に見えた。無精髭を伸ばし、怪我《けが》でもしたのか右目を黒い眼帯で覆っている。

武志はその男に「何で追いかけなかった」と聞いた。「捕まえられたかもしれないのに」

「走ったら、腹が減る」と、男が答える。「事情も分からんし」

息を整えながら、女学生がようやく話し始めた。

「お賽銭《さいせん》を、盗まれた……」

「お賽銭？」

武志が聞き返すと、女学生はうなずいた。

「私、この先の、鵲森宮《かささぎもりのみや》神社《じんじゃ》でお世話になっている者です」

「すると、巫女《みこ》さん？」

「まだ見習いですけど」と、彼女は答えた。

「空襲の後に賽銭泥棒とは、最低だな」浮浪者風の男が首をひねっている。「泥棒の風上にも置けない野郎だ」

武志と女学生が男の顔を見つめると、彼は手をふった。

「いや、俺は違う」

「しかしあんた、何でこんな焼け跡近くでウロウロしていたんだ？」

武志がたずねると、男は「お前こそ」と言い返していた。

「お賽銭だけじゃない」と、女学生がつぶやく。「せっかく焼け残った神社の宝物も……」

「宝物？」

浮浪者風の男が、即座に反応を示す。

彼女の話によると、鵲森宮神社も昨日の空襲によって大きな被害を受け、皆で後始末に気を取られているところを狙われたのだという。

賽銭箱に手を入れているところを見つかった泥棒は、半焼した蔵に逃げ込んだものの、物色する間もなく、何が金になるかも分からずにいたとき女学生に見つけられ、取り急ぎそのあたりのものを盗んで逃げたようだった。

武志は、道に落ちたままになっている行李に目をやった。古いものらしく、ところどころに焼け焦げたような跡がある。

そばに一冊の古文書らしきものがあるのを見つけ、拾い上げた。

糸で綴《と》じられていて、表紙に『神事本紀《しんじほんぎ》』と書かれている。さらに『滅』という副題らしきものも書き添えてあり、ちょっとした雑誌ぐらいの厚みがあった。

「それです。ありがとうございます」

中身が気にならないでもなかったが、武志はそのまま彼女に渡すことにした。

彼女は受け取ると、嬉《うれ》しそうに表紙をなでていた。そして浮浪者風の男が拾って差し出した行李の中に、それをしまいながら言う。

「他にもまだ二巻あったはずです」

「ということは、全部で三巻？」と、武志は聞いてみた。

念のため、彼は周辺を見回してみたが、他の古文書は、やはり見当たらない。

「いえ、本当は四巻なんです。一巻は、昨日の空襲で焼けてしまいました。焼け残った三巻のうち、他の二巻を盗《と》られてしまったんです」

泥棒が逃げ去った方を見ながら、浮浪者風の男が言った。

「もう追いつけないぜ。しかもこのご時世、警察に言っても無駄だ。あきらめるんだな」

「そんな……」

行李を抱きしめながら、女学生がつぶやく。

「とにかく、それだけでも持ち帰って、宮司さんに報告するしかない」と武志が言うと、女学生は唇をかみしめながらうなずいた。

そして体の向きを変え、自分が走ってきた道をゆっくりと戻り始めたのだった。

武志も女学生につられるようにして、一緒に歩き出す。

ふと横を見ると、浮浪者風の男もいた。

「何であんたがついてくる」

そうたずねた武志に、男は「お前だって」と答えた。「せっかく戻った宝物を、また盗まれちゃ何にもならない。だから俺が守ってやってる」

「あんたの方がよっぽど危なそうだ」

「この見てくれなら、そう言われても仕方ないか」男は自分の眼帯を、人指し指で軽くつついた。「これは大陸で、いろいろあってな。もっともそのおかげで除隊できたんだが」

そう言いながら、男が苦笑いを浮かべる。

「このあたりの生まれなのか?」と、武志は聞いてみた。

男が関西なまりでなかったので、そのことも不審に思えたのだった。

「どこでもいいじゃないか」と、彼が答える。「このへんでないのは確かかな。まあ、知らない人間ばかりの方が、俺には都合がいいわけだ」

「じゃあ、仕事で来たのか?　何をしている?」

「生き残るためには、何でもする。俺には学もないしな」彼は頭に手をあてた。「お前こそ何してる？　兵隊には見えないし、ただの学生とも思えんが」

軍に頼まれて瑞宝を探しているとも言い出せなかった武志は、「あんたに話しても仕方ない」と、つぶやいた。

「名前ぐらい教えてくれたっていいだろう。減るもんじゃなし」

確かにその程度ならいいと、彼も思った。

「外園武志」

「タケシだと？」

「『武士』の『武』に『志す』で、武志だ」

男は女学生にも聞こえるぐらいの大声で笑い出した。

「そりゃお前、名前負けしてるぜ。『武志』なんて、勇まし過ぎる。お前なんか、『ヘタレ』で十分だぜ」

「ヘタレ？」と武志は聞き返した。

「ああ。『屁《へ》っ垂《た》れ』を縮めて『ヘタレ』。頭でっかちで腕っぷしの弱い、『外園ヘタレ』だ」

ムッとしている武志の顔を、男がのぞき込んで続けた。

「違うというのか？　泥棒に殴られて、伸びてたくせに。ヘタレが嫌なら、ヘンタイでどうだ？　『外園ヘンタイ』」

武志は女学生に目をやりながら、ぽつりと「まだヘタレの方がましだ」とつぶやいた。

「まあそう気を悪くするな」男が武志の肩に手をのせる。「お前がヘタレじゃないところを見せてくれたら、ちゃんと名前で呼んでやるよ」

男の手を払いのけながら「あんたこそ、名前は?」と、武志が言う。

そうたずねられた男は、焼け跡の方に顔を向け、たなびく一筋の煙をながめて答えた。

「煙《けむり》……、藤四郎《とうしろう》」

「煙?」と、武志が聞き返す。

「人を煙《けむ》に巻いて煙たがられてんだから、煙でいいじゃないか」

「しかも名前がトーシローだと? あんた、ふざけてるのか?」

「そうむきになるなって。今はトーシローでも、いつかは玄人《くろうと》になるかもしれん。第一、本名なんか聞いても仕方ないだろ。そのうちみんな、戒名になっちまうんだから。まあ、お前を屁っ垂れ呼ばわりする罪滅ぼしだと思って、俺のことは藤四郎と呼んでくれ」男は武志に顔を近づけた。「何なら、『独眼竜』と呼んでくれたっていいんだぜ」

武志は黙ったまま、首を左右にふった。

藤四郎は女学生の方に体の向きを変え、「で、あんたの名前は?」とたずねる。

それは武志が、まだ聞き出せずにいたことでもあった。

「弓月《ゆづき》眞理依《まりえ》といいます」

彼女がそう答えると、藤四郎はさらに聞いた。

「巫女見習いとか言ってたな。神社の娘なのか？」

「いえ、祖母が巫女として鵲森宮神社でお世話になったことがあって、そのご縁で、私も少しだけ手伝わせてもらっています」

「じゃあ、寝泊まりも神社で？」

「家は、神社の近くの借家で、そこは幸い、焼かれずに済みました。でも父と兄は兵隊に取られて、祖母と母は疎開していますので、今は一人で暮らしています」

「心細いだろう。どうして疎開しなかったんだ」

「軍需工場に配属されていました」

「というと、陸軍の？」

眞理依は一つうなずき、後ろをふり返った。

「このすぐ近くにある、大阪砲兵工廠で。その合間に鵲森宮のお手伝いもさせていただいてたんですが、焼けたのは本当に辛《つら》くて」

「その上、泥棒にまで入られたんじゃ、泣くに泣けんよな。ところで鵲森宮神社は、短く森之宮神社《もりのみやじんじゃ》と言ってもいいんだな？　どうも舌をかみそうで」

「別にどちらでも。後に聖徳太子《しょうとくたいし》と呼ばれた厩戸皇子《うまやどのみこ》と、ご両親である用明《ようめい》天皇と皇后を主祭神としてお祀りしています」眞理依は正面を指さして言った。「そろそろ着きます」

六

近づくにつれて、神社とその周辺の被害の大きさを、武志は実感していた。

藤四郎も「これはひどい……」とつぶやいたまま、黙り込んでしまう。

崩壊寸前の鳥居によって辛うじて神社と分かるが、社殿などは全焼してしまっている。

絶句したまま立ち尽くしている二人に、眞理依が河嶋《かわしま》という権禰宜《ごんねぎ》を紹介してくれた。

見たところ二十代で、眞理依と同じように実務経験を積み重ねているところだという。

眞理依は彼に、一巻だけだが『神事本紀』を取り戻せたこと、その際二人に助けてもらったことを告げた。

「それはどうも、ありがとうございました」

河嶋が、深々と二人に頭を下げる。

「こう空襲が続けば、罰当たりな泥棒が出るのも無理ないですな」

藤四郎がそう言うと、河嶋はうなずいていた。

「こんな状況におかれた人間なら、もう罰など怖くないのかもしれないですね。お二人には何かお礼をさせていただかなければならないんですが……」

「いや、お礼なんて」

片手をパタパタとふる武志に、河嶋は苦笑いを浮かべていた。

「それがご覧の通りの有り様で、後片付けに追われてまして」彼は、眞理依を見て続けた。

「もしよろしければ、彼女の家は被害を免れてますので、そこでお休みいただければ……」

「でも、神社の方は？」と、眞理依が聞いた。

「ここは私たちでするから。今日はもう、このまま休みなさい」

頭に手をやりながら、藤四郎が微笑む。

「では、遠慮なく」

武志が彼の脇腹を肘で突いた。

「厚かましい」

「ヘタレは伸びてただけじゃないか。俺だけでもお言葉に甘えさせてもらうぜ」

武志は眞理依を横目で見ながら、「じゃあ、僕も……」とつぶやいた。

神社は散らかっているからと言って、河嶋は『滅』の巻の保管も、眞理依に託していた。

武志は少しためらいがちに、「あの、中を見せていただいてもかまいませんか？」と、河嶋に頼んでみた。

彼は眞理依と顔を見合わせた後、「ええ、かまいませんよ。彼女にも見せてやってください」と答える。「あれは写本で——原本はもう残っていないようですが、実は内容については私も彼女も知らんのです……」

武志と藤四郎は、河嶋と別れた後、眞理依に蔵の焼け跡を見せてもらっていた。

壁が崩れ、中のものがむき出しになっている。

「ここに『蘇《そ》』の巻もあったんですが」と、眞理依が言う。「行李ごと、灰になってしまいました」

「全四巻、と言ってましたね」

武志が眞理依に確かめると、彼女は軽くうなずいた。

「はい、『生』『救』『滅』、そして『蘇』の巻。以前蔵の整理を手伝ったときに、表紙なら私も見た覚えがあります」

武志は、『神事本紀』について分かっていることを頭のなかで整理してみた。

いずれも写本で、そのうち『蘇』の巻は焼失してしまった。残りの三巻『生』『救』『滅』は行李ごと盗まれたものの、『滅』の巻のみ取り戻すことができた……。

「人のものを盗むなんて……」と眞理依は言った。「人は愛し合わないといけないのに」

「アホくさ」藤四郎がプイと横を向く。「何を奇麗事言っていやがる」

「奇麗事かもしれないけど、私、祖母にずっとそんなふうに教えられてきたんです」

落ち着いた口調で、武志は眞理依に聞いた。

「『蘇』の巻だけ、別な行李に入れられていたわけは?」

彼女は首をふった。

「分かりません。以前から他の三巻とは別に保管されていたみたいです」

「『神事本紀』か」と、武志はつぶやいた。「何が書かれているんだろう」

「昔のことには違いない。森之宮神社の縁起か何かなのか？」

藤四郎の問いかけに、武志は首をかしげた。

「厩戸皇子がかかわっていた森之宮神社に保管されていたとすれば……」

「おい、日本最古級の史書だという可能性もあるんじゃないのか？」藤四郎は、眞理依が持っている行李を見つめた。「『古事記』や『日本書紀』に匹敵するような」

まだそこまでは分からないが、ひょっとして、瑞宝についても記されているかもしれないと武志は思い始めていた。

彼が「ちょっと読ませてもらってもいいですか？」と言いながら、行李に手を伸ばす。

彼女はそれを、胸元で抱きしめるようにした。

「かまいませんが、ここでは何ですので、やはり私の家までお越しいただいたときでもよろしいでしょうか？」

「いいんですか？」

「ええ、どうぞ。それより、これをお読みになれるんですか？」

「見てみないと分かりませんが、多分……。一応、文学部に籍をおいていましたので」

それを聞いた眞理依は、微笑みを浮かべてうなずいている。

行李を手に歩き始めた彼女の後ろを、武志と藤四郎がついて行った。

「自分の家に男を招き入れることなんかには、まったく無頓着《むとんちゃく》みたいだな」藤四郎が、武志に耳打ちする。「あいつきっと、生娘《きむすめ》だぜ……」

眞理依が住んでいるという借家は、神社から少し歩いたところにあって、その一角は奇跡的に焼け残っていた。

四畳半の狭い部屋に、武志と藤四郎は案内される。

行李を文机に置いた眞理依は、「今、お茶を沸かしますので、しばらくお待ちくださ い」と言い、勝手口の土間に置いてある七輪に火を入れようとしていた。

「いや、水でいいです」

そう言いながら、ちゃぶ台を前に藤四郎と腰を下ろした武志は、行李を見つめていた。

文机の横の小さな本棚には、『幾何学概論』や『行列式入門』などの本が並んでいる。

「何だ、数学の本ばかりみたいだな」と、藤四郎が言う。「夢多き乙女《おとめ》が、恋愛小説の一つも読まんのか？」

「私、数学の方が好きなの」水を汲《く》みながら、眞理依が答える。「勉強になりますし、何より論理的で、面白いから」

「小説も面白いですよ」と、武志が彼女に言った。「時として、苦難に満ちた人生の謎《なぞ》を解き明かしてくれることもある。もっとも、読み解くのが難しい小説も随分ありますが」

「ヘタレのくせに、うまいこと言うじゃないか」

藤四郎がニヤニヤしながら、武志の肩をたたいた。

眞理依もつられたように微笑んでいる。

「でも私、文学の難解さなど、微分方程式も解けない人たちの遠吠《とおぼ》えのようにしか思えないときがあって」

「遠吠えってか」藤四郎は声をあげて笑い出した。「そう言い切るぐらいの根性がないと、こんなところで一人暮らしもしてられないんだろうな」

「しかし、数学と神社のお手伝いを両方やっていて、矛盾を感じたりしないんですか？」

と、武志は聞いてみた。

「感じないでもないですが、私、神様のこともできる限り論理的に理解できればと思っているんです」

武志は「なるほど」とつぶやきながら、うなずいていた。

そんな会話をしている間に眞理依は、お盆にのせたコップを二人に差し出す。

早速、それに口をつけながら、武志は再び行李に目をやった。

「じゃあ、読ませてもらってもいいですか？」

眞理依が一つうなずく。

「ええ、私も知りたいです」

「俺もだ」と、藤四郎が言う。

眞理依は行李を開けて『神事本紀』の『滅』の巻を取り出し、それを武志に手渡した。

藤四郎が「こういうのは巻物だとばかり思っていたぜ」とつぶやくのを聞いて、武志は微笑んだ。

「両方ある。元々折本だったものを、巻物に仕立て直した写本もあるそうだ」

表紙を開いた武志の手元を、藤四郎がのぞき込む。

「何だこれは。お経の本か?」彼が調子外れな声をあげた。「こうも漢字ばっかりだと、まったくチンプンカンプンだ」

「判読しづらい箇所はあるが、読めないこともない……」

そう言いながら、武志が黙読を始める。

しばらくして彼は、一旦《いったん》、写本を閉じ、つぶやいた。

「宝物なもんか」そしてちゃぶ台にそれを置くと、眞理依の前へ戻した。「これは偽書だ」

「そんな……」藤四郎が情けない声をあげた。「中身を教えてくれないと、偽物かどうか俺たちには分からんじゃないか」

「そんなことを言われても、これは……」

『滅』の巻を指さして口ごもっている武志に、眞理依が頭を下げた。

「私からもお願いします。何が書かれているのか、どうか私にも教えてください」

口をとがらせながら、武志は改めて写本を手に取った。そして眞理依や藤四郎にも分かるような表現に置き換えながら、声に出して『滅』の巻を読み進めていった。

第二章　滅

一

用明《ようめい》天皇元年八月、夷子《いす》は弟子たちとの夕食中、「私の言葉と行いこそ、私の血と肉だ。それをみんなに分け与えてきたのだ」と言った。

そして「もし私の肉体が滅んだとしても、私は墓から三日後に復活する」とも言った。

その後夷子は、海柘榴市《つばいち》で騒ぎを起こしたことなどを理由に、物部弓削守屋大連《もののべのゆげのもりやのおおむらじ》の手の者たちによって逮捕される。

中臣勝海大夫《なかとみのかつみのまえつきみ》から褒美の米をもらうところを見つかった宇多《うた》は、百済《くだら》の天麗《あまり》に「裏切り者」とののしられ、直ちにその場から逃げ去った。

まず中臣勝海による夷子の詮議《せんぎ》が、物部の屋敷で始められた。

その過程で、物部氏が各地に伝わる神々の体系化を図っているのに対し、夷子は神を唯一無二のものとしてとらえていることが明らかとなっていく。

勝海はその旨、守屋大連へ報告した。

守屋は夷子の顔を見下ろし、「穴穂部皇子《あなほべのみこ》から、噂《うわさ》は聞いている」と言った。詮議をしながら守屋は、夷子の騒乱罪は免れないものの、肝心なのは彼の神が、神道に与える影響ではないかと考えていた。神を語る点においては自分たちと同じで、大衆の支持もある。その夷子に重罪を科すと、神道の信者らにも何らかの動揺が生じるおそれがあった。夷子を許すようにとの嘆願も、穴穂部皇子から届いている。

また処罰後に放免したとして、そのまま布教活動を認めるべきかどうかも問題である。かといって、自分たちが構想している神々の体系に取り込もうにも、彼とは神に対する考え方が根本的に異なっているようだ。切り捨てるわけにも、取り込むわけにもいかない。下手《へた》に裁くと、物部が支持者を失うという状況にもなりかねないだろう。

さらに天皇が重んじておられる道教との関連もあり、自分だけで判断できないと考えた守屋は、用明天皇の判断を仰ぐことにした。

翌朝、磐余池辺双槻宮《いわれのいけのへなみつきのみや》へ移された夷子は、用明天皇の前に引き出された。

まず物部守屋が、詮議について報告する。

何か申し開きはあるかと聞かれた夷子は、天皇に向かって「民の現状、苦しみをご存じですか」と問い、救いが必要だと訴えた。

神も仏も、限られた人間のためにあってはならない。実際、誰《だれ》もが何故《なぜ》生まれてきたのか、何故生きているのかも分からずにいる。自分は、それに答えていきたいのだと、夷子は言った。神道とも仏法とも、また道教とも齟齬《そご》のない教えを、自分は広めていきたいと願っている。将来必ず、身分を問わずに救いをもたらすことができるだろう。そうでなければ、この国の人心は、後の世まで乱れに乱れる。

夷子はそう語り、用明天皇に布教の認可を求めた。

天皇は夷子から聞くまでもなく、民の苦しみや救済の必要性を理解していた。夷子の目を見て、彼が嘘《うそ》のない人物だということも感じていた。また、自分が学んだ道教は、その根本において案外彼の考え方と近いのではないかという感触も得ている。

ただ布教の認可については、仏法の布教を図る蘇我馬子宿禰《そがのうまこのすくね》の賛同を得る必要があると考えた天皇は、馬子宿禰の意見を聞いてみるように言った。

用明天皇の命により、蘇我馬子が磐余池辺に呼び出される。

馬子にとっても、夷子は悩ましい存在だった。巷《ちまた》で神の禊《みそぎ》を行っていた巫女《みこ》、与禰《よね》の首をはねたときとは、似ているようでいていろいろと事情が違っているようだ。

聞くと夷子は、民に自他の区別をしないよう説いているらしく、仏法に通じるものがあるように思える。ただし仏法のその部分を強調されると、身分制度が揺らぎ、蘇我の権勢にも支障をきたすことが考えられる。何より神による救いを語る夷子は、馬子が理想とする仏法の布教を害するものとしか思えなかった。そんな夷子の布教を認めれば、物部側の神道を増長させることにもなりかねず、看過するわけにはいかない。ただ民の支持はあるため、下手に裁けば自分が痛手を被るかもしれず、そこは考えねばならない。

夷子の逮捕を聞きつけた秦河勝《はたのかわかつ》が、馬子を訪ねてきた。河勝は、自分が商いをしている海柘榴市を荒らされたにもかかわらず、夷子を放免するよう願い出た。

しかし馬子はこのときすでに、夷子を生かしておくわけにはいかないという思いを強くしていた。そして民の反発を抑えるためには、夷子がただの詐欺師だったと吹聴《ふいちょう》してまわり、辱めておく必要がある。奇跡を起こしたとも言われているが、夷子は「神の御子《みこ》」と称されているようだが、そんなはずはない。奇跡を起こしたとも言われているが、そんなことができるわけがない。そこを徹底的に糾弾してやるのだ。とどめは、「復活」にまつわる噂だ。「墓から三日後に復活する」と言ったそうだが、死んだ人間が復活するわけがない。夷子を死刑に処し、復活しないと分かれば民も失望するだろうと馬子は考えた。

馬子は用明天皇に、夷子が朝廷をおびやかすほどの邪教を操る危険人物であると告げた。自ら神の御子を名乗り、その教えを国教に据えて神の王国の設立を企てる朝敵であり、死罪が相当であると進言した。

天皇は、やはり夷子がそれほど問題のある人物とは思えずにいた。むしろこの男の考えは立派であり、死罪ではなく、鞭打《むちう》ちの刑が相当であると裁定した。

夷子はその日のうちに、他の三人の罪人とともに海柘榴市の馬屋館《うまやたち》へ連れていかれた。かつて物部守屋によって、善信尼《ぜんしんに》、禅蔵尼《ぜんぞうに》、恵善尼《えぜんに》が鞭打ちに処せられたところである。

用明天皇、蘇我馬子、物部守屋も刑場まで同行していた。そして多くの民が注視するなか、夷子に鞭打ちの刑が執行された。

しかし一部の民は満足せず、罪人全員の死罪を求めて騒ぎ始める。馬子の意を汲《く》む民がその場に集められていたためだった。

その喧騒《けんそう》のなかで馬子は、民衆に聞いてみることを天皇に進言した。また馬子は物部守屋に対して、夷子は守屋が支持する神々をも冒瀆《ぼうとく》する異教徒であり、極刑に処すべきだと提案した。普段、意見の一致をみることのない二人だったが、この件では守屋も馬子の意見に同意していた。

馬子に促された天皇は、民の前で罪人らの判決を聞くことにした。その前に馬子が、罪状を民に説明する。

馬子は夷子について、この男が起こしたという奇跡は、すべてまやかしだと言った。また死んでも三日後に復活すると言っているが、復活するかどうか見てみればいいと言った。夷子の死罪を叫ぶ輩《やから》は、馬子の息のかかった連中がほとんどだった。夷子の信者たちのなかにも、馬子の思惑通り、夷子に欺かれたと思い込む者もいた。また夷子の弟子たちは、すでに逃げたか、その場にいてもただ沈黙していた。

そして天皇は、夷子を含む罪人すべての死罪を民が望んでいることを確認した。

このとき、経緯を見ていた厩戸皇子《うまやどのみこ》が、夷子は悪人に見えないと言って弁護をする。

苦々しく思った馬子は、「子供が口出しすることではありません」と皇子をいさめた。

しかし皇子の言葉を民の前で無視したくなかった用明天皇は、馬子に恩赦を提案する。

天皇の厚意を却下することもできず、馬子も同意したが、ただしそれは一人だけとした。再び民にたずねてみたところ、恩赦になったのは、海柘榴市の商いで不正を働いた別な罪人だった。これにより、夷子の死罪が確定する。

二

夷子を含む罪人は、大和川《やまとがわ》の河原に設営された刑場へ移送された。途中、夷子は馬子の配下の者たちから、「神の子が自分一人も助けられないのか」「死んで復活してみせろ」などの罵声《ばせい》を浴びせられ続ける。馬子の計略通り、夷子は多くの民の前で、徹底的な辱めを受けながら刑に処せられようとしていた。

夷子の弟子のなかには、自分も捕らえられるのを恐れ、群衆から離れていく者もいる。果たして夷子は裸にされ、他の罪人とともに磔《はりつけ》の刑に処せられた。

処刑人によって脇腹《わきばら》を槍《やり》で突かれた夷子は、「神よ、神よ」と叫んだ後、意識を失う。それでも「復活してみろ」「嘘つき野郎」といった野次《やじ》は続いている。

百済の天麗と、夷子の母摩耶《まや》は、その様子を見ながらただ涙を流していた。数人の弟子は処刑を目撃していたが、人だかりの背後で気づかれないよう顔を隠している。

その日の夕方には、夷子はすでに息絶えていた。

刑場に残った熱心な信者たちは、口々に「もう彼の教えを受けられない」「彼にはもっと聞きたいことがあったのに」と嘆いている。

「死んだ者が、誰も救えるわけがない」と、落胆する信者もいた。


夷子は本人の希望通り、墓へ入れられることが天皇によって許された。

母の摩耶が亡骸《なきがら》を引き取り、天麗とともに傷口に布をあてがい、服を着せてやる。それから信者の手を借りて、生前に夷子が準備し、ほぼ完成に近づいていた小山状の墓地に遺体を納めた。馬子は、その墓の前に監視をつけた。夷子が復活しないと分かれば、残った信者もいずれ去っていくと馬子は考えていた。

三日後の朝、夷子を密告した宇多は、首を吊《つ》るための縄紐《なわひも》を木の枝にくくりつけようとしていた。その山林からほど近いところに、夷子の墓がある。

宇多はそこまで行き、気づかれないようにしながら、高みから様子をうかがった。

槍を持った二人の衛兵が、その両脇に立っている。墓には、一部の弟子や信者たち数人が集まっていた。

しばらくして百済の天麗は、墓前に天璽《あまつしるし》瑞宝《みずのたから》を置いた。天璽瑞宝とは、すなわち鏡二種、剣一種、玉四種、そして比礼《ひれ》一種の八《や》種《くさ》である。

そして天麗は、「一《ひと》二《ふた》三《み》四《よ》五《いつ》六《む》七《なな》八《や》」と祓詞《はらえことば》を唱え、それら瑞宝を振り動かし始める。

瑞宝の霊力によって、夷子を復活させようとしているようだった。

弟子や信者たちは、手を合わせながらじっとそれを見守っていた――。

第三章　習合

一

かすかに唸《うな》り声をあげたかと思うと、藤四郎《とうしろう》はゆっくりと顔を上げた。

「確かに『滅』の巻だな。夷子《いす》の野郎、殺されてやがる」

内容については眞理依《まりえ》も本当に知らなかったようで、困惑した表情を浮かべていた。

「蘇我《そが》氏と物部《もののべ》氏が対立していたころのことが記載されてはいるようですね」

「しかし、日本史に出てこない。夷子なんて……」

武志《たけし》は手にしていた写本をちゃぶ台に戻すと、コップの水を口にした。

「だから『滅』の巻なんじゃないか」と、藤四郎が微笑《ほほえ》む。「歴史から消えた人物について、記されている」

「あるいはやはり、まったくの偽書か」武志はそうつぶやいた後、心なしか落胆している様子の眞理依に気づいた。「いや、そもそも夷子は、歴史上、最も有名な人物の一人に、あまりに似過ぎている」

「それぐらい、俺《おれ》でも分かる」舌打ちをしながら、藤四郎が言う。「言い合っていても仕方ない。調べてみないと、偽書とは言い切れないだろう」

「そうだな。真偽を判断するには、他の史書などと突き合わせたり、遺跡や遺物を探して検証したりすることになるが……」武志はちゃぶ台を指さした。「こっちにも瑞宝《みずのたから》の記述があったんで、正直驚いている」

「瑞宝？」藤四郎が『滅』の巻をめくりながら聞いた。「この最後のところか？」

武志がうなずくのを見て、彼は続けた。

「瑞宝というからには金目のものなんだろうな。玉ならさしずめ、宝石か何かで……」

「それは分からんが」

「願い事もかなうのか？　ここに書いてある通りだと、死者を蘇《よみがえ》らせようとしているようだが……。他にも金運や、勝負事なんかにも？」

返事を待っている藤四郎と眞理依の顔を見ながら、武志はもういいのではないかと思い、十種瑞宝《とくさの》と自分に課せられた任務について、簡単に事情を話すことにした。

「なるほど」藤四郎はうなずきながら、腕組みをする。「そいつは金になりそうだ」

「売るんじゃありません」

藤四郎を叱《しか》るように眞理依が言った。

「冗談だよ」彼は笑ってごまかした後、武志の方を向いた。「聞いたところ、親方日の丸なんだろ？　いい仕事じゃないか」

「そう言ってもいられないんだ。来月の十四日までに見つけないと、戦地送りになる」

「瑞宝で戦勝祈願とはな……」藤四郎は、『滅』の巻をちゃぶ台に戻しながらつぶやいた。

「それほどの霊力が、瑞宝に?」

「僕には分からんが、瑞宝に関しては『先代旧事本紀《せんだいくじほんぎ》』の巻第三や巻第五にも記述がある」

「何だその、『先代旧事本紀』というのは?」藤四郎が聞き返す。

武志は『旧事本紀』についても二人に説明し、「天麗《あまり》が唱えた祓詞《はらえことば》も、『一二三祓詞《ひふみの》』といわれるものに通じるのかもしれない」と言った。

「でも、瑞宝の数が違っていませんでしたか?」眞理依が武志にたずねる。「『旧事本紀』とやらは十種ですが、この『神事本紀《しんじほんぎ》』では八種《やくさ》となっていました」

「そのようだな」武志は『滅』の巻を手に取り、見直した。「こっちでは比礼《ひれ》が一種になっていて、二種足りないことになる」

「比礼というのもよく分からんな」藤四郎が首をかしげる。「褌《ふんどし》みたいなものか?」

「もったいない。瑞宝だぞ」あきれたように武志は彼を見つめた。「天女の羽衣のようなものを思い浮かべればいい」

「しかし、剣、玉、鏡は分からんでもないが、何で比礼が瑞宝に?」彼は、サ行分隊の杉《すぎ》崎《さき》と似たようなことを聞いた。「しかも枚数が違っている」

「瑞宝そのものが『神事本紀』と『旧事本紀』で違うことも考えられる。あるいは『神事本紀』の成立が『旧事本紀』より古ければ、八種だった瑞宝が十種に増えた可能性もある。『神事本紀』の他巻に何か書かれているのかもしれないが、『生』『救』の巻は盗まれたし、『滅』の続巻とみられる『蘇《そ》』の巻にいたっては焼失してしまったようだしな……」

「そもそも何なんだろうな、その『神事本紀』ってのは？」

藤四郎は、武志の膝《ひざ》の上にある『滅』の巻のあたりをあごで示した。

「ちょっと紛らわしいが、『先代旧事本紀』とは別に『先代旧事本紀大成経《たいせいきょう》』という教典があって、その中に確か『神事本紀』という一巻があった。けどそれとは別物のようだ。また『神事』には『神を祀《まつ》る儀式』の意味もあるが、少なくとも『滅』の巻にはそうした儀式などについて書かれていない。ここでは単に神のことを指していると思われる」

「じゃあ、『本紀』は？」

「本来、紀伝体の歴史書で帝王一代の事跡を記したものに用いられるんだが、焦点は天皇ではなく、夷子という人物になっている。編纂《へんさん》者は夷子の弟子ではないかと思われ、彼をある意味での王と見なして『本紀』と題したようにも読める。実際彼は『神の御子《みこ》』と呼ばれていたようだし……。ただし『古事記《こじき》』や『日本書紀《にほんしょき》』など、他の文献に夷子に関する記述はみられない。そしてこれが『新約聖書』を部分的に模したらしいことは一目で分かる」

「それはどうかな……。違っているところもあるんだろ？」と、藤四郎が言う。「大体、ここに『キリスト教』の『キ』の字も書いてない」

「当然だ。キリスト教の日本伝来は十六世紀で、ざっと千年も時代が違う」

「でも、キリストの生誕は約二千年前……」眞理依が人指し指を自分のあごに当てた。「その間に、何らかの形で日本に伝わっていた可能性は？　フランシスコ・ザビエル以前に伝わった形跡はないとされていますが、これがその一つなのかもしれないじゃないですか」

「確かに、景教《けいきょう》が入ってきていた可能性などは、指摘されてはいるが……」

「ケイキョウ？」藤四郎が首をかしげる。「ホーホケキョなら俺にも分かるが」

「七世紀の前半ごろ中国に伝わったとされる、キリスト教の流れを汲《く》む宗教だな。しかし日本に伝わったとしても、それ以降と考えるべきだろう。『滅』の巻に描かれているのは、景教の中国伝来より、まだ半世紀近く前だ」

「とすると、これは何なんだ？」

藤四郎はまた、『滅』の巻をあごで指した。

「キリスト教とも、景教とも違っていた何かでは？」と、眞理依が言う。「そうした教えが早期の日本に芽生えていて、相応の支持を集めていたのかもしれません。『滅』の巻には『聖書』とは異なる記述も多くみられます。瑞宝の存在もその一つですが、それらがあることで、単なる『聖書』の模倣ではないという考え方に真実味をおぼえます」

眞理依の言葉を黙って聞いていた藤四郎は、「ここに書かれているのはどういう時代だったんだ？」と、武志にたずねた。

「冒頭に『用明《ようめい》天皇元年』と記されていたから、西暦だと六世紀後半——確か五八六年だな。さっき眞理依さんが言っていたように、蘇我氏と物部氏が対立していたころだ。『日本書紀』に詳しい記述があって、蘇我と物部の争いは、翌年の『丁未《ていび》の乱』に発展する。兵力では物部氏が勝っていたようだが、何故《なぜ》か蘇我氏には敗北してしまう」

「おかしいだろ。兵力で物部が勝ってたんなら、どうして負けたんだ」

「さあな。『日本書紀』には厩戸皇子《うまやどのみこ》や蘇我馬子が、四天王《してんのう》をはじめとする仏教の守護神らに戦勝を祈願したように記されてはいるが」

「それにしても古代から戦《いくさ》ばっかりやってるんだな。今とちっとも変わらない」藤四郎はため息をもらした。「で、瑞宝を持っていた『百済《くだら》の天麗』というのは、やはり百済から来たのか？」

「さあ、隣国だった新羅《しらぎ》から来たのだがそうは名乗りにくい事情があって、百済としていたことも考えられる。それでも大陸から渡来してきた一族の一人と見て、ほぼ間違いないだろう」

「どっちにしろ、大陸との交流はあったわけなんだろ？　仏教はそうやって入ってきた」

「ああ。諸説あるが、六世紀の前半か半ばごろだな」

「景教だか何だか知らんが、それも仏教と前後して入ってきていたんじゃないのか？」

「景教とも違っているとすれば」眞理依が口をはさんだ。「やはり景教以前に、景教とは別個に日本に入ってきて、さらに独自の形に変化していったものなのかもしれません」

「確かに」武志は軽くうなずいていた。「仏教の世界でも、空海《くうかい》が伝えた密教——純密に対して、それ以前に伝わったとされる雑密《ぞうみつ》というのがあるらしい。景教以前にキリスト教めいたものが伝わっていたとしても、不思議ではない。もしこれが事実なら、日本の歴史は大きく変わっていたかもしれないな」

「と言うと?」と、藤四郎がたずねた。

「丁未の乱は単に蘇我物部の争いというだけでなく、その後の日本人の精神的な方向性に大きな影響を与えたともいえるからだ。夷子の弟子や信者たちもその渦中に巻き込まれていったんだろうが、事の成り行き次第では、日本における宗教史にまったく別な展開があり得たとも考えられる。民族性も、今とは全然違ったものになっていたかもしれない」

武志の言おうとしていることは、藤四郎も薄々感じ取っているようだった。

「案外、物部氏が蘇我氏に勝てなかった理由もそこにあったりしてな。『汝《なんじ》の敵を愛せよ』なんて教えを真に受けたら、勝てるわけがないじゃないか。物部が夷子の興した勢力を器用に取り込み、軍事力としてうまく機能させていれば、争いの結果も違っていたのに」

「いや、それはどうだったんだろうな」武志は『滅』の巻に視線を落とした。「ここでも触れられていたが、鍵《かぎ》になるのは、夷子が説いていたのが一神教であったということだ。蘇我氏が傾倒していた仏教はもちろん、物部氏がこだわっていた多神教とも根本的に違っている。どういうわけか穴穂部皇子《あなほべのみこ》とは少なからず親交があったようだが、大衆に支持され始めた夷子を、蘇我も物部も警戒していた様子はうかがえる。だとすれば残された夷子の弟子や信者たちは、両者の勢力を結果的に切り崩すことがあったとしても、どちらにも与《くみ》することはなかったと思う」

「その一神教の影響を強く受けたのが、仏教を推す蘇我より多神教の物部だったとは考えられるのかな……」藤四郎が『滅』の巻を指さした。「それでこの続きは？　焼けた『蘇』の巻には、何が書かれてあったんだ？」

「最後に出てきた瑞宝については、『旧事本紀』にも書かれている。『死者をも蘇らせる』霊力があるらしい宝だと。そして『神事本紀』『滅』の続巻名が、『蘇』の巻……。『旧事本紀』と『神事本紀』に書かれている瑞宝が仮に同じとすれば、瑞宝によって夷子が復活をなし得たらしいことは推測できる。その後は、弟子たちによる布教活動が展開していったんじゃないか？　疫病が蔓延《まんえん》し、人々が苦しんでいた時代でもある。救いを求めて新宗教に飛びつく人が多数いたことは、想像に難くない」

「で、さらにその後は？」藤四郎が、やや前に首をつき出した。

「結果は明らかだ。夷子が存在したという記録は、彼の教えとともにこの国から消滅した」

「跡形もなく？」

「いや……。夷子がどうかかわっていたかは分からんが、キリスト教の影響が、かなり早い段階から日本にあったのではないかという説はある。たとえばさっきの話にも出てきた厩戸皇子だな。『厩戸』と命名された伝説や彼の言動に、キリスト教の影響を指摘する人もいる」

「この時期の日本は、生物学でいうところの『カンブリア紀』のようですね」

眞理依がそう言うと、藤四郎はがっくりと肩を落とした。

「よく分からんことを言い出したな、この娘っ子。『古事記』『日本書紀』『神事本紀』ときて、次は『カンブリア紀』か？」

「今からおよそ五億年前から六億年前ですから、紀元二六〇〇年のざっと二十万倍も昔、生命の主流が定まらず、さまざまな形のものが現れては消えていった時代のことです。過去の日本において、夷子の教えもおそらくそんなふうにして消えていったものの一つだったのでしょう。もしこの時代に、夷子の教えが主流となっていれば……」

「そうだな」藤四郎が苦笑いを浮かべた。「現在の対戦相手である米英とも、戦う以前にもっと分かり合えていた可能性はあったかもしれない」

「記録も完全に失われたわけではありません」眞理依は『滅』の巻を手に取った。「これを手がかりに、分かることもあるのでは？　瑞宝についても書いてありましたし」

「しかし」武志は顔を伏せ、つぶやいた。「それが『旧事本紀』の瑞宝と同じかどうかは、まだ決めつけられないと僕は思っている」

藤四郎が武志の肩を小突いた。

「えらく慎重なんだな」

「大体、『神事本紀』と『旧事本紀』では、瑞宝の数が違っていた。瑞宝の由来についても、『旧事本紀』では巻第三に饒速日命《にぎはやひのみこと》が降臨の際に授けられたように記されているが、『神事本紀』の場合、少なくとも『滅』の巻には何も書かれていない」

「『生』『救』の巻に書いてあるのかもしれないじゃないか。俺には同じものという気がするがな。どっちも復活に関係しているようだし。第一、ヘタレが瑞宝の資料を探していたんなら、渡りに舟だぜ。焼けちまった『蘇』の巻は仕方ないとして、盗まれた他の巻をあたれば、もっと何か分かるはずだ。この巻の前のことが書かれてるんだろ？」

「そう言われても……。偽書かもしれないものを、手がかりにするわけにいかない」

藤四郎は、不服そうに武志をにらみつけた。

「何だと？」

「ここに書かれているのは六世紀後半のことだが、『日本書紀』の成立でさえ八世紀前半だ。この写本だと『神事本紀』は七世紀以降、日本に景教か何かが入ってきた後の時代に、六世紀後半の世情をからめて文書化されたという可能性を拭《ぬぐ》い去ることができない」

「けど、『旧事本紀』と重なる記述もあるとか言ってたんじゃなかったのか？」

「ところが『旧事本紀』そのものが、偽書と考える学者もいるんだ」

藤四郎はちゃぶ台に手を伸ばし、コップの水を一口飲んだ。

「つまり『旧事本紀』と突き合わせても、『神事本紀』が本物かどうか証明できないと？」

「ああ。場合によってはもっと後世――たとえば十六世紀のキリスト教伝来以降に作られたということもあり得る」

「『古事記』や『日本書紀』は参考にならないのか？」

「記紀に書いてあることがここに書いてあっても、書き写したのかもしれないだろ。偽書でないという証明にはならない」

「他に資料は？」

「記紀の他に、『天皇記』や『国記』といった史書のたぐいが、かつてあったようだ。しかし現存していない。他にもないわけではないが、やはり期待できないだろう」

「こういう考え方はできないでしょうか」眞理依が武志を見つめた。「数学の証明問題の応用です」

「またおかしなことを言い出したな」

藤四郎にかまわず、眞理依は話を続けた。

「『旧事本紀』にしろ『神事本紀』にしろ、『日本書紀』など現存する他の史書をまったく写したわけではないんですよね。独自の記載もある。たとえば、もしそれが六世紀に生きた当事者しか知り得ないものだとすれば、偽書とは言い切れないのでは？」

武志はあごに手をあてた。

「確かに。『旧事本紀』には物部氏の系譜の他に、地方豪族である国造《くにのみやつこ》の所在など、『古事記』にも『日本書紀』にもない記述がある。それらは何か、未発見の史書の写しではないかという意見があったが……」

「すると『旧事本紀』が偽書だとしても、その未発見の史書が偽書とは限らないことになりませんか？　本物の可能性はある」

藤四郎が、ちゃぶ台の『滅』の巻を指さした。

「ひょっとして、これがその、未発見の史書の一つだと？」

眞理依がゆっくりとうなずく。

「正確には、その写本ですね。記載されている内容だけだと、正直、水掛け論になると思います。でも、ここに書かれてある通りの瑞宝が見つかれば、『神事本紀』も本物であると証明されるのでは？　記載内容が事実かどうか、鍵になるのは瑞宝の存在です」

「それが出てくれば、誰《だれ》も文句のつけようがないな。逆に『神事本紀』が本物なら、瑞宝が存在することになる」藤四郎は嬉《うれ》しそうに、眞理依の肩をたたいた。「本物だと証明されたら、お前が世話になっている森之宮神社《もりのみやじんじゃ》の再建資金にもなる。巫女《みこ》をやっていたお前のお婆《ばあ》ちゃんも、きっと喜んでくれるぜ」

二人のやり取りを黙って見ていた武志は、急に笑い出した。

「何がおかしい？」と、藤四郎が聞いた。

「だって神社の再建なんて、そんな程度の話じゃない。さっきも言ったがこの『神事本紀』が本物なら、日本史を塗り替えてしまいかねない。日本人そのものに対しても、新たな解釈がもたらされる可能性さえある」

「そんなに大変な代物なのか？」

「本物だと証明されればな。あんただって、そうだろう。『日本は神の国』だと、今日まで何度聞かされたか……。けどこの戦争じゃ、神風も吹かない。人が『神風』を名乗って死んでいくしかなくなっている。そもそもこの国は、仏教国なのか？　神国なのか？　一体僕たちは、神と仏のどっちに祈ればいい？　日本人は、何でこんなことになってるんだ？　いや、もっと根本的に、我々とは何者なのか？」

藤四郎は、自分の無精髭《ぶしょうひげ》に手をあてた。

「『神事本紀』を探っていけば、その謎《なぞ》が解けると？」

「さあ、どうかな……。ただ僕は、自分は何でこんなところにいるんだろうと考え出して、いつの間にか考古学に首を突っ込んでいた。ところが世の中の方は、一億玉砕が現実味を帯びてきている。どんな形かは分からんが、死は免れないようだ。できれば僕は、それまでに知りたい。自分たちとは一体、何者なのか。どう生きればいいのかを。漠然《ばくぜん》とだが、『神事本紀』について調べることでも、何かが得られるような気はしている」

「外園《そとぞの》さんとは少し違うのでしょうが……」やや下に視線を向けながら眞理依が話し始めた。「生きていて疑問に感じることは、私にもたくさんあります。夷子という人物が、それらに何らかの手がかりを与えてくれるのかもしれません。今は『神事本紀』について内容を調べておかなかったことを後悔していますし、真贋《しんがん》を確かめたいと思っています」

「俺もだ」右の眼帯のあたりを指でこすりながら、藤四郎が微笑む。「ここに書いてあることが、本当なのかどうか知りたい。とりわけ、瑞宝の霊力だな。それが本物なら、俺にだって願い事はいくらでもある。だから軍も、血眼《ちまなこ》になって探しているんだろう」

　武志は頭に手をやりながら、「霊力までは分からんと言ったと思うが」とつぶやいた。

「しかしヘタレだって、この国にはもう未来なんてないという不安は感じてるはずだ。瑞宝がそんな状況を変えてくれるという期待感は、俺たちみんなにあるんじゃないか？　瑞宝だって、たいしたお宝なんだろ？　何だか三種の神器みたいだし、復活の力があるとすれば、それ以上かもしれない……。一体どんなものなんだ？」

「僕だって、知りたいさ」

「鏡、剣、玉なら辛うじて想像できないこともないが、比礼というのは布きれなんだろ？　この時代まで残ってるのか？」

　武志は、サ行分隊や三條《さんじょう》教授と交わした会話を思い出していた。

「中国では紀元前の作とみられる布が出土しているというし、可能性がないわけではない」

「問題は、その瑞宝がどこにあるかだが……」鼻のあたりをこすりながら、藤四郎がたずねる。「森之宮神社にはないのか？」

　眞理依は即座に首をふった。

「『神事本紀』は知っていましたが、瑞宝については聞いたことも見たこともありません」

「じゃあ、神社を探せばどこかに……」

「やめとけ」と、武志が言う。「森之宮神社が祀っているのは、厩戸皇子だ。『旧事本紀』

や『神事本紀』に書かれている瑞宝が伝わっているとは、僕には考えにくい」

「だとすれば、何で『神事本紀』が森之宮神社に？」

「確かにそれも謎だ。蘇我氏にかかわる文書が残っているのならまだ分からないでもないが……。けどこれは写本だし、何らかの経緯で後年伝わったのかもしれない」

「おい、ちょっと待て」藤四郎は、急に片手を前につき出した。「迂闊《うかつ》に聞き流してたが、眞理依ちゃんもヘタレも、森之宮神社は厩戸皇子を祀っているって言わなかったか？」

二人がうなずくのを見て、彼が続けた。

「お前らの話、おかしくないか？　厩戸皇子なら、神社じゃなくて寺だろう。皇子は仏教を信じて、法隆寺《ほうりゆうじ》や四天王寺《してんのうじ》を作ったんじゃなかったのか。それぐらい俺でも知ってるぜ」

「四天王寺か。五重塔も、三月の空襲で焼けたみたいだが」と、武志がつぶやく。「それはともかく、何で神社なのかという問いには、一応答えられる。神仏習合だ」

「神仏習合？」

「平たくいえば、神道と仏教を区別せず、一緒に信仰することだな。たとえば、春日大社《かすがたいしゃ》と興福寺《こうふくじ》には強いつながりがあって、それは現在でも続いている」

「ふうん……」藤四郎は、まだ納得がいかないような表情を浮かべていた。「森之宮神社にないとすれば、瑞宝はどこに？　古墳かどこかに埋まっているのか？」

「夷子がここに書かれている通り神の王国の設立を企てていたとしても、本当の王ではない。少なくとも皇族や豪族、あるいは僧の墓とみられる古墳にはないと思う」

「じゃあ、どこに？」

「瑞宝の行方《ゆくえ》については、やはり『蘇』の巻に書かれていた可能性はある」

「畜生……」藤四郎はちゃぶ台をたたいた後、顔を上げた。「だが瑞宝がどういう経緯で天麗の手に渡ったのかは、『生』の巻『救』の巻に書いてあるかもしれん。残された巻から、瑞宝の在《あ》り処《か》を推測するしかなさそうだな。とにかく、それらを取り返さないと」

「けど警察に届けても見つからないと、あんた自身が言ってたじゃないか」

藤四郎がしかめっ面を浮かべたまま、武志に聞いた。

「ヘタレ、お前があの泥棒ならどうする？」

「そうだな……。あんなもの、食えないし、金目あてなら……」

「古美術商か古本屋に売るかもしれない」藤四郎は、一旦《いったん》つき出した人指し指を、口にくわえた。「けど、どこへ行けばいいんだ？　そんな何軒もまわれないし……」

「いや、こう空襲が続くんじゃ、頑張って開けているところは限られてくる。このあたりだと、やはり旧文字屋《くもじや》かな」

「物好きな奴《やつ》だな。古本なんて、食えないのによ」

「それこそ、『人はパンのみにて生きるにあらず』さ。僕が帰りに寄って、事情を話して頼んでみる」

「私は『神事本紀』について、宮司さんたちに聞いておきます」

眞理依がそう言うと、武志は眉間《みけん》に皺《しわ》を寄せた。

「しかし河嶋《かわしま》とかいう権禰宜《ごんねぎ》は、『神事本紀』の存在は知っていたが、内容もいわれについても知らなかった。他の神官たちも同じだろう。第一、あの神社は今、空襲の始末でそれどころじゃない」

何かをひらめいたように、眞理依は顔を上げた。

「でも、お婆様なら……」

彼女の顔をのぞき込むようにしながら、武志が聞いた。

「お婆様って、以前、森之宮神社で巫女をしていたとかいう？」

「ええ、弓月松枝《ゆづきまつえ》といいます。今は疎開先の京都《きょうと》にいますが、お婆様が何か知っているかもしれません。神社のお手伝いがありますし、すぐには会いに行けませんけど、手紙を書いて聞いてみます」

「俺も手伝うぜ」

藤四郎がそう言うと、武志は首をふった。

「あんたは下手《へた》すると、あの泥棒より危ない。瑞宝が見つかったら、やはりどこかに売る気なんじゃないのか？」

「俺がそんなワルなわけ、ないだろう。瑞宝の霊力とやらに興味はあるがな。それに俺が手伝ってやらないと、困ると思うぜ。眞理依ちゃんは神社の後片付けやら何やらで、当分ここを離れられない。ヘタレが奈良《なら》へ行ったきりなら、連絡係がいる」

そう言われればそうだと、武志は思った。藤四郎が話を続ける。

「それにヘタレも眞理依ちゃんも、頭は悪くないようだが、学校や本で詰め込んだ知識しかない。宝探しをするなら、野外活動ができる人間が必要になってくる。その上調査が始まったら、ヘタレは外部の事情が分かりづらくなるし、自由に動けなくなる。俺は戦地で悲惨な光景ばかり見せられた揚げ句、この通り負傷した。死ぬまでに一度ぐらい、奇麗なお宝を拝ませてくれや。どうだ？　俺を使わないか？」

この男の言うことにも一理あると、武志は考え始めていた。ただし藤四郎が油断ならない男だというのも間違いないことのように思えてならない。

「私は賛成です」と、眞理依が言う。「この人がいなければ、『滅』の巻も奪われていました。手伝っていただけるのなら助かります。確かに取り扱いの難しい人みたいですが、馬《ば》鹿《か》とハサミは使いようです」

「面と向かって、よくそんなことが言えるな」

ムッとした後、藤四郎はゆっくりと息を吐き出した。

武志は二人を見ながら、「眞理依さんがいいのなら、僕も同意します」と言った。

「よし、じゃあ決まりだ」

藤四郎は、笑顔で武志と眞理依の肩に触れた。

「さっき自分で言っていた通り、当面あんたは連絡係をしながら、残りの巻を見つける手伝いをしてくれ。僕の方は『旧事本紀』の記載を元に、瑞宝探しを始める」

「おい待てよ」不満そうに藤四郎が言う。「『神事本紀』は参考にしないのか？」

武志は一瞬、顔をしかめた。

「だからこれは、偽書かもしれないと言ったはずだ。『神事本紀』については、もう少し調べてみる必要がある」

「けど『旧事本紀』だって、偽書かもしれないんだろ？」

「どのみち僕は帝国考古協会《ていこくこうこきょうかい》の人たちと別行動できないわけだし、明日から調査地である石上神宮《いそのかみじんぐう》へ行くしかない。並行して『神事本紀』についても考えておくつもりだが、こっちに関してはとにかく残りの巻を探すのが先だ」

「それなんだが」藤四郎は、ちゃぶ台の『滅』の巻に目をやった。「このことを帝考協の上司に報告するのか？」

すぐに答えない武志を見て、眞理依が言う。

「報告すると、軍に没収されるに決まってます」

「いや、これは軍が信じている瑞宝の物語とは微妙に違っている。だから没収を免れる可能性もあるが、僕が判断することではない。失いたくなければ、やはり報告しない方が無難だろう。仮に報告するとしても、調べてからの方がいいと思っている」

「もう一つ、肝心なことを聞いておかないと」藤四郎は、武志を指さした。「ヘタレは、俺が瑞宝を売り飛ばすんじゃないかと疑ってるようだが……。お前、帝考協の連中と別行動はできないと言ったな。その帝考協が瑞宝を見つければ、瑞宝は陸軍のものになっちまうんだろ？　だから俺や眞理依ちゃんが瑞宝を好きにしようと思えば、帝考協より先に見つけないといけない。で、お前はどっちにつくんだ？　俺たちか？　それとも帝考協か？」

　言葉に詰まっている武志を見て、藤四郎が続ける。

「瑞宝を見つけないと、戦地送りになるんだろ？」

「そこのところも……。もう少し考えさせてほしい」

「煮え切らない奴だな」藤四郎が舌打ちをする。「だからお前は、ヘタレだっていうんだ」

「一つ言えるのは、僕たちが誰よりも先に見つけないと、その判断もできないということだ。すまんが、今日はこれぐらいにしてくれ。僕は旧文字屋に寄らないといけないし、明日からの調査にも備えておかないといけない」

　武志が腰を上げたのを見て藤四郎も立ち上がり、二人は眞理依の借家を出た。

　彼女が戸を閉めたのを見計らったように、藤四郎が話しかけてくる。

「おい、ヘタレ。『神事本紀』が偽書だと疑っているのに、何で手伝う？」黙っている武志の脇腹《わきばら》を、彼が小突く。「下心は見え見えじゃないか。彼女の役に立ちたいんだろ？」

「別に僕はそんな……」

　ニヤリとしながら、藤四郎は武志の顔をのぞき込んだ。

「けどあの女、男に興味はないみたいだぜ。頭の中は数学のことばかりのようだ。それに戦争に負けたら、女はみんな敵兵のいいようにされちまうという噂《うわさ》だからな」

　彼女の家のあたりをふり返って、藤四郎が続ける。

「あの娘《こ》もいずれ、娼婦《しょうふ》になっちまうのかな……」

「あんた、まだついてくるのか？」

横を見ながら、鬱陶《うっとう》しそうに武志が言う。

「そう言われてても、ヘタレが奈良へ行っちまう前に、何とかいう古書店を教えておいてもらわないと困る」

藤四郎の言う通りだと武志は思った。

その後、武志は旧文字屋の天馬《てんま》寛八《ひろや》に彼を紹介し、『神事本紀』をめぐる事情についても話しておいた。

二

七月二十六日の朝、武志は堤《つつみ》課長やサ行分隊の連中らとともに、「九四式《きゅうよんしき》」という帝考協が陸軍から借用している六輪トラックで、奈良の石上神宮へ向かっていた。

佐竹《さたけ》が運転し、助手席に堤課長が乗っている。下田《しもだ》、杉崎、関川《せきかわ》、そして武志ら残りのサ行分隊は、荷台で揺られていた。

周辺の農地には、草取りをしている百姓たちがいたが、ほとんどは老人か女性のようだ。県道沿いにある「石上神宮」と書かれた社号標の前を通り過ぎ、大鳥居の少し手前でトラックを降りる。佐竹は堤課長に、車の鍵を渡していた。

駐車場には他に、「くろがね四起《よんき》」と呼ばれる「九五式《きゅうごしき》」小型乗用車がとまっている。誰の車だろうと思いながら武志がながめていたとき、堤課長が教えてくれた。

「この『くろがね四起』も、軍から帝考協が借りている。もっともそれを、うちは海道組《かいとう》の監督らに又貸ししてるんだがな」

その後課長は、サ行分隊に整列を命じた。

「佐竹、下田、杉崎、関川、外園」

課長の点呼に、五人はそれぞれ歯切れのいい返事をする。

黒の中折れ帽をかぶり、色眼鏡《いろめがね》をかけた堤課長は、腰に拳銃《けんじゅう》を下げていた。

「ここが当面、貴様たちの基地になる」と、彼が言う。「言うまでもなく、日本最古の神宮の一つだ。物部氏とのかかわりが深く、過去、武器庫としても使用されていたという」

歩き出した堤課長の後ろについて、サ行分隊の五人も檜《ひのき》の大鳥居をくぐっていった。

参道の両脇には何本もの杉の木が林立し、その下に燈籠《とうろう》が一定間隔で並べられている。

セミの鳴き声を聞きながら、武志は初めて瑞宝探しを命じられた磐船神社《いわふねじんじゃ》での一日を思い出していた。

社務所の裏口で、堤課長が大声で挨拶《あいさつ》をした。見ると壁には、各施設や車の鍵などが吊《つ》るしてある。課長はそこに、トラックの鍵もぶら下げた。

「郵便物の受け渡しや家族との面会は、ここを窓口にするといい」と、課長は言った。

「ただし機密が漏れるといけないので、僭越《せんえつ》ながら俺が検閲させてもらう」

課長が話している間に出てきた権禰宜は、事情をよく承知している様子で、速やかに彼らを参集殿へ案内してくれた。

玄関前には「円匙《えんぴ》」と呼ばなければならなくなったスコップ、移植鏝《ごて》、刷毛《はけ》、竹篦《たけべら》など、発掘に必要な道具類が置かれていた。

内部は百畳ほどの広さがあり、普段は神宮の諸行事に用いられているという。ここが今回、帝考協の作業員たちの詰所になっているらしい。

五人が荷物を置くと、堤課長が彼らに麦わら帽や手拭《てぬぐ》い、軍手《ぐんて》などを支給しながら話し始めた。

「食い物のことは心配するな。贅沢《ぜいたく》はさせてやれんが、こっちで用意する。それと念のために言っておくが、我々は神宮内の宝物調査名目でここに入っている。しかし本当の目的は、瑞宝探しだ。石上神宮では、主祭神として祀られる三柱のうちの布留御魂大神《ふるのみたまのおおかみ》は、十種瑞宝とその神霊だとされている」

「瑞宝があるとすれば、やはり禁足地を含む地中でしょうか？」と、関川がたずねる。

「確かに明治《めいじ》七年からの調査で、禁足地からは玉も剣も、腐るほど出てきた」

おそるおそる、佐竹が課長に確認した。

「腐るというか、錆《さ》びてたんですよね？」

「まあな。ただそうした経緯もあって、禁足地は過去に何度か調べられている。今回もその禁足地を中心に調査はしているが、瑞宝が出てくるかどうかは分からない」

「他の場所かもしれないと？」と、下田がたずねた。

「だからこれから、貴様たちに神宮内を下見してもらう」

武志は、瑞宝の他に『神事本紀』の写本、あるいは原本がないかどうかも探してみようと思いながら、
まず彼らは、堤課長の後についていった。

そこをくぐって斎庭《ゆにわ》から拝殿へ向かい、全員で瑞宝発見を祈願する。

「ここだけ、時間が止まっているようだな」

杉崎に話しかけられた武志は、彼にだけ聞こえるように「まわりだって、進んだようで人間の本質は少しも変わっていない」と言った。

彼らは次に、拝殿の背後に広がり石製瑞垣《みずがき》で囲まれた、禁足地と呼ばれている約四百坪の区域に足を踏み入れた。

「思っていたより広い」と、関川がつぶやいている。

そこではすでに、数人の作業員が発掘調査を進めていた。全員麦わら帽をかぶり、藪蚊《やぶか》がいるせいなのか、暑さにもかかわらず長袖《ながそで》を着用している。三條教授から聞かされていた通り、年寄りや女性たちばかりで、しかも考古学に関しては素人《しろうと》同然らしい。

みんなが禁足地の中にある本殿を見上げていると、課長が説明をしてくれた。

「明治の調査の際、多くの玉類、太刀《たち》、矛とともに、神剣『韴霊《ふつのみたま》』がこの禁足地から顕現した。本殿は、その神剣を祀るために建立されている。瑞宝は『西方に納めたとする文献

がある』という三條先生の助言もあり、特に西側を重点的に調べているところだ。内務省の承諾も得ている」

同じ禁足地には、校倉《あぜくら》造りの神倉《ほくら》もあった。

「神倉の中の宝物や古文書も、今回調べ直している」と、課長が言う。「貴様らサ行分隊も、この禁足地を中心に作業を始めてもらうことになる」

「堤課長も、ここでご指示を？」

佐竹が質問すると、彼は首をふった。

「言わなかったか？　現場は発掘作業を受注した海道組の監督にまかせている。俺は普段、この向こうの長生殿で待機して、もっぱら支部長や軍との連絡係だな。現場監督も、今はそこで休んでいるはずだ。ついでに案内しておこう」

彼らは一旦、拝殿前の斎庭へ戻り、その先にある長生殿へ向かった。各種の研修や団体の休憩所として使われているところで、今は瑞宝が発見されればすぐに対応できるよう、協会や軍の幹部たちの詰所になっているという。

玄関に入ろうとすると、奥の方から蓄音機が鳴らしているらしい、歌声の入った交響曲のようなものが聞こえてきた。

耳をかたむけながら、関川が「ひょっとして『ラインの黄金』じゃないか？」とつぶやいている。

「詳しいのか？」と、武志はたずねた。

「それほどでもないけど、音楽好きにはわりと有名な楽曲だから」そう前置きして、彼が説明を始める。「ワーグナー作曲『ニーベルングの指輪』。『ラインの黄金』は、その『序夜』だ」

「序夜？」

「ああ、『ニーベルングの指輪』は壮大な楽劇で、確か『序夜』から、第一日『ワルキューレ』、第二日『ジークフリート』、第三日『神々の黄昏《たそがれ》』と続いていくんだ」

廊下を歩きながら、下田が「楽劇なんて、敵国の音楽だろう」とつぶやくと、武志は言い返した。

「敵国じゃない。ワーグナーなら同盟国の方だ」

「しかしここは神宮なんだから、せめて雅楽ぐらい流しといたらどうなんだ」

武志らの雑談にかまわず先頭を歩いていた堤課長が、足を止める。

「ここだ」と言って、彼が障子を開けた。

狭い畳部屋に絨毯《じゆうたん》が敷いてあり、事務机が二つ並べられている。

そのうちの一つ、書類が積み上げられて麦わら帽が置かれた方に、よく日焼けした男が眉間に皺を寄せて座っていた。二十代後半ぐらいで、頭に手拭いを巻いている。

見たところ、部屋の中に蓄音機はない。ワーグナーは、さらに奥の部屋から聞こえてきているようだ。

堤課長がサ行分隊に整列を命じると、その男も立ち上がった。

「佐竹、下田、杉崎、関川、外園」

課長の点呼に各自が即座に応じた後、課長は男の横へ移動した。

「紹介しよう。海道組の城戸《きど》監督だ。今後は彼の指示に従って行動するように」

監督は、整列した五人の前をゆっくりと歩きながら、一人一人の顔をながめていた。

「現場をまかされている城戸です。貴様らがサ行分隊だな。おいおいと仕事を覚えながら進めてもらいたいところだが、時間もない。気合いを入れてやってほしい」

「はい」と、五人が返事をする。

「瑞宝の詳細についてはすでに聞いていると思うので、省略する。十種すべてを発見せねばならないのは言うまでもないが、特に八握剣《やつかのつるぎ》と死返玉《よみかへしのたま》は、是《ぜ》が非《ひ》でも発見せよとの指示が上層部から出ていることをつけ加えておく。早速、取りかかってもらうが……」

五人の前を行ったり来たりしていた城戸監督は、武志の前で立ち止まった。

「外園というのは、お前だな？」武志の返事を確認した彼が、軽くうなずく。「今回の任務についての感想を、率直に言ってみろ」

武志が躊躇《ちゅうちょ》しているのを見ると、「かまわん、言え」と念を押した。

観念したように、武志が口を開く。

「今の探し方では、人を増やしても見つからないのではないかと思います。禁足地から出土するとは限りません。それは三條先生らが挙げた他の候補地についてもいえます。候補地の一覧表から疑ってかかるべきでしょう」

武志は監督の表情が変わったことに気づいたが、かまわず続けた。

「また進め方についてですが、陸軍が帝考協に依頼したところまでは他の業務と同じですから、協会に所属する自分が野間《のま》支部長や堤課長の命令に従うのは当然です。ですが海道組は帝考協の下請業者ですし、その現場監督に自分たちが従うのは指揮系統として疑問です。むしろ逆ではないかと……」

城戸監督は軽く目を閉じ、深く息を吸っていた。

「軍隊なら鉄拳《てっけん》制裁だろうが、ここは軍隊じゃない。そして貴様の言う通り、ここにいる人間でお前を殴れるのは、堤課長ぐらいだ」彼は作り笑いを浮かべた。「貴様のことは、野間支部長や三條先生から聞いている。自分の能力を勘違いしていると思える節もあるが、別にかまわん。ただ我々のやり方が気に入らないのなら、やむを得ない……」

この場で激戦地送りを言い渡されることを覚悟した武志に、監督は意外な指示を出した。

「他に候補地があると考えているのなら、自分らで他を探せ」

「は？」と、武志が聞き返す。

「自主的な活動を尊重するということだ。お前のような人間は、監督する側からすれば非常に扱いにくい。けれども使い方次第で思いがけない成果をもたらすのは、とりわけ科学や芸術の分野では知られているようだ。

さっきも言ったが、我々は軍隊じゃない。命令に従わない奴を力ずくでねじ伏せたりはしないつもりだ。みんなで同じところを探しても仕方ないのも確かだ。今回の任務には別な視点をもった人間も必要だし、貴様らを使う理由は、むしろそこにあるかもしれん」

彼は一度、咳払《せきばら》いをした。

「貴様らサ行分隊を、二班に分ける」驚いたように顔を見合わせている五人に向かって、彼が続けて言う。「一班は俺の指示に従う必要はなく、好きなように動いていい。つまり遊軍だな。遊軍とはいえ、遊んでいられては困る。調査で得られた情報は、必ず報告するように。独自の知識を活《い》かして推理し、瑞宝を探してほしい。もう一班は、経験ある俺たちの指示に従い、他の作業員とも一致団結して瑞宝を探す。

その選択は、貴様らにまかせる。俺について来るもよし、独自に探すもよし……。その代わり、分かってると思うが、競争だ。発見できなかった方は、即刻戦地送りとなる。一人の別班行きは決定として、さて、貴様らはどっちにつく？　俺か、それともこの外園か」

他の四人に、監督が聞いた。

戸惑いを隠せずにいる四人に、「どっちにつくのも嫌なら、さらに班を分けてもいい」と、彼が言う。

しかし、意思表示をする者はいない。しびれを切らせたように、監督が声を荒らげる。

「外園についていく者は？」

誰も手をあげようとしないのを見て、佐竹がぽつりとつぶやいた。

「好きなように動いていいと言われましても……」

次に城戸監督が、自分を指さして言う。

「じゃあ、俺につく者は？」

少しして、四人がゆっくりと手をあげる。

「決まりだ」監督が微笑みを浮かべる。「貴様らは俺の指示で動け。意見具申は大いに歓迎する。それと外園、手が足りなければ他の作業員に手伝わせるが、どうする？」

「いえ、当面は調査が主になって発掘まではいけないので、一人でやってみます。助手が必要になった場合、できれば人選も自分にまかせていただきたいと思います」

「ふん、貴様らしいな」監督はそうつぶやくと、五人全員に向き合った。「では、二班で協力しながら進めてくれ。支度《したく》して、十分後に玄関前に集合するように」

監督が部屋を出ていくと、今まで黙っていた堤課長が、ニヤニヤしながら五人の肩に手を置いた。

「せいぜい頑張りな。俺はちょっと、ここで挨拶まわりしてくる」

そう言い残し、彼は長生殿の奥の間へと向かう。

そこからは、ワーグナーがまだ聞こえていた。

「すまん、外園」長生殿の前で、下田が気まずそうに言う。「けど『長いものには巻かれろ』って言うからな……」

「外園は本当に、世渡りが下手なんだから」杉崎が武志の肩をたたいた。「三條先生や堤課長だけでなく、ここでものっけから城戸監督ににらまれるなんて」

関川が、心配そうに武志の顔をのぞき込んだ。

「どうする？　いきなり四面楚歌《しめんそか》じゃないか」

関川に指摘されるまでもない。城戸監督は二班に分かれても協力するよう言ってはいたが、これからは彼ら四人を含む作業員全員を相手にした、瑞宝の発見競争になる。一人だとできる調査も限られると分かっていたはずなのに、馬鹿な選択をしたものだ……。

武志がそんなことを考えているうちに、玄関から城戸監督が出てきた。

「佐竹、下田、杉崎、関川」

大きな声で返事をした四人に、監督は「さ、行くぞ」と声をかける。

そして四人を連れ、道具類が置いてある参集殿へ向かっていった。長生殿の前に、武志一人が取り残される。

さて、これからどうしたものか……。とにかく、歩きながら考えるつもりで、武志はしばらくそのあたりを見て回っていた。一人きりになるのが不安だったこともあり、足は自然と禁足地へ向かっていく。

数人の作業員に混じって、さっき別れたばかりのサ行分隊の四人も、必要な道具をあてがわれて見様見真似《みようみまね》で作業を始めていた。

禁足地から出土するとは限らないと啖呵《たんか》を切ったものの、ここを掘り起こして見つかる可能性は、まったくなくはないのだ。それでもほとんどの宝物は、すでに掘り出されたのではないかという気がするのだが……。

ぼんやり立っていた武志は、年配の作業員に「邪魔、邪魔」と注意された。

そのまま神倉の方へ向かってみたが、そこでも他の作業員から「ここの宝物はすべて私らで調べるので」と言われ、立ち入りを拒まれる。

ふり向くと、そんな武志の様子を城戸監督が愉快そうにながめていた。

仕方なく彼は、禁足地以外を探してみようと思い、境内《けいだい》を散策してみることにする。しかし石上神宮は広大で、あてもなく敷地内をウロウロしているうちに、とうとう日が暮れてしまった。

三

翌日、武志は一人で石上神宮の周辺まで調査範囲を広げて歩き回っていた。

県道の方から、石上神宮の末社である神田《こうだ》神社《じんじゃ》の小さな祠《ほこら》で祈る老婦人をぼんやりながめていたとき、後ろから突然「おい、ヘタレ」と声をかけられる。

ふり向くと、黒い眼帯の男がニヤニヤしながら立っていた。

「社務所で呼び出してもらうつもりだったんだが、手間がはぶけたぜ」と、藤四郎が言う。

「社務所だと一応取り次いでくれるが、帝考協の課長が先に来て、どこの誰で何の用件か、さんざん聞かれるところだったぞ。あんたが『煙《けむり》藤四郎です』と自己紹介したところで、課長に通用するとは思えない。僕まで怪しまれていたところだ。それより何しに来た？」

無愛想に武志が答えると、藤四郎はなれなれしく彼の肩に手を置いた。

「瑞宝の情報を伝えにきてやったんだ」

「まさか、森之宮神社から見つかったのか?」

「いや、眞理依ちゃんが宮司に聞いたりしてくれたみたいだが、見つかってないし、神社はそれどころじゃないらしい」

「やはりな」武志が小刻みにうなずく。「森之宮神社の縁起から見ても、おそらくあそこから出てくることはないと思う」

「それで、ヘタレの方はどうなんだ？　手がかりぐらいはつかめたのか？」

「こっちだって、まだ始めたばかりだ」

武志は石垣に腰を下ろし、かいつまんで事情を説明した。

「だからと言ってこんなところで何もしないで考えてばかりいたら、戦地送りになるのを待ってるようなもんだ。せめて案内ぐらいしてくれ」

大鳥居へ向かって歩き出した藤四郎に、武志もついて行った。

「この先の神宮内は、協会の関係者がうようよしている。あまり僕とは親しくするなよ」

武志がそう忠告すると、彼は首をひねっていた。

「何でだ？」

「瑞宝探しは一応、陸軍の機密事項になっている。僕が部外者に情報を漏らしていると疑われたら困る。だから参拝者を装っていてくれ」

大鳥居をくぐった二人は、少しだけ距離を取りながら、参道を歩いた。

「案内、といっても……」武志は藤四郎の方を見ず、彼にだけ聞こえるように注意しながら言った。「禁足地は関係者以外立ち入り禁止だ。そこにある本殿も神倉も見せられない」

「そこは協会が調査してるんだろ？　他のところでいい」

藤四郎に言われるまま、武志はまず楼門と拝殿へ彼を案内した。

「この中から小判でも出てくるんじゃないのか？」

そう言いながら賽銭箱《さいせんばこ》をのぞき込もうとする藤四郎を制していたとき、「外園、何してる？」と、城戸監督に声をかけられた。禁足地から長生殿へ戻るところのようだった。

監督にこの男をどう紹介したものか武志が思案しているうちに、藤四郎が話し始めた。

「あの僕、外園君の幼なじみで」今まで聞いたことのないような余所《よそ》行きの声を出しながら、藤四郎が武志の肩をつかむ。「それが偶然バッタリ。いや、なつかしいなあ……」

監督は「ちょっと、外園君」と言って武志を呼ぶと、藤四郎を横目で見ながら彼の耳元でささやいた。

「分かっていると思うが、友人だろうが誰であろうが、余計なことは言わないように」

「承知しています」

うなずく武志に、監督はもう一言つけ加える。

「それと、友だちは選んだ方がいい」

監督が立ち去った後、武志は藤四郎に禁足地の場所を教えておいた。そして拝殿につながる廻廊《かいろう》を歩きながら楼門まで戻ることにする。

「しかし宝物を埋めるなんて、もったいなくないか?」と、藤四郎がたずねた。

「宝物を埋めたというより、埋めたときは神物で、それが後に宝物になったと考えられる」

「それにしても、何で埋める? あとで俺たちが掘り出さないといけないのによ」

「掘り出す奴のことを考えて埋めたりしない。それにこの禁足地に限らないが、ただ闇雲《やみくも》に埋めたわけではないと思う」

「へえ」と、藤四郎がつぶやく。「どんな理由があって埋めたというんだ?」

「理由と言えるかどうかはともかく、本来神様というのは、山の上とか大きな岩とかにいると考えることもあったが、大体は一定のところにはいなかった。それがあるきっかけによって、一定のところに祀られるようになったのが、神社の始まりだとされる」

「つまり特定の場所に神物を埋めたりすることで始まったと?」

武志は苦笑いを浮かべていた。

「そういう推測もできるということだ。けど昔のこと過ぎて、本当のところは僕にも分からん。ただ、『鎮物《しずめもの》』、あるいは『玉埋め』『埋斎』などと言い方や作法はさまざまだが、神社が本殿などを建て替える際に、神物や供物を埋納することは今でもあるんだ。だからこの石上神宮だって、禁足地に限らず境内のどこかを掘れば何かが出てくるかもしれない」

「かつて瑞宝が石上神宮にあったとしても、もうここにはないということはないのか？」

「そうなんだ……」武志は歩きながら、自分のあごをなでていた。「たとえば戦国時代、織田信長《おだのぶなが》の軍勢によって略奪された可能性はある。ただし奪われる前にどこかへ持ち出され、他の場所に埋められたということも考えられないでもない」

楼門に着くと、藤四郎はそれを見上げてつぶやいた。

「門にしては、無駄にでかいな」

「かつては鍾楼門として、鐘を吊るしていたときもあったんだ。鐘はもうないが、そういうことも関係しているのかもしれない」

「鐘が残っていたとしても、どうせ他の金属と一緒に供出になっていただろうな……」

二人は楼門のすぐ横にある休憩所に腰を下ろした。

「せっかく来たんだ。一緒に探してやるぜ」と、藤四郎が武志に言う。

「さっきも言ったが、協会が目をつけたところは部外者立入禁止だ。下手に動けば、憲兵に捕まるぞ」

「だからここじゃなくても、奈良なら、掘れば何かが出てくるんじゃないか？」

「何かは出てくるかもしれない。けど瑞宝が出てこないと骨折り損になる。基本中の基本だが、出そうなところを探さないと」

藤四郎は不服そうに周囲を見回していた。

「この廻廊の外にも、祠みたいなのがいくつかあるみたいだが」

「石上神宮の摂社《せつしゃ》や末社だな」

「摂社？」藤四郎は急に額に手を当て、芝居がかった口調になった。「拙者、早乙女主水《さおとめもんど》之介《のすけ》、なんちゃってな……。そこらはどうなんだ？」

「神宮の摂社には、このすぐ前にある出雲建雄神社《いずもたけおじんじや》、七座社《ななざしや》、天神社《てんじんじや》がある。末社には猿《さる》田彦神社《たひこじんじや》の他、少し離れたところに恵比須神社《えびすじんじや》、それからあんたと出会った神田神社も末社の一つだ。それら摂社、末社も候補にあがっていて、協会が調べているに違いない」

「そうか……。しかし物部氏ゆかりの宝物なら、石上神宮に……いや、奈良にあると決めつけられないと思うが」

武志はうなずいた。

「その線でも、協会は手を打っている。たとえば物部氏の祖神とされる饒速日命《にぎはやひのみこと》などが祀られている藤井寺《ふじいでら》の辛国神社《からくにじんじや》、大阪《おおさか》の八尾《やお》にある物部守屋《もりや》の墓や、彼が関係していたと考えられている渋川廃寺跡《しぶかわはいじあと》なども、協会のリストに入っていた。やはり、他の作業員が調査に行かされているようだ」

「おい、ちょっと待て」藤四郎が口をはさんだ。「物部が関係する寺もあったのか？」

「ああ、そうらしい。ただし蘇我氏とは宗派であるとか、仏教の導入に対する考え方が違っていたんだろう。だから蘇我と物部の争いは宗教対立というより、あくまで権力闘争だったと考える向きもある。いずれにせよ、物部守屋は敗軍の将だ。遺骨も出てこないのではないかと僕は思っている」

一墓と言えば、古墳はどうなんだ？　前に聞いたかもしれんが、古墳に埋葬されているのは何も、皇族や豪族ばかりとは限らんだろう。しかも鏡にしろ剣にしろ玉にしろ、古墳からちょくちょく出てくる。すでに盗掘されていれば別だが、どこか未盗掘で未調査の古墳にあるんじゃないのか？」

武志は腕組みをしながら答えた。

「それは、僕には考えられないな。瑞宝は、副葬品としては扱われなかったはずだ。だから埋められたとしても古墳とは違う埋め方——さっき言ったように埋斎したんだと思う。古墳よりむしろ、神殿跡とかあるいは屋敷跡ではないだろうか。しかも『旧事本紀』を拠《よ》り所とするなら、出てきそうなのは物部氏が関係する遺跡や神社ということに……」苦笑いを浮かべながら、武志が続ける。「そうやって考えてみると、三條先生たちが作成した候補地のリストというのは、それなりに一理ある。ケチをつけるんじゃなかった」

何かをひらめいたように、藤四郎が手をたたく。

「おい、正倉院《しょうそういん》は？」

「随分唐突だな。宝物はたくさんあるが、瑞宝はないと思う。あそこは奈良時代の宝物が主だから、瑞宝とは時代が違う」

「時代をとやかく言うんだったら、伊勢神宮《いせじんぐう》はどうだ？　ここはどっこいどっこいだ」

「それもどうかな。伊勢神宮なら、三種の神器の方だろう。あったとしても八咫鏡《やたのかがみ》で、十種瑞宝はないと思う。いや、しかし……」

考え込んだ武志の顔を、藤四郎がのぞき込む。

「どうした？」

「うん、伊勢神宮にはなくても、ひょっとして斎宮《さいぐう》という可能性はあるかもしれないという気がしてな」

「斎宮？」藤四郎が聞き返した。

「伊勢神宮に奉仕した斎王とその居所のことだ。ここからだと、伊勢神宮の少し手前あたりになる。そこは協会のリストには、あげられていなかった」

「そこも、掘れば何か出てくるのか？」

「ああ。ただし土が乾いているので、土器なんかは出ても木簡類は出土しないらしい。だとすれば、もし埋められていたとしても比礼が布製なら出ないかもしれないな。時代は正倉院よりは前になるが、斎宮が制度として整備されたのは天武《てんむ》天皇の時代以降だから、守屋が生きていた時代から百年近く後になる」

「けど物部の末裔《まつえい》が密《ひそ》かに持ち続けていて、それが何かの事情で天皇家に引き継がれ、その斎王とやらに託されたことも考えられるんだろ？」

「そこまでは分からない。ただ僕がふと気になったのは、斎王というのが天皇家の親族から選ばれた未婚の女性だという点だ」

「女か……」藤四郎も腕を組み、空を見上げた。「そういえば、瑞宝に含まれる比礼というのは、女性が使う代物だよな」

「そうなんだ。十種瑞宝の特徴の一つは、三種の神器にはない比礼があることなんだが……」

「それには、少なからず斎王が関係していたのかもしれん」藤四郎は急に立ち上がった。

「十種瑞宝は、その斎宮にあるんじゃないか？」

　武志は笑いながら、横を向いて言った。

「そう思うなら、お前が行って掘ってくればいい」

「何だ、違うのか？」

「瑞宝が女性が身につける品に限定したものばかりなら、斎宮を候補にあげておかしくはない。話していて気づいたんだが、瑞宝には、剣も含まれている。そっちは男向けだ」

　藤四郎はまたその場にしゃがみ込み、いらだたしげに聞いた。

「他はどうなんだ」

「そうだな」そうつぶやきながら、武志は後ろを向いた。「布留遺跡というのが、石上神宮の西側にある。十種瑞宝とその神霊は布留御魂大神と呼ばれているし、その霊力を引き出す一二三祓詞は布留の言《こと》ともいわれているから、布留遺跡とまったく無関係とも思えん」

「じゃあ、そこへ行ってみればいい。近そうだし」

「けど東西方向にも南北方向にも半里（約二キロ）ほどあって、どこから手をつけていいか分からないぐらい広大な遺跡だ。協会が布留遺跡の可能性に気づいていたとしても、広過ぎて手に負えそうにないので、リストから外していたのかもしれない。朝鮮《ちようせん》半島の伽耶《かや》かどこかで焼かれたか、そこの工人を呼んで作らせたとみられる須恵器《すえき》なんかが出てくるようだが、瑞宝はどうなんだろうな……。

そんな具合に、実際のところ他に候補地がないわけでもないんだが、手がかりが少な過ぎて絞り込めないというのもあるんだ。協会でさえそんな有り様なのに、そこからはぐれた僕なんかが一か所に取りついてしまうと、他の可能性をつぶしてしまうことになる」

「かといって、ただブラブラしていても見つからない」藤四郎は舌打ちをした。「まったく話は堂々巡りだ。とにかく、掘ったら何か出てくるんじゃないか？」

「そんな乱暴な……」

「瑞宝探しなんだから、神様に占ってもらうか？　どこにしようか、神様の言う通りってな。それとも夷子とやらの霊を呼び出して聞いてみるのはどうだ？　たとえば巫女見習いの眞理依ちゃんに頼めば……」

「彼女は巫女見習いだがイタコじゃないし、そんな非科学的なやり方に同意するとは思えない」武志は小さくため息を漏らすと、腰を上げた。「仕方ない」

「どうする気だ？」

藤四郎も再び立ち上がり、武志を見つめる。

「あんたの言う通りだ。じっと考えていても仕方ない。当面は、石上神宮の周辺で協会が候補にあげていないところを調査しながら、次の手を考えることにする」

武志は参集殿で発掘に必要な道具類を取ると、藤四郎を連れて石上神宮の西へ向かった。

布留遺跡の前まで案内された藤四郎は、「何だここは。ただの雑木林と草っ原じゃないか」と、いきなり愚痴《ぐち》をこぼしていた。

「田んぼや川だってある。布留川というんだが」武志は彼にかまわず歩き続けた。「このあたりの発掘は数年前から部分的に始められてはいるが、本格的な調査はこれからなんだ。田んぼは無理としても、林や空き地なら協会の名を出せば許可は下りると思う」

彼は石上神宮の禁足地に近い空き地を選び、そこでやや大きめの石をいくつか拾う。そして自分の歩幅で測りながら、五間（約九メートル）ほどの間隔で「田」の字を描くように置いていった。

「発掘前の標準的な作業だ。発見物があればそれを整理するために、あらかじめ各区画には番地をふっておく。区画の境界の土手は残しておくと、地層の重なりも調べられる」

「何だか知らんが、実際に掘らないことには出てくるものも出てこないぜ」

そう言いながら、藤四郎は早速、足元の土を掘り始める。

「確かに、地面に格子模様を描いてもただの気休めにすぎない。埋まっているかどうかも分からないわけだし……」

その日から武志と藤四郎は、黙々と布留遺跡の調査を続けた。

けれども何ら成果が得られないまま、時間だけが過ぎていく。武志が協会に配属されてから、すでに一週間が経《た》とうとしていた。

「おい、こんな重箱の隅を楊枝《ようじ》でほじくるようなやり方で、本当に見つかるのか」

木陰で体を休めながら、藤四郎が武志に話しかけた。

「言葉の使い方は正しくないと思うが、言いたいことは分かる」

武志は横になりながら、口にくわえていた草を吐き出した。

「明日からはもう八月だぞ。瑞宝の発見期限まで、あと二週間しかない」

「それぐらい、言われなくても分かってる。闇雲に探してみても、確かに骨折り損だな」

「こう、地面をたたいてみたら何か分からないかな」

「スイカじゃない」

「そうか」藤四郎も、その場に寝転がる。「瑞宝って、十種もあれば、バラバラに埋まっているとは考えられないのか？」

「それはサ行分隊の連中とも話したが、十分あり得ると思う」

「だったらお前は否定したが、伊勢の斎宮に、瑞宝のうちで女向けらしい比礼だけ埋まっていてもおかしくないことにならないか？」

「それはないとは言えないが、前に言った通り、あそこは土質もあって、比礼が布製だと埋められていたらまず出てこないだろう。それにあの話は、瑞宝に女性のための宝物も含まれている点を再認識するきっかけにはなったが、比礼が斎宮に埋められていると決めつけたわけではない。何せ、手がかりが少な過ぎる。下手すると瑞宝は、方々に散逸して海外に流出したことすら考えられるんだ」

「手がかりか……。ヘタレは偽書だと言うが、『神事本紀』の線はどうなんだ？　何でも、キリストの墓が日本にあるという説もあるそうじゃないか。そういうところにないのか？」

「夷子とキリストにまつわる伝説を同一視するのは疑問だな。あるとすれば夷子の墓の方だろう。このあたりの、耕作に適さない山の南側の斜面かどこかに、それは作られたかもしれない。けれども彼は罪人として処刑されたんだし、墓は時の権力者か誰かによって破壊されたか、残っていても発見は困難な状態だと思う。そもそも夷子が復活を遂げたとするなら、そこはもう墓でもなくなっている。前に言ったように、瑞宝は弟子や信者たちが、神宝あるいは御神体としていた可能性の方が高い」

「何か他に、手がかりはないのか……」藤四郎は寝転がったまま、遠くの方で老人が連れている牛が草を食《は》んでいるのをながめていた。「あいつらはいいよな。草食ってりゃいいんだから。見てたらこっちの腹まで減ってきやがる。あーあ、石でも食えりゃあ……」

　藤四郎が急に上半身を起こしたので、武志は「どうした？」とたずねた。

「石？」

「そうだ、石だ」

「ああ、彫刻のある石だ。飛鳥《あすか》にたくさんあるじゃないか。亀石《かめいし》とか、猿石《さるいし》とか、酒船石《さかふねいし》とか。今では、何のために作られたのか分からないものがほとんどだ」

「そうだな。飛鳥には謎が多い」

藤四郎は人指し指を立てて話し続けた。

「ひょっとしてそれらの石は、瑞宝を埋めた場所の目印か何かだとは考えられないか？」

武志も体を起こし、あごに手をあてた。

「それはどうだろうな……。石は絵巻物なんかと同じで、文字を読み書きできない人々に何らかのメッセージを伝え残そうとしたものだという考え方はできる。道教との関係を指摘する説もあったと思うが、実際のところ、よく分かっていない。意味が分からないのだから、夷子や瑞宝との関係性を否定する根拠はないんだが、だからといって、それらの石が瑞宝の在り処を示しているとも決めつけられない」

「けれども亀石や猿石の顔の向いている先に、何かあるんじゃないか？　それとも酒船石の模様は、実は地図になっていて、それを解明すれば瑞宝にたどり着くとか……」

「しつこい」武志はハエでも追い払うように、藤四郎の顔の前で手を振った。「さっきから聞いてれば、とんでもない仮説ばっかり引っ張り出してきやがって。こっちも考えてるところなんだから、素人は黙ってろ」

「俺は素人じゃない。藤四郎だ」そう言うと彼は、しつこく武志に話しかけた。「他に手がかりは？　『古事記』や『日本書紀』はどうなんだ？　直接書かれてなくても、暗号みたいな形で書かれているとすれば、何らかの解釈で瑞宝の在り処も出てくるとか？」

「まだその手の話を……。否定しないが、そんな解釈をしたところで曲解のそしりは免れないし、そんなものが瑞宝の在り処を言い当てることになるとは思えない。『旧事本紀』の他に瑞宝探しのヒントになるものがあるとすれば、やはり『神事本紀』だろう。盗まれた巻を取り戻して読むことができれば、偽書かどうかもはっきりしてくるんだが」

藤四郎はニヤニヤしながら、武志の鼻の頭を指でつついた。

「今、眞理依ちゃんのことを考えてたな？」

武志は顔を赤らめ、横を向いた。

「違う」

「違うも何も、ちゃんと顔に書いてあるぜ。瑞宝の在り処は俺にも分からんが、それぐらいは隠さなくても分かる」にやけていた藤四郎が、ふと真顔に戻る。「隠すと言えば、おい。さっき、比礼は埋められていたら出てこないとか言ってたが、どこかで保管されているとは考えられないか？」

武志は彼に目をやった。

「どういうことだ」

「いや、俺たち瑞宝は埋まっているものと決め込んで探しているが、地面の下にあるとは限らんということだ」

その場で軽くうなずきながら、武志がつぶやく。

「確かに馬鹿とハサミは使いようだな……」

「何だと？」

藤四郎が聞き返すと、武志は頭に手をあてた。

「いや、すまん。けど、あんたもたまには良いこと言うと思ってな……。確かにそうだった。古代がどうだったかまでは分からないが、『鎮物』として埋納されるのは、原則的には燃えないものだ」

「すると、比礼が布製品だとすれば……」

「ああ。比礼だけ別に、どこか別の場所で保管されているとも考えられる」

「といっても、宝物なら略奪や盗難の恐れもある。保管というより、どこかに隠したんじゃないか？」藤四郎は武志の肩をつかんだ。「神宮の神倉かどこかに、隠し部屋があるのかも？」

「いや、略奪を警戒するなら、もっと気づかれないところだろう。神倉や本殿などは、まず考えられない……」

腰を上げた武志に、藤四郎はたずねた。

「どこへ行く？」

「神宮へ戻る。そうなれば、あんたと一緒にいるのはまずい。僕一人でやってみる。結果は報告する」

武志はそう言い残し、藤四郎と別れた。

四

手始めに武志は、楼門から探してみることにした。

その前に社務所へ行き、権禰宜に頼んで梯子《はしご》と提灯《ちょうちん》を用意してもらう。こういう仕事は藤四郎の方が向いているのにと思いながら、早速楼門に梯子をかけた。

登りかけたとき、「おい外園」と、自分を呼び止める声に気づいた。

ふり向くと、佐竹と下田がこっちを見ながら近づいてくる。

下田は、「ここで何する気だ?」とたずねた。

それには答えず、武志は二人に聞いた。

「君たち、禁足地にいたんじゃ……?」

微笑みながら、佐竹が答える。

「参集殿へ戻ってきたとき、社務所でたまたまお前を見かけてな。何をする気か知らんが、一人じゃ大変だろう。禁足地には杉崎と関川がいるし、手伝ってやるぜ」

彼らに見つかったのは、仕方のないことだと武志は思った。梯子を持って境内をうろついていたら、遅かれ早かれ目をつけられていたのは間違いない。自分一人だとできることは限られているのも事実だった。

武志はうなずくと、佐竹に梯子を支えてもらい、下田に続いてゆっくりと登っていった。

先に屋根裏へもぐり込んだ下田が、提灯の明かりで周囲を照らす。

体格のいい下田が邪魔だったが、手前の古びた梁《はり》に蜘蛛《くも》の巣が張っているのが、武志にも辛うじて見えていた。

先へ進もうとする下田に、武志は「建物が古いから、気をつけろ」と言った。

その声が、わずかに反響している。

武志も注意しながら、提灯を持っている彼の後ろに続いていく。

しばらくして下田が、「おい、何かある」とつぶやいた。

彼が照らし出した先を、武志も注目する。

屋根裏の角の、梁からずり落ちないような位置に、埃《ほこり》まみれの桐《きり》の箱のようなものが置かれているのが見えた。一般的な長持《ながもち》よりは小型で薄く、一人で持ちかかえるのは困難でも、二人なら十分運べそうな大きさだった。

「瑞宝か？」

思わず下田が声をあげる。

「だとすれば、少なくとも比礼がそこにあるはずだ」と、武志は答えた。

運動神経の良さそうな下田が梁を渡っていき、先に桐箱に手を触れる。

「俺が見つけたんだからな」

当然のように、武志は反論した。

「楼門に目をつけたのは、僕が先だった」

しかし、ここだと暗くて何も確かめられないことで意見が一致した二人は、協力して桐箱を持って下りることにする。

「見つかったのか?」

その様子を下で見ていた佐竹が、大声で彼らに聞いていた。

武志は彼に、城戸監督と堤課長を呼んでくるように頼む。

楼門の下までたどり着いた武志と下田は、取りあえず桐箱を日陰に置き、手拭いで埃を払った。

「桐箱は、この上に隠した者が用意したんだろう」と、武志が言う。「せいぜい数百年前のものじゃないか?」

「ああ」下田がうなずきながら、箱を見下ろしていた。「肝心なのは中身だ」

佐竹が戻ってくるのを待ちきれなかった二人は、協力して、箱を開けてみることにした。蓋《ふた》には鍵もかけられておらず、案外簡単に開けることができた。

汗が落ちないよう気をつけながら、中をのぞき込んでみる――。

一番上に、絹製で、ところどころに金糸などが精緻に刺繍《ししゅう》された布が納められているのが確認できた。

これが比礼なのかもしれない、と武志は思った。今まで伝説上のものでしかなかった瑞宝の一種が、初めて形をともなうものとして武志の前に姿を現した瞬間だった。

真贋についてはこれから確かめなければならないものの、目の前の光景をながめながら、武志は珍しく興奮を抑えることができずにいた。

しばらくして城戸監督が、少し遅れて堤課長と佐竹が、息を切らせてかけつけてきた。

「これがあの……」

監督は、箱をのぞき込んだまま絶句している。

武志と下田は、発見したときの状況を、彼らに説明した。

「ここでは何なので、中身は長生殿で確かめよう」

課長の提案により、一旦桐箱を閉じ、みんなで運ぶことにした。

長生殿に入ると、奥の間の蓄音機から『ワルキューレ』が聞こえてくる。その曲なら、武志も学校の音楽室かどこかで聞いた覚えがあった。ワーグナー作曲『ニーベルングの指輪』の第一日である。

蓄音機の楽曲にかまわず、彼らは桐箱を、普段は研修などに使われている大広間の前の廊下まで運んだ。

まず、石上神宮の権禰宜が用意してくれていた白い麻布を大広間に敷く。

その中央に桐箱を置くと、彼らは軍手をはめ、再び蓋を開けた。

慎重に、中身を取り出してみる。

まず布は、三枚に分かれているようだった。

そのうちの一番上にあった一枚を、注意しながら広げていく。

全体に変色していたり糸のほつれが見受けられたりするなど、幾分損傷してはいるものの、まるで晴れ着のように煌《きら》びやかで、瑞宝であると確信させるにふさわしい威光を放っていた。襟巻きのような長方形をしていて、長さは人の背丈ほど、幅は肩幅ぐらいある。

次に他の二枚を順に広げてみた。それらの大きさは長方形のものとほぼ同じだったが、「矢尻《やじり》」のような、特徴的なくさび形をしている。二等辺三角形のようでもあるが、内角の一つが百八十度以上ある「凹型四角形」といわれるもので、見たところ「矢尻」の先端にあたる角は、三十度から四十度の間ぐらいではないかと思われた。

「三條先生に伝えないと」と、城戸監督が言う。

堤課長はうなずいていた。

「ああ。軍へは調べてからの方がいいかもしれないが……」

武志はもう少し、布に顔を近づけてみた。

表面には唐草模様のような渦巻きを背景に、丸や三角など、幾何学的な模様が色鮮やかにいくつも縫い表されている。

「直弧文《ちょっこもん》の一種のようですね」

武志がそう言うと、考古学にあまり詳しくなさそうな堤課長が聞き返した。

「直弧文？」

「見ての通り、直線と円弧を組み合わせたような模様ですよ。古墳時代の石棺や刀、鏡などに時折みられます」

「瑞宝の比礼に違いない」監督はその場で、自分の手を一度たたいた。「明治初期の調査では禁足地でも神倉でも発見されなかったため、宝物誌に載らなかったんだろう」

堤課長は何かに気づいたように「そうだ」と言うと、急いで自分の部屋へ向かっていく。

「しかし、とても古代のものとは思えないよな」

腕組みをしながらつぶやく佐竹に、下田も同意していた。

「ああ、保存状態がいい」

「霊力の賜物《たまもの》じゃないか?」と、監督が言う。「比礼はやはり、石上神宮にあったんだ」

課長が、写真機を持って大広間に戻ってきた。早速、写真を撮ろうとしている。

「写真はまずい」監督が課長を制しながら言った。「霊力が損なわれては困る」

さらに観察を続けていた武志は、くさび形をした方の布には二枚とも、表面の一部に染みのようなものが付着していることに注目していた。

「これは……」

ただの黄ばみや生地の劣化によるものとも思えない。

同じことを考えていたのか、隣にいた課長がつぶやくのが聞こえた。

「血の痕《あと》?」

城戸監督が「俺にもそう見える」と言うと、みんなもうなずいている。

どうやらそれは、血痕《けっこん》で間違いなさそうだった。

「だとすれば、一体、何があったんだ?」佐竹が首をひねっていた。「この比礼をめぐって、殺生沙汰《せっしょうざた》でもあったのか？」

「いや、分からん」

課長はそう言ったまま、しばらく黙り込んでしまった。

武志には染みの形がどことなく人の顔の輪郭に見えなくもなかったが、馬鹿げた考えだと思い直し、口にはしなかった。

「それでも、よく残っていたな」監督は武志に向き直ってたずねた。「他の瑞宝は？」

武志が答える前に、下田が口を開いた。

「自分が見つけたのは、この比礼だけであります」

「鏡も剣も玉もどこかにあるはずだ」監督は大きな声で彼に命じる。「もっとよく探せ」

「はい」

背筋を伸ばして、下田が返答をした。

「とにかく十種瑞宝のうちの三種は見つかった」と、課長が監督に言う。「三條先生と、それからやはり辛島《からしま》少尉にも俺から伝えておこう」

「お願いします」監督はうなずいた後、独り言のように続けた。「十種そろえば、一体何が起きる？　畜生、ゾクゾクしてきやがった……」

その後監督は、佐竹、下田、武志の顔を見比べていた。

「比礼発見に関しては、五分五分だな。勝負は他の瑞宝で決める。引き続き調査しろ」

佐竹と下田は威勢よく返事をすると、楼門へ向かっていった。

一方武志は、まだ比礼を矯《た》めつ眇《すが》めつながめては、首をかしげている。

監督らの前では言わないよう注意しているが、保存状態がいいのは霊力によるものと考えていいのか、彼には分からなかった。またこれらが比礼だとすれば、女性が肩にかけるものということになるが、それにしてはかなり立派過ぎないかとも思っていた。長方形でなく、くさび形をしているものが含まれているのも、気になると言えば気になる……。

「何をしている」監督が、そんな彼に声をかけた。「お前も現場へ戻れ。お前の仕事は見つけることであって、見つかった瑞宝を調べることでも管理することでもない。その後の調査は三條先生にまかせておけばいいし、盗まれたりしないよう俺たちと協会でしっかり管理しておく。分かったら、さっさと行け」

武志は「はい」と返事をするしかなく、未練はあったが、大広間を出ていくことにした。

布留遺跡に戻ってきた武志は、木陰で休憩している藤四郎に、取り急ぎ楼門での出来事を報告する。

「で、肝心の比礼は?」と、彼は聞いた。

「長生殿にある。今後は三條先生たちが調べることになっている」

「それで、俺は? 見られないのか?」

武志は小刻みにうなずいた。「部外者だからな」

「何だ、つまらん」藤四郎が小石を拾って放《ほう》り投げた。「まったく、トンビに油揚げだ」

「僕だって追い出されてきたんだ。見つかった比礼は、もう僕たちの自由にはならない」武志は、藤四郎の横顔を見つめていた。「あんたまさか、盗むつもりじゃないだろうな」

返事をしない彼に向かって、武志は続けて言った。

「そんなことをすれば、間違いなく捕まるぞ。いずれは帝考協を通じて軍に献上されるはずだが、比礼は他の瑞宝の調査状況をにらみながら、しばらく長生殿で保管されると思う。あんたがおがめる機会は、まだあるかもしれない。どのみち、比礼だけではみんなが期待している霊力は得られないに違いない」

「で、ヘタレはこれからどうする？」

「当然、残された瑞宝――鏡二種、剣一種、玉四種を探すことになる。それらはやはり、埋納されていると僕は思うが……」

「その比礼に、他の瑞宝発見の手がかりになるようなことは書かれてなかったのか？」

「それが幾何学的な模様だけで、文字情報や地図みたいなものはなかった」ふと何かを思い出したように、武志は顔を上げた。「そういえば、三枚のうちの二枚に、血がついていたが……」

「血だと？」

「ああ。だが何らかの事件があったことはうかがえても、血痕が地図のようには見えなかったし、瑞宝探しにつながるとは思えない」

「そうか……」

藤四郎は立ち上がると、ズボンについた土を手で払っていた。

「どうするつもりだ？」と、武志はたずねた。

「大阪へ行って旧文字屋の大将と眞理依ちゃんに、比礼が見つかったことを伝えてくる。『神事本紀』が偽書でないのも、それで証明できるわけだしな」

「いや、それはまだ……」

首をかしげている武志に、藤四郎がたずねた。

「何だ？　見つかった比礼は、『神事本紀』にも記されていたんじゃなかったのか？」

「いや、それが、あれは比礼、つまり襟巻きというより……」

「どうした？」

考え込んでしまった武志の肩を、藤四郎がたたいた。

「相変わらずはっきりしない奴だな。だからお前は、ヘタレだと言うんだ。じゃあ俺は、眞理依ちゃんと会ってくる。悪く思うなよな」

藤四郎は軽く片手をあげると、そのまま武志を置いて行ってしまった。

翌日の八月一日には、三條教授と辛島少尉が石上神宮に到着し、発見された比礼を確認していた。協会では今後、調査の進展をみながら、補修作業にも取りかかるという。また、比礼が楼門で見つかったため、他の地域で探していた作業員の何名かも、石上神宮にまわされることになった。

　こうして城戸監督の指揮下にある作業員は、石上神宮を中心に増員されていったが、武志は相変わらず、一人で布留遺跡での調査を続けていた。その状況は、次の日になっても変わらない。

　しかし三日の朝になって、藤四郎が武志のところに戻ってきた。

「ああ、疲れた」わざとらしく、彼は肩で息をしていた。「こう伝書鳩《でんしょばと》みたいに行ったり来たりさせられちゃかなわないんで、次からは電報にしてくれと言っておいた」

「それでどうした？」と、武志がたずねる。

「ああ。旧文字屋の寛八さんから、伝言を言付かって戻ってきたんだ」息を整えているのか武志を焦《じ》らしているのか、彼は一呼吸おいてから続きを言った。「『神事本紀』の盗まれた巻が、戻ってきたんだとさ」

　それを聞いた武志は、急いで神宮へ向かい、楼門にいた城戸監督に「しばらく外出します」と告げた。

　当然のように監督は、「どこへ行く？」と彼にたずねる。

「いえ、ここは手が足りているみたいなんで、ちょっと他を探してきます」

　武志はそれだけ伝えると、藤四郎と一緒に大阪へ向かうことにした。不謹慎かもしれないが、再び眞理依に会えることにも、彼は密かな期待をふくらませていた。

五

旧文字屋に着いた二人は、まずステテコ姿の店主、寛八に一礼し、店の奥へ入れてもらった。ちゃぶ台が置かれた四畳半ほどの狭い部屋には、すでに眞理依が到着していた。

武志はやや緊張しながら、彼女に挨拶をする。

「私も今着いたばかりなんです。神社の後片付けに追われていて」次の瞬間、彼女は微笑みを浮かべた。「比礼、見つかったそうですね。藤四郎さんからお聞きしました」

武志が答えようとする前に、藤四郎が口をはさむ。

「ただし全部、ヘタレが帝考協に持っていかれたんだとさ」

「ヘタレ？」と、寛八は聞き返した。

「ああ。『屁《へ》っ垂《た》れ』を縮めて『ヘタレ』。もちろん、こいつのことさ」

眞理依の目の前で武志の頭を小突く藤四郎に、寛八が言う。

「鞘当《さやあ》てのつもりか何か知りまへんけど、武志はんはそんなお方やおまへんで。そら優柔不断なところはありますけど、こんな時代に自分の考えもなく人にへつらっている連中よりかは、よっぽど骨のあるお方です」

「けれども、せっかく見つけたお宝を……」

「仕方なかったんです」藤四郎の言葉をさえぎり、武志が弁解する。「こっちでも進展があったと聞いて戻ってきました。他の瑞宝発見の手がかりになればと思って」

「ああ。盗まれた巻を売りにきた奴がいたんで、頼まれてた通り買い戻しときました」

寛八はそう言いながら、押し入れを開けた。

「私の方も、疎開先の祖母に手紙を出しました」と、眞理依が言う。「返事はまだですけど、『神事本紀』について何か知っていることを教えていただけるようお願いしています」

寛八は、古本が積まれた棚の一番上にある冊子を取り出し、みんなに見せた。

表紙には『神事本紀』の横に、『生』という副題が書かれている。

「これです。ありがとうございます」

眞理依は嬉しそうにその冊子を抱きしめた後、代金を寛八に払っていた。

「この後の『滅』の巻は、わしも先日、藤四郎はんと眞理依ちゃんから見せていただきました」と、寛八が言う。

「その間にあたる『救』の巻は？」武志は眞理依から冊子を受け取ると、中身を確かめるようにめくりながら寛八にたずねた。「盗まれたのは、『生』『救』の二巻でしたが」

「いや、それがな……」寛八は気まずそうにしながら、頭に手を当てた。「持ち込まれた本は、基本的に何でも買う。あんさん方の事情もよく分かってるつもりや。しかし、あれだけは……」

「どういうわけだ？」と、藤四郎がたずねた。

「いや、実は『救』の巻の表紙に、一文が書き添えてあって……」ちゃぶ台の前に腰かけた寛八は、小声で話し始めた。「それによると、『この先、読み倣いたる者は至福とともに滅ぶを旨《むね》とすべし』と」

藤四郎は寛八を見つめたまま、「それのどこが問題なんだ?」とたずねた。「そもそもどういう意味だ、それは?」

「そのまんまだろうな。つまり『生』はともかく、『救』より先の巻を読んでなおかつその通り実行するのであれば、その者は至福感を得られると同時に滅ぶことを覚悟しておかねばならない」と、武志が言う。「そういえば滅びにまつわる記述というのは、『新約聖書』にもあったと思うが……」

「マタイによる福音書――イエスの教えという『狭き門』に対する、大きくて広い『滅びにいたる門』のことですかな」寛八がそう補足した。「けどそれとは微妙に意味合いが違っている気がせんでもない。こっちは夷子の教えに倣っても『滅ぶ』とあるからな」

「ただし、『至福とともに』だ。それも一体、何を意味しているのか……」

考え込んでしまった武志を置いておいて、寛八が説明を続けた。

「とにかく、そういう前書きがあったわけや。それで買い取るのを渋っていたら、そいつが『一巻だけでも』と言ってきた。わしは、相手を怒らせせんように注意しながら、言われた通り、一巻を買い取った。そしたら盗人《ぬすっと》は金を受け取って、おとなしく帰っていった」

藤四郎がちゃぶ台をたたいた。

「どうして捕まえておかなかったんだ」

「そない言われても……。もししくじったら店の金や商品ごと、せっかく買い取った『生』の巻も奪われてたかもしれんやないか。もう二十年若かったら、捕まえてやったんやが」

「寛八さんの言う通りだ」武志が彼を弁護した。「相手が刃物でも持っていたら、命だってどうなってたか分からん」

「ただ、連絡先は聞いてある」寛八は藤四郎にそう言い訳をした。「気が変わったらこっちから連絡するから、と言うてな」

「その『救』の巻の表紙の書き込みというのは、私も見た覚えがあります」と、眞理依がつぶやく。「けど中身と違って草書体で、私には読めませんでしたけど」

「そうやろ」我が意を得たように寛八が言う。「そもそも『神事本紀』には、偽書の疑いもあったやないか。そんなもので命を狙《ねら》われるのは割に合わん」

「盗人の一人ぐらいで怖《お》じ気《け》づくとは、情けない」

藤四郎が小馬鹿にしたように言うと、寛八は否定した。

「違う。盗人やなくて、あんなものを持っていると、特高に狙われるからや」

「特高？」

それが「特別高等警察」を意味することは、藤四郎でも知っていた。

「ああ、あんな一文が表紙に書かれた写本の存在に特高が気づけば、没収するのはもちろん、所有者は捕まるやろう」

「そんな大げさな」

藤四郎が笑っても、寛八は表情を変えなかった。

「あんたら、特高の恐ろしさを知らんようやな。あいつら人を見たら思想犯と疑って、次々検挙していきよるんや。最近では日本の敗戦を暗示するような書物や文書に、特に神経質になっとる。表紙に『滅ぶ』と明記されている書物なんか、危険思想の典型であり亡国の書と見なされるかもしれん。売り物にならんどころか、持っているだけで逮捕される」

「考え過ぎじゃないのか？」

藤四郎は片手をふった。

「いや、そんな事例はいくらでもある。実際、この旧文字屋にもちょくちょく偵察に来て、本棚に目を光らせとるんや。せやから『救』の巻をめぐって盗人と交渉していたときに、もし特高が来ていたら、わしもどうなっていたか分からん。それほど危ないもんや。店の再建を夢見て頑張ってるのに、そんな憂き目にあいたくないがな」

「まったく、どうなってるんだ」武志は思わず、そうつぶやいた。「考古学はれっきとした学問なのに。何でそれが思想犯になるんだ」

「そんな理屈が通用しないから、恐れてるんや」寛八は、さらに声をひそめた。「記紀神話にしたって、かつての権力者たちによる自己弁護の意味合いが強く、強引に辻褄《つじつま》合わせをしたきらいが随所にある。しかし今、いくら理にかなっていてもそんな説を大っぴらに発表すれば、間違いなく特高に捕まる。『神事本紀』にしても、『本紀』が天皇の伝記を意味していないと取られると、それだけで反逆の書やと解釈されかねんと思てる。そしたら『救』以外の巻であっても、所持していれば特高に狙われる理由はある」

「いくら何でも、そこまでは……」

武志が首をかしげる。

「確かにそこまで気をまわすことはないかもしれん。けど、わしらが考えもしないようなとんでもない言いがかりで特高に逮捕される可能性があるという状況には、変わりないわけや」

寛八の話にそれなりの現実味を感じ取ったらしく、藤四郎は低い唸り声をあげていた。

「けど、何で『救』の巻から先を読んでその通りにすると、『至福とともに滅ぶ』んだ？腹上死みたいなものか？」

武志は眞理依の方に目をやりながら、藤四郎の脇腹を小突いた。

「『滅ぶ』の意味の一端は分からんでもない。宗教弾圧だ。実際、夷子の教えは駆逐されている」

「じゃあ、『至福』は？」と、藤四郎が聞いた。「滅ぼされるのに、至福はないだろう」

「それはおそらく、教義の神髄の理解やないのか」武志の代わりに、寛八が答える。「つまり悟りや」

「その教義の神髄というのは？」

寛八は笑いながら手をふった。

「読んでないのに、分かるわけないがな」

「いくら神髄でも、理解して死ぬくらいなら、知らない方がいいよな」

「それはどうかな」と武志が言う。「それでも知りたくて追いかけてる人は多いと思うが」

首をひねったままの藤四郎を見ながら、寛八が言う。

「ちょっとつけ足しておくと、『滅ぶ』という一文は、さっき眞理依ちゃんが言うたみたいに草書体で書いてあった。これは多分、行書体で書かれた『神事本紀』の原本にあったものではなく、後世の何者かによる注意書きと考えられる。それが書き写した者なのかどうかも分からんわけやが……」

眞理依も首をかしげながら、武志にたずねた。

「後世の人の注意書きだとしても、あえて『滅ぶ』と書き添えた理由は何だったんでしょうね……？」

武志は眉間に皺を寄せながら、話し始めた。

「おそらく夷子の弟子や信者に限らず、過去において夷子の教えに従い、至福とともに滅んだ人たちがいたということを示しているんだろう」

「やはり物部氏もそれで滅んだのでは？」

「いや、前にも言ったと思うが、『滅』の巻を読んだ限りでは物部守屋は夷子とある程度の距離を取っていたようなので、以後もそれにはあてはまらないような気がする。しかし穴穂部皇子の方に、そうした運命を感じ取れないでもなかったが……。注意書きを書いた人というのは、他にもそうやって滅んでいった人間を見聞きしていたのかもしれない。ひょっとすると、自分も含めて……」

「まさか、俺たちも？」

　自分を指さす藤四郎を見て、武志は苦笑した。

「それは『救』の巻以降を読んで、夷子の教えとやらを、どの程度理解したかにもよると思う。『救』の巻より後は、いろんな意味で注意が必要なようだ。表紙の注意書きも気になるが、とにかく『救』の巻を取り戻すのが先だな」

「ええ」眞理依がうなずきながら、寛八の方を見た。「寛八さんと私で、その人の連絡先を調べてみます」

「盗人が自分の居場所を言うか？」藤四郎が横を向いた。「寛八さんが迷っているのを見て危ないものを感じたとすれば、なおさらだ」

「でも、とにかくあたってみます。もし取り戻せれば、寛八さんにご迷惑がかからないよう、私の方で保管させていただきます」

「ところで、こっちは大丈夫なんだろうな？」

　藤四郎は、ちゃぶ台に置いたままになっていた『生』の巻を指さした。

「何が？」と、武志がたずねる。

「決まってる。うかつに読んで滅んだりしないだろうなということだ」

「さあ、大丈夫じゃないか？　『生』の巻は注意書きのある『救』より前の巻だし、そもそも僕もあんたも、『救』の後の巻である『滅』を読んでしまってる。さっき言ったように、理解の程度によるんだろう。いずれにしても、『うかつ』に読んでるあんたなら大丈夫だ」

武志は『生』の巻を手に取り、頁《ページ》をめくり始めた。

「果たして『神事本紀』、至福の書か、それとも滅びの書か」と、寛八がつぶやく。

武志はみんなに確認するように「じゃあ、読んでみる」と言った。

藤四郎も瑞宝の手がかりが書かれているかもしれないと思っているのか、武志の声に耳をかたむけていた。

第四章　生

一

宇多《うた》には分からなかった。

何故《なぜ》、自分と同じように人を愛さねばならないのか。目の前にいる人が神とは、どういうことなのか――。

何より分からないのは、彼の存在そのものだ。出生にまつわる噂《うわさ》は、本当なのか。彼が見せたという奇跡の数々も、果たして真実なのかと思ってしまう。

彼を理解する上で、そうした伝説めいた話が障害にならず、むしろ助けになる人もいるのだろう。しかし宇多は駄目だった。何か腑《ふ》に落ちないことがあると、彼が真に伝えたかったことにまでたどり着けずにいた。

一体彼は、どのような人物だったのか？　奇跡の人、神の御子《みこ》というわけのよく分からない解釈で投げ出さず、彼について理性的に見つめ直しておくべきではないだろうか。

また彼が訴え続けた人の生きる術《すべ》を、宇多はうやむやにしておきたくはなかった。弟子や信者たちの理解を超えていたかもしれない彼の志も、明らかにしておく必要がある。

宇多は彼といたときも、彼と別れてからも、彼について考え続けていた。これは、その記録である――。


「この阿呆《あほう》」

敏達《びだつ》天皇十三年八月、宇多は物部弓削守屋大連《もののべのゆげのもりやのおおむらじ》の屋敷で、中臣勝海大夫《なかとみのかつみのまえつきみ》に怒鳴《どな》られていた。他の斥候は蘇我馬子宿禰《そがのうまこのすくね》による仏殿建造計画を突き止めたにもかかわらず、宇多は何の情報も持ち帰らなかったのだ。

許しを乞《こ》う宇多に、守屋は新たな任務を与えた。

噂では、都の外に従来の神道とはまた作法を異にする巫女《みこ》がいるという。その動向を探れというのだ。ひょっとすると、蘇我による神道の切り崩し策とも受け取れる。

あるいは我等《われら》に利する者かもしれず、そうであれば是非《ぜひ》とも話を聞いてみたいと守屋は言う。守屋は、この国を一つに束ねられるような神々の物語と、その流布《るふ》が必要ではないかと考えていたのだ。

勝海に「手柄を立てるまでは戻ってくるな」と命ぜられた宇多は、屋敷を放《ほう》り出された。

そのときの宇多は、自分にも、自分の境遇にも嫌気がさしていた。何一つ、自分の意のままになることはない。何をさせられても、これが自分のすべきことかと思えてならない。

物部の屋敷へも、もう戻りたくはなかった。

一体どうすれば、この生の苦しみから救われるのか。何としても、その答えを知りたいと思う。できるならば、神とやらに直《じか》に会って、救ってもらいたい。しかし自分の産土神《うぶすながみ》はおろか、物部守屋が祀《まつ》る布都御魂大神《ふつのみたまのおおかみ》も、救ってくれるどころか、その声すら聞かせてくれたことがない……。

けれども都の外にいるという巫女が祀る神はどうなのだろう。やはり神の声を聞かせてくれない者だとすれば、その旨を守屋に報告し、巫女を突き出そう。もしそうでなければ、物部の屋敷に戻ることはもうないかもしれない。

宇多はそう思いながら、救いを求めて旅を始めた。


大和川《やまとがわ》を下り、河内湖《かわちこ》へ出た宇多は、さまざまな形態の道祖神に出会うたびに手を合わせながら、巫女を探し続けた。農民や漁師に聞いてまわり、十日ほど過ぎたころだった。ようやく、湖のほとりで人の体を洗ってやっている中年の巫女を見つける。禊《みそぎ》のようだったが、宇多が知っている神道のどの流儀とも異なっていた。

巫女は与禰《よね》と名乗り、各地でまちまちな神々の物語を一つにまとめた上で、民を救うための方策を検討していると言う。

与禰を信頼した宇多は、自分の悩みを打ち明け、「神に会わせてほしい」と頼んだ。

しかし、「自分は神の声を伝えるだけで、直接会わせてやることはできない」と、与禰が答える。

落胆する宇多に、与爾は続けた。

「夷子《いす》を訪ねてみるといい。彼なら、神に会わせてくれるかもしれない」と。

夷子は、かつて与爾とともに神道を学んでいたが、自分なりに神を探求してみたいと言い、与爾の元を離れたのだという。

夷子という人物について知りたいと思った宇多は、今度は彼を探して旅を続けた。人にたずねながら北へ向かった宇多は、彼の消息とともに、いくつかの噂を耳にする。彼には病を癒《いや》したり、未来を予知したりする能力があるらしい。また彼は、処女だった母親が神のお告げを聞いて生まれた、「神の子」だともいう。

そんなふうにして人が生まれたりすると信じられなかった宇多は不思議な気がしたが、彼に会って確かめればよいことだと考え直した。

近淡海《ちかつおうみ》の集落で、宇多はようやく、彼の弟子らしき者たちが数人、人を集めているところに遭遇する。

待っていると、長髪で髭《ひげ》を生やしている男が宇多の前に現れた。

二

三十歳を少し過ぎたぐらいで、特異な風貌《ふうぼう》ではあったが、柔和な表情をしている。与爾が言っていた、夷子に違いない。

聴衆に向かって彼は言った。

「自分と同じように人を愛せよ」と。

「人を救うことで、自分も救われる」とも。

宇多には夷子の言っていることが理解できなかったが、従来の神道で得られなかったような高揚感を漠然《ばくぜん》とおぼえていた。

そして夷子は服を脱いで湖に入ると、弟子たちが誘導する希望者一人一人の体を、老若男女問わず洗ってやっていた。

泣きながら彼の体に触れる者もいたが、彼はそれを拒もうとしない。

宇多は、悩み苦しんでいるのは自分だけではないと知るとともに、何故彼があぁまで献身的に人に接することができるのか疑問に感じていた。直接話しかけてみようとしたが、宇多を不審に思った弟子たちによって阻まれる。

それでも彼なら神に会わせてくれるかもしれないし、彼をもっと知りたいと思った宇多は、弟子らが押す荷車の後をついていくことにした。一方で、もし自分を救ってくれなかったときには、物部に報告してやろうとも考えていた。

他の集落でも、夷子の一行は同様の説教や禊、悩み事の相談や懺悔《ざんげ》の援助などを行い、食べ物を受け取ったり、また寝泊まりする場所を提供してもらったりしていた。

多くの人々が、彼の行く先々に集まる。特に今の生き方に満足していない若者たちが関心を示しているように、宇多には見えた。宇多自身も、不思議な魅力を彼から感じていた。

宇多は弟子たちに取り入り、荷車押しを手伝ったりするようになっていく。そして夷子に近づき、「自分も助けてほしい、導いてほしい」と彼に言った。自分の苦しみを吐露し始めた宇多は、泣きながら弟子入りを直訴する。

しかし弟子たちは、修練の厳しさを理由に、宇多を遠ざけようとした。

宇多は、「自分にはもう、他に行くところがない。自分は神の声を聞きたいのだ」と叫んでいた。

その様子を見ていた夷子は、弟子入りを認め、宇多に言った。

「神の居場所は山でも海でも、空でもない。今、私の目の前にいるのだ」と。

宇多は驚きながら、彼の言葉を聞いていた。

夷子にとって、目の前にいる宇多が神だと彼は言っているらしい。あれほど探していた神が自分自身だと言われても、宇多にはその意味が理解できなかった。

呆然《ぼうぜん》としている宇多に、夷子は修練を続けるよう告げた。


一行は湖西《こせい》を南へ移動しながら活動を続けた。

炊事や洗濯など、宇多は兄弟子たちの世話ばかりさせられていたが、神の声を聞くためだと思って辛抱した。そんな宇多を、夷子が黙って手伝ってくれることがしばしばあった。

各地で聴衆は、夷子の説教を熱心に聞いていた。

曰《いわ》く、「自分が満たされたいときには、人を満たしてやりなさい」「ある人を愛して報われないのなら、その気持ちをすべての人に向ければよい」「自分のためではなく、人のために祈りなさい」

相変わらず宇多はそれらの言葉をよく理解できずにいたが、夷子が既存の神道では救われなかったような人々を救おうとしているらしいことは感じていた。

また夷子をそばで見ていると、弟子や信者たちといるとき以外は、神に祈ったりするよりも一人で掃除や荷物の整理などで体を動かしていることの方が多いようだった。ただ、ときには地面に渦巻きや星形などの図形を好んで描き、それをながめていることもある。

夷子は弟子たちに苦行を強いることはなく、また自分もすることはなかった。

「苦行で得られるのは陶酔感であって、悟りは物事を論理的に考え行動すれば出会える」

そう言う夷子は、旅先で出会ったばかりの病人や老人の世話を自ら進んで行っていた。病人を介抱しているときの彼は、死をも恐れていないように見えた。

「病気を治せなくとも、介抱してやること、癒してやることならできる」と夷子は言う。

実際、彼がすべての病気を治せるわけではなかったが、誰《だれ》からも優しくされたことのない人にとって、夷子の行為は大きな意味をもっているようだった。

宇多もなるべく夷子に従おうと試みていたものの、他人の世話をしても少しもいい気分になれず、ますます自分には人の救済よりも何か他にすべきことがあるという気がして、苦痛なだけだった。

あるとき一人でもの思いにふける宇多に、夷子は「いくら考えても、肩こりは治らない」と告げた。

早く神の声を聞きたいと焦る宇多に、続けて夷子は言う。

「自分の狭い了見にばかり囚《とら》われ、嫌々やるから面白くないのだ。一生懸命やれば、何でも面白くなる」

「自分が苦しんでいるのに、人に手を差しのべることなどできません。私はあなたのような人道主義者ではありません」と宇多が反論すると、夷子は意外な答えを返してきた。

「私は人道主義者ではない。個人主義者だ。私ほどの個人主義者はいない」と。

宇多は、一見矛盾しているとしか思えないその言葉の意味も理解できなかった。

そんな宇多に、夷子は宇多がいたという都の様子をたずねた。

その後一行は信者たちに見送られながら、さらに南へと向かっていく。

行く先々で、生きることに苦しむ多くの人々が、夷子に救いを強く求めた。また彼は、悩める人々に大きな声で陽気に里謡《りよう》などを歌うことも勧めていた。

彼の出現は、今まで経験したことのないような感情を信者たちにもたらしているようだった。物部や蘇我がどのように神仏の信仰を推奨しようとも、夷子を信奉する民衆は次第に増えつつあるのを宇多は感じた。

一方で、神道の神官や信者らによる反発に遭遇することもあった。

「我等の信じる神をおびやかすな」と、彼らは抗議する。

そんなとき夷子は、「神道との違いはあるが、目指す方向に大きな矛盾はない」と説明していた。

邪教呼ばわりされ、「天罰があたる」と言われたこともある。

しかし夷子は、「天罰も祟《たた》りも、自分に自信がない者が恐れるのだ」と答えた。

また、「今救われている者に、私など必要ない。ただしこれからの人生で、私の言葉を思い出す日が来るだろう。目覚めの日は来る」と言うこともあった。

支持する人も多いが、敵も多い人だと宇多は思った。

それでも夷子は、決して人と争おうとはしない。

宇多にとっては不可解なこれら夷子の言動には、何か全体を理解するために必要な一貫した原理のようなものがあるのではないかという気もしたが、それも当時の宇多には想像もつかないことだった。


一行は近淡海を離れ、都へと向かった。

夷子は民衆に「救われたければ、神に祈るだけでなく人を救え」と言い続けている。

宇多は相変わらず、兄弟子の使い走りのようなことばかりさせられていた。夷子と背格好がよく似ていた宇多のことを、夷子にひいきされていると誤解し、面白く思わない兄弟子もいる。

兄弟子のなかには夷子の従兄弟《いとこ》もいたが、そんな兄弟子たちも、実は夷子の教えを十分には理解していないことに、宇多は気づき始めていた。戒律にばかり厳しく、妙に儀式化しようとする。教えにはむしろ、難解な要素があった方が都合がいいと、兄弟子たちは考えているようだった。

夷子はそんな兄弟子たちを基本的には容認していたが、神に対する理解の違いは、いくつかの具体的な問題を引き起こしていた。いつも夷子がそばにいてほしいという信者の要求に応じ、兄弟子たちは夷子をかたどった人形を売ろうとしたことがあった。偶像を求める人々の弱さを夷子は理解していたが、自身の偶像化を嫌う彼は、それを注意した。

そのとき夷子は、「お前たちが励んでいる布教は、自分にとっては方法であって目的ではない、大切なのは人々の目覚めだ」と言った。

また、「私の語る神の国へ自分も行くために修練していると考えているならば、それも違う」と指摘した。「神の国とは、実在するどの帝国にも帰属しない、魂の共和国でしかないのだ」

さらに夷子は「単純なことなのに、お前たちにはどうして理解できないのか。それで余計に問題を難しくしている。ただ一生懸命生きればよいのに」と嘆いていた。

彼の教えを理解することができないとしても、宇多を含め故郷を出た弟子たちには、もはや夷子の活動に付き従うしか生きる術《すべ》がない。このときすでに宇多は、夷子と彼の教えがたどる運命に対して、何か予感めいたものをおぼえていた。

途中、一行はある大家の家臣に呼び止められ、主《あるじ》の女《むすめ》の治療を頼まれた。これまでさまざまな祈禱《きとう》を試してみたが、さほど効果はないのだという。

女は気鬱《きうつ》の病を患っていた。

夷子はそこに数日滞在し、女の心情を聞いてやるなど、治療に尽力する。

一方、宇多はその女を大いに気に入り、頭から離れなくなっていった。

快方へ向かった女は、さらなる夷子による治療を望み、一行に付き従おうとする。しかし女の親も夷子も、それを認めなかった。

夷子と弟子たちは女と別れ、都を目指して旅を続けた。

第五章　分離

一

武志《たけし》が『生』の巻をちゃぶ台に置くと、がっかりしたように藤四郎《とうしろう》は言った。

「何だ、瑞宝《みずのたから》のことは書いてないのか」

「わしはどうしても、『新約聖書』を思い浮かべてしまうなあ」その横で寛八《ひろや》が首をかしげている。「これが『神事本紀《しんじほんぎ》』第一巻やとすれば、記紀のような神代の記載がまったくないことになるで。イザナギもアマテラスも出てこない。天皇の系譜もや。やっぱり偽書やないのか？」

藤四郎もつられたように、首をひねった。

「神代を描いた巻などは失われた可能性があるが、どうせ『初めに光があった』とかじゃないのか？　瑞宝の縁起も、そっちに書いてあったのかもしれん」

「『古事記《こじき》』『日本書紀《にほんしょき》』の成立は八世紀前半……」と、眞理依《まりえ》がつぶやく。「『神事本紀』は、そうした神代の物語が成立する前に書かれたものとは考えられませんか？」

「『神事本紀』の方が、記紀より古いと？」寛八は驚いたように、眞理依を見ていた。「偽書ではなく、むしろこれが日本最古の史書やと？」

「そもそも『神事本紀』に書かれているのは、夷子《いす》という、後の日本史に出てこない人物のことだ」と、武志は言った。「そしてここに書かれている神とは、主に夷子の語る神について。それが一神教なら、記紀のような神代が出てこないのは当然だろう。むしろ、書いてあった方がおかしい」

武志の説明に寛八はうなずいていたが、藤四郎は依然として首をひねっていた。

「俺《おれ》には一神教というのもよく分からんな。第一、その一神教がいくつもあって、もめたりしてるじゃないか。おかしくないか？」

もっともな指摘だと思いながら、武志は聞いていた。

「詳しい事情は分からんが、仕様が違うだけで、言っていることにそれほど大きな違いはないのではないかという気がするときが僕にはある。昔は今より交通網は発達していなかったし、新聞もラジオもなかったから、布教活動には制約が多かったはずだ。唯一の真理を、狭い地域で布教し始めることになる。

それらが接触すると、似たようなことを言っていても、自分が正しくて他は間違い、となりがちなんじゃないか？　どちらにも自尊心があるし、言語や民族性の違いも大きかったと思う。たとえば衣服なんか、様式は違っていても、機能は同じだろう。それがボタンの模様の違いでもめたりするわけだ」

藤四郎には武志の説明もよく分からなかった様子で、下を向いたまま黙り込んでしまう。

「でもその夷子も、『生』『滅』の二巻だけではまだよく分からないですね」と、眞理依が武志に言った。

「そうだな。『特異な風貌《ふうぼう》』とは書いてあったが……」

「容貌よりむしろ、人物そのものです。『滅』の巻でも感じていましたが、私には夷子の行動原理が理解できません」

「これを書き残したか編纂《へんさん》した人物についても、よう分からんな」と、寛八がつぶやく。『新約聖書』の福音書やったら、マタイでありマルコでありルカでありヨハネやけど、『神事本紀』をここまで読んだ限りでは、宇多《うた》という人物になるようにも受け取れる。けど、それでええんやろか？　続きの巻に、それらが書かれていたのかもしれんが……」

「瑞宝の手がかりもな」藤四郎がふてくされたように言う。「盗人《ぬすっと》が残した連絡先が偽物なら、『救』の巻はもう戻ってこないぜ」

「ああ、石上神宮《いそのかみじんぐう》の周辺で、調査を続けるしかない」武志はうなずいていた。「実は布留《ふる》遺跡を調べている間に、気がついたことがあるんだ」

「喜んで手伝わせてもらうぜ」藤四郎が彼の肩をたたいた。「で、何をすればいい？」

「いや、まだ確証があるわけじゃない。いずれにしても人手は足りないわけだし、手伝ってもらえると助かる。何をするかは、一緒に帰りながら話すことにするよ。それと、寛八さん……」武志は寛八に目をやって続けた。「ここに『大和名所図会《やまとめいしょずえ》』の復刻版か、それが載っている資料はありませんでしたか？　確か店で見かけた覚えがあるんですが……。なければ調べて送ってもらいたいんですけど」

「いや、それならちょうど、この押し入れに……」寛八は押し入れの中を調べ始めた。

「近いうちに、女房の疎開先へ送るつもりで置いておいたんやが……あ、これや」

武志はそれを受け取り、中身を確かめた。

「これ、買わせてもらいます」

「毎度おおきに。こっちはおまけ」

そう言いながら寛八は、『大和名所図会』を風呂敷《ふろしき》に包みかける。その手を止めて、彼がたずねた。

「それと、『生』の巻はどないします？」

藤四郎が押し入れの古書をながめている。

「木を隠すには、森の中と言うが……」

「やはり私のところで」眞理依が自分の胸に手をあてた。「特高がご心配でしたら」

「うん、その方がええやろ」寛八はゆっくりとうなずいていた。「誰《だれ》が何を聞いているか分からん。この店かて、いつ踏み込まれてもおかしないし」

寛八は別の風呂敷に『生』の巻を包み、それを眞理依に渡した。

武志と藤四郎は寛八に礼を言って立ち上がり、眞理依を家まで送ってやってから奈良《なら》へ戻ることにする。

旧文字屋《くもじや》を出るころには、もう夕方近くになっていた。

寛八と別れて間もなく、彼らに二人の男が音も立てずに近づいてくる。

一人は丸眼鏡《まるめがね》をかけていて、もう一人は四角い顔をした男だった。どちらも何を考えているのかうかがい知れないほどの無表情で、三人の前に立ちはだかる。

いぶかる武志らに、丸眼鏡の男がさりげなく警察手帳を見せた。

特別高等警察の刑事のようだ。

丸眼鏡の刑事が旧文字屋の方に顔を向け、小声で言う。

「あの店の中で話し声が聞こえたが、何を話していた？」

藤四郎は、ばつが悪そうな表情を浮かべながら、黙ったまま武志を見ている。

仕方なく、武志が代表で答えることにした。

「自分たちはただの客で、参考資料になりそうな本を教えてもらっていたところです」

「何の資料だ？」と、四角顔の刑事がたずねる。

「実は私たち、内務省の外郭団体の業務で、考古学調査をしている者です。何でしたら、この先の帝国考古協会《ていこくこうこきょうかい》に聞いてください。ただし機密事項もあるんですが」

「ほう、内務省の……」刑事が、藤四郎と眞理依に目をやった。「で、彼らは？」

「助手です」と、武志が答える。

刑事が風呂敷包みを指さし、「何を持っている？」と聞いてきた。

武志は風呂敷を開け、『大和名所図会』を見せることにした。

「いろいろ助言をいただいて、これを買いました」

武志は、眞理依が持っている風呂敷包みも、中身を見せろと言われたら見せるしかないと思っていた。

案の定、刑事が眞理依を指さし、「そっちは?」とたずねる。

武志が眞理依に目をやり、無言で一つうなずくと、彼女は覚悟を決めたように『生』の巻を刑事に見せた。

それを手に取った四角顔の刑事が、丸眼鏡の方に耳打ちしていた。

「問題なさそうですね」

やはり彼らが探しているのは敗戦を暗示するような文献らしく、『大和名所図会』も『生』の巻も該当しなかったということだろうと武志は思った。

それ以上は特に何も聞かれず、丸眼鏡の方が「あの本屋で何か公序良俗に反する書籍を見つけたら通報するように」と言い残し、二人とも立ち去っていった。

三人は顔を見合わせ、誰からともなく大きく息を吐き出した。

「寛八さんの話、まんざら言い訳でもなかったみたいだな」

冷や汗を拭《ぬぐ》うような手つきをしながらそう言う藤四郎に、武志はうなずきながら答えた。

「ああ、気をつけた方がいいようだ……」

その後眞理依を家まで送り届けた後、武志と藤四郎は再び奈良へ行くことにした。

電車に乗るとすぐ、武志の隣に座った藤四郎が聞いてきた。

「さっきヘタレは、布留遺跡で何か気づいたことがあるって、言ってなかったか?」

「それなんだが……」武志は頭をかきむしるようにしながら話し始める。「布留遺跡で気づいたというより、比礼《ひれ》を見つけたときから気になっていたことがあるんだ。というのもあの比礼は、比礼というより、実は幡《ばん》に近い」

「幡?」藤四郎が顔を前に突き出した。「何だそれは?」

「大きさは比礼とよく似ているが、用途はまるで違う。法隆寺《ほうりゆうじ》の宝物にもあって、祭祀《さいし》のときに大屋根から吊《つ》るしたりするものだ。ただ今回見つかった三枚のうち、長方形をした一枚はともかく、くさび形の二枚については、幡と解釈するには形が個性的過ぎる。幡頭が直角二等辺三角形のものはいくらでもあるが、全体がくさび形をしたものはちょっと記憶にないなあ。だから、幡だとも決めかねているんだが……」

「弟子たちが比礼を、幡のように使ったというだけのことじゃないのか?」

「いや、そもそもあれが、女性が肩にかける比礼だとは僕には見えなかった……。とにかくあれを幡としても使っていたんではないかと想像をふくらませていけば、仏教とのつながりが浮かび上がってくる。それで石上神宮と関係の深い仏教施設をあれこれ考えているうちにひらめいたのが、内山永久寺《うちやまえいきゆうじ》だ」

「内山永久寺……?」藤四郎はくり返し言い、首をひねった。「おかしいだろ。俺たちが探しているのは、瑞宝だ。神の宝物を探すのに、何で寺が出てくる?」

「それがそうでもない」苦笑いを浮かべながら、武志が説明する。「前に眞理依さんの家で、森之宮神社《もりのみやじんじゃ》と厩戸皇子《うまやどのみこ》の関係や春日大社《かすがたいしゃ》と興福寺《こうふくじ》のつながりについて話したときに言ったと思う。この日本には長く、神仏習合の時代があった。神官が僧侶《そうりよ》になることもあれば、またその逆もあったんだ」

藤四郎は何かを思い出すように、電車の天井を見上げた。

「とすると、神宮から幡が出てくるのなら、寺から神宝が出てくるかもしれないと？」

「石上神宮にも、神宮寺としての性格をもつ寺が存在した。それが内山永久寺だ」

「で、その内山永久寺というのはどこにある？」藤四郎が、武志に顔を近づける。「神宮の近くなのか？」

「そう、石上神宮のすぐ南側にあった。けど、もう、どこにもない」

眉間《みけん》に皺《しわ》を寄せながら、彼は武志を横目でにらんだ。

「ふざけてるのか？」

「僕は真面目《まじめ》だ。実は内山永久寺というのは、明治《めいじ》初期の廃仏毀釈《はいぶつきしやく》によって消えた寺の一つなんだ。新政府による、いわゆる神仏分離令がきっかけになっている」

「何で？」と、彼は聞いた。「せっかく習合した神仏を、わざわざ分離したというのか？」

武志は、小刻みにうなずいた。

「大ざっぱに言うと、やはり明治維新だな。西洋諸国に学ぶとともに、神道を基盤にこれから国づくりをしていきたいところだが、当時の日本は習合により、神も仏もごちゃ混ぜになっていた。それで神道と抱き合わせになっている仏教を、分離しようとした」

「結果的に、日本に根付いていた仏教の一部を壊していったわけか」

「石上神宮も内山永久寺も、そうした廃仏毀釈運動に巻き込まれてしまった……。石上神宮の楼門というのは、かつては鐘楼門で鐘を吊るしていたという話はしたよな」

「それは覚えている」藤四郎が一つうなずいた。「そう言われれば、神宮にお寺みたいな鐘があったのも、神仏習合によるものだったのか」

「ああ、それも廃仏毀釈によって取り外された」

「しかし、廃仏とは……。仏教を広めた天皇もいらっしゃったというのに」一度唇をかんだ後、藤四郎が続ける。「国が人の信仰心に口出ししていいのか？」

「それを言い出せば、それこそ仏教伝来のころから、我々は狭い国土でそういうことをくり返してきた。キリスト教もせっかく伝来したものの、むごい迫害を受けている」

「宗教は、人を救うためのものなんだぜ。どうしてそれを捨てられるんだ？　民衆も民衆だ。偶像とはいえ、昨日まで手を合わせてきた仏像を捨てる気になれたんだろうか。争ってまで導入した仏教を、何でたたきつぶせるんだ？」

「自分たちが信心してきたものであっても、瞬時にして捨てられる。日本人とは、そういう民族性の持ち主なのかもしれない」

「だとすれば日本人は、何を信じて生きているんだ？　その根本に何がある？」自問した藤四郎が、つぶやくように言う。「ひょっとすると、何もないんじゃないのか？　これで戦争が終わって日本古来の神への信仰が揺らぐことにでもなれば、心の拠《よ》り所も何もない国になってしまうんじゃないのか？」

武志は人指し指を自分の口にあてた後、周囲を見回して藤四郎にささやいた。

「それどころか、国そのものがなくなることだってあり得る」武志は、自分の席に座り直して言った。「要するに僕が気づいたのは、他の瑞宝は石上神宮と深いつながりがあったにもかかわらず廃仏毀釈で消えた、内山永久寺の敷地だった場所に埋納されている可能性もあるということだ。その際、あれが比礼なのか幡なのかはともかく、布は燃えるものなので埋められず、寺に残されていた。それが廃仏毀釈運動の折に、石上神宮の楼門の屋根裏へ隠されたのではないだろうか」

「じゃあ残りの瑞宝は、内山永久寺を探せば……」

「といっても寺跡は、布留遺跡に負けず劣らず広大だ。今はほとんど農地になっているようだが」

「すると、本堂のあった場所も分からないのか？」

武志はニヤリとしながら、風呂敷包みを藤四郎に見せた。

「それで、『大和名所図会』を入手した。これに、かつての伽藍《がらん》配置が載っている。取りあえず明日、この図会を片手に下見してみようかと思っている」

藤四郎はホッとしたような表情を浮かべ、「とにかく現地を見せてもらおう」と言うと、一日の疲れを癒《いや》すように、眼帯で覆われていない左目をゆっくりと閉じていた。

二

翌日の朝、二人はスコップなど発掘に必要な道具類を持ち、石上神宮の南側にある内山永久寺跡を目指して歩いた。

立ち止まった武志に「このあたりが内山永久寺だった」と言われた藤四郎が、呆然《ぼうぜん》としている。

「田んぼばっかりじゃないか。しかも草だらけだ」

「苦労して苗を植えたのはいいが、男手はみんな兵隊に取られてしまって、きっと草取りまで手がまわらないんだ」

藤四郎は足元の雑草を引き抜き、放《ほう》り投げた。草は力なく落ちていく。

「何が内山永久寺だ。ちっとも永久じゃなかった」

「ちょっと意味が違うな」と、武志が言う。「平安《へいあん》後期、永久《えいきゅう》二（一一一四）年の創建だったらしい。また三方を山に囲まれている。だから内山永久寺だ」

「それで、この一帯でどうしろと？　草取りでもすればいいのか？」

「そうだな……」武志は『大和名所図会』を取り出し、内山永久寺の伽藍図が描かれている頁《ページ》を開いた。「本堂、真言堂、八角多宝塔、観音堂などが、このあたりにあったようだ。瑞宝が埋納されたとするなら、この下のどこかかもしれない」

「この下も何も……」藤四郎は馬鹿《ばか》にしたように武志を見つめた。「一面、田んぼとまだ実の青い柿《かき》の木ぐらいしかないんだぜ」

「寺が失われてから、何年経《た》ったと思ってるんだ。人間、食っていかないといけない。ここに限らず、日本だと遺跡の多くは田畑になっている。けれども、ここまで農地化されているとは思わなかったな」

「実際問題として、どうやって調べるつもりだ？」

「確かに収穫前の田んぼなら、踏査もあり得ないわけだが……」

武志は伽藍図を指さし、次に顔を上げて目の前の池に目をやった。

「あの園池は、ほぼ当時のまま残っている。本堂池《ほんどういけ》というんだが、池の内側に向けて突起が張り出したような、特徴的な凹形をしている。そこから大体の配置を推理することはできると思う。この図会も、西から東の方向を鳥瞰《ちょうかん》したものだと分かる」

二人はとにかく、図会にも描かれている本堂池に向かってまた歩き出す。

堤防に着くと、藤四郎が池をのぞき込んでつぶやいた。

「この底かもしれないな」

彼につられたように、武志も池をながめている。

「確かに廃仏毀釈の際、池に仏像を隠した寺もあったと聞いたことがあるが……」

「上から見てても分からん。俺が潜ってみようか？」

「池は広いし、第一息が続かんだろう」

「じゃあ、水を抜くとか?」

「農家の連中が管理しているから、手出しできない。そもそも、池にあるかどうか分からないのに。候補としてあげておいてもいいが、他をあたってみよう」

武志は周囲をしばらく散策してみることにした。畦道《あぜみち》にも雑草が生い茂っている。

「おい、ヘビでも出てくるんじゃないか?」

藤四郎が武志の腕をつかんだ。

「さあ、案外、蚊も出ないかも……」武志は立ち止まり、畦道の正面を見つめる。「ところどころに、石垣は残っているようだな。けど、ここに大寺院があったとは思えないくらい、何もない」

内山永久寺の伽藍図を広げた武志を見て、藤四郎が微笑《ほほえ》む。

「さあ、『ここ掘れワンワン』だ。瑞宝はどこに埋まってる?」

「池に近い平坦地には、八角多宝塔、大日堂、それから僧侶たちが寝泊まりしていた方丈などが建っていたようだ。方丈とは考えにくいし、多宝塔にしろ大日堂にしろ、さすがに仏教色が強すぎる。その先の山沿いには、本堂、観音堂、不動堂……、他にもいろいろあったみたいだが、見つかるとすれば、おそらく本堂跡かもしれん」

武志と同じように山の方向を見つめていた藤四郎は、嘆くように言った。

「こう田んぼばっかりじゃ、どのあたりが本堂なのかも分からん」

「ああ、田んぼに整備するとき、礎石も動かしたに違いない」

藤四郎はため息をもらした。

「まったく、『どこ掘れワンワン』と聞きたくなるぜ……」

とにかく二人は、本堂の跡地と思われる場所まで行ってみることにした。

「比礼以外の瑞宝が、すべて一緒に見つかるといいんだがな」

畦道を歩きながら藤四郎がそう言うと、前を行く武志は首をかしげた。

「さあ、それは分からない」

「ええと、残りは何がいくつだっけ？」

「鏡が二、剣が一、玉が四。瑞宝は全部で十種。比礼の三種を除けば、残りは七種だ」

「前から聞こうと思ってたんだが、瑞宝は、剣のように一つだけのものもあれば、玉みたいに四つのものもある。何でそんなに数がバラバラなんだ？」

「それも推理するしかない。まず瑞宝にはそれぞれに固有の霊威があったようなので、霊威の違いに応じた瑞宝が十種あったという想像はできる。数に着目してみた場合、他にも理由は考えられる。たとえば玉だが、四と聞いて僕なんかがすぐに思い浮かべてしまうのは、四神《ししん》だな」

「何だ、それは？」

「あんたも名前ぐらい聞いたことがあるだろう。東の青龍《せいりゅう》、南の朱雀《すざく》、西の白虎《びゃっこ》、北の玄武《げんぶ》。四方に対応している霊獣だ。個々の玉にそうした霊獣を暗示するようなものでも描かれていれば、信憑性《しんぴょうせい》が出てくると思う」

「なるほど」武志の後ろで、藤四郎がうなずいていた。

「あるいは、玉が二個一組だったとも考えられる。それが二組で、四個だ」

「二個が一組だと？」

「玉が丸玉ではなく、勾玉《まがたま》だとすればだ。勾玉を見て前から感じてたことがあるんだが、二つをまず、互い違いにして向かい合わせると、円の形になる。これは陰陽道《おんみょうどう》で用いられる記号の一つ、太極図に似ていると思わないか？　勾玉には厚みがあるので、さらに四つをうまくくると、球状になる。軍や帝考協の上層部には、玉が球状をしていると信じている者がいると三條《さんじょう》先生が言っていたが、その説と何らかの形でつながる可能性もある」

「なるほど」と、藤四郎はまたつぶやいていた。

「ただしこれは、一つの説だ。勾玉と太極図では、勾玉の方が古いと考えられている。因果関係を推察するのは早計かもしれない」

「結局、よく分からないということか？」

「それはそうなんだが……。他の瑞宝とも考え合わせてみて、十種《とくさの》瑞宝というのは誰か一人のものではなく、いわば『夫婦仕様』だったのではないかとも思ってる」

「何だと？」

藤四郎のひっくり返ったような声を聞いて、武志は笑った。

「夫婦茶碗《めおとぢゃわん》みたいに、夫婦一組であつらえられた個数ではないかということだ。なので剣は一だが、二人がそれぞれ使う鏡は二になる。勾玉が首飾りだったという説はよく聞くが、耳飾りに使ったことも考えられる。すると二個一組で、夫婦で一組ずつ持つとすると、四個になる。勾玉の四という数に、整合性が出てくるだろう。そして政《まつりごと》は男性が、祭祀は女性が担っていたのかもしれない」

「じゃあ、比礼の三は？」と、藤四郎が聞いた。「女性用なら、比礼は一つで良かったんじゃないのか」

痛いところを突かれたといった様子で、武志は顔をしかめた。

「この説の問題は、そこなんだ」

「分かった」藤四郎が突然、手をたたいた。「残りはきっと、愛人の分だ」

武志があきれたように首をふる。

「比礼も他の瑞宝同様、揺り動かすことで自然現象を操れたようだが、残りの二種は従者か巫女《みこ》が使うためのものだったとも考えられる。ただ、十種瑞宝としている『旧事本紀《くじほんぎ》』と、八種《やくさの》瑞宝となっていた『神事本紀』の『滅』の巻を比べてみると、数が合わないのはその比礼の二種なんだ。これらの比礼には何か、別な理由があったのかもしれない。できればそれも調べてみたいと、僕は思っているんだが……」

「十種そろえば、それでいいじゃないか。そんなことを調べて、何が分かるというんだ？」

「『神事本紀』に描かれている、夷子の真実の一端だったりしてな。宇多の台詞《せりふ》じゃないが、あいつは一体、何者だったのか？　瑞宝探しを続けているうちに、それにも近づければいいんだが」

武志は、ゆっくりと立ち止まった。

「さて、本堂はこのあたりじゃなかったかと思う……」周囲の田んぼを見回して、彼がつぶやく。「さて、どうしたものか……。稲は今まさに、生育の真っ最中だ。一応用意はしてきたが、田んぼはもちろん、畦道も掘るわけにはいかないだろう」

「田んぼの持ち主だか小作だかに、一言断りを入れておけばどうだ？」

「すぐに許可が出るとは考えられないな。収穫後ならあり得るかもしれないが」

「秋になっちまうじゃないか。だったら夜にこっそりやるか？」

「そんなことをしても、どうせ翌朝にはばれる」

「けど今のうちに、狙《ねら》いを定めておけば……。一発勝負に賭《か》けるんだ」

「いや、一晩で見つかるとは思えない。それに発掘作業には、いろいろと段取りがあるんだ。しかし……」

考え込んだ武志を見て、藤四郎がたずねた。

「しかし、何だ？」

「帝考協を通せば、許可は取れるかもしれん。収穫見込み分を買い取るなど、交渉次第で」

「そんな呑気《のんき》なことは言っていられない。また帝考協にお宝を横取りされてしまうぞ。相変わらずまどろっこしいな、ヘタレの言うことは……」

藤四郎は田んぼへ入っていくと、いきなりスコップで掘り始めた。

「おい、勝手に掘ったらいかん」と、武志が注意する。

「かまうもんか。こうなったら、俺一人でもやってやる」

「行き当たりばったりで掘り返してたら、お百姓さんに怒られるぞ」

「不発弾の処理とか言えばいいじゃないか。ええい、これも邪魔だ」

藤四郎が、まだ青い稲を抜き始める。

「勝手なことをされたら困る」武志が藤四郎を、後ろから羽交い締めにした。「あんたみたいに乱暴に掘ると、稲だけじゃなく、遺跡そのものが損なわれるんだ」

二人は倒れ込み、取っ組み合いの喧嘩《けんか》を始めた。

そのまま畦道の方へ転がり、もみ合っていたとき、「こらっ」という甲高い声が響く。

武志が顔を上げると、もんぺ姿の娘が鎌《かま》を構えて立っていた。

二十歳《はたち》前後で、よく日に焼けている。どうやらここで、草取りをしていたらしい。ずっと身をかがめていたので、気づかなかったようだ。

咄嗟《とっさ》に藤四郎が片手をつき出し、「怪しい者じゃありません」と言った。

こいつが出てくると余計に怪しまれると思った武志が、その場で正座し、頭を下げた。

「田んぼを荒らしたのは謝ります。でも、のっぴきならない事情があったんです。信じてもらえないかもしれませんが……」

武志は娘に自己紹介しながら、自分たちが十種瑞宝を探していることを正直に話した。

少し迷ったが、軍が関与していることも、誰よりも先に自分が見つけたいことも説明する。藤四郎が横で、「でないとこいつ、戦地送りになるそうなんです」とつけ加えた。

黙って聞いていた娘は、藤四郎が引き抜いた稲を元に戻し始める。

二人も取りあえず、それを手伝うことにした。

「そっちのお兄さん、右の目はどうかしたんですか？」娘が藤四郎にたずねる。「ひょっとして、戦争で？」

藤四郎は手を動かしながら苦笑いを浮かべ、「まあ、そんなところだ」と答えた。

応急的に復旧し終えると、娘は「ついて来てくれませんか」と言って、畦道に置いてあった鍬《くわ》を手にして歩き出す。

「まさか、警察へ？」

藤四郎が聞くと、娘は首をふった。

「違う。茂爺《しげじい》に、今の話を聞かせてやってほしいんです」

「茂爺？」

「うちのお爺ちゃんです。最近体が自由に動かなくなってきて、家にいることが多くて」

「それでお前さんが、草取りを？」藤四郎は舌打ちをして続けた。「誰か手伝ってやればいいのに」

「でも父ちゃんも兄ちゃんたちも、みんな兵隊に取られてしまって。母ちゃんは働きに出ているし、家の用事や茂爺の世話で、とても手がまわらない。私も本当は進学して勉強したかったんやけど、そうも言っていられなくて」

　武志は余計なことを聞くなと言う代わりに、藤四郎の頭を指でつついた。

彼はまったく気にしていないのか、引き続き娘にたずねる。

「その茂爺に頼めば、宝探しを許してもらえるかな？」

娘は、歩きながら首をふる。

「もうあそこにはない」

「何でそう言い切れるんだ？」

藤四郎の質問に、娘は「ついて来れば分かる」とだけ答えた。

しばらくして二人は、山沿いの集落にある一軒の旧家に案内される。

娘が納屋《なや》の入り口の農具置き場に、鍬と鎌を置いた。

ニワトリ小屋の先にある母屋《おもや》の玄関には、『岡田《おかだ》』と書かれた表札がかかっていた。

「ただいま」

娘は、縁側に向かって言った。

見ると、杖《つえ》を脇《わき》に置いた老人が腰かけている。

「茂爺、お客さん」娘が老人のそばまで、二人を連れていった。「宝を探しに、わざわざ来たそうや」

やや耳が遠いのか、娘は大きな声で老人に伝えていた。

「ほう……」

「お邪魔します」武志は緊張しながら、老人に挨拶《あいさつ》をした。「外園《そとぞの》武志といいます。そしてこっちは、助手の煙《けむり》藤四郎」

「よろしく」

頭を下げる藤四郎の顔を見て、老人は「珍しいお名前ですな」とつぶやいたが、それ以上は何も聞かなかった。

茂爺と呼ばれていた老人の名前は岡田茂生《しげお》、孫娘は菜穂子《なおこ》といった。

武志は改めて、縁側で茂生と菜穂子に事情を説明する。

うなずきながら聞いていた茂生が、杖を手にゆっくりと立ち上がった。

「この孫のためにも、もう田んぼを荒らさないと約束してほしい。それさえ守ってくれるんなら、ちょっと見てもらいたいもんがある」

茂生がさっきの納屋へ向かっているようなので、武志も藤四郎も彼の後について行くことにした。

三

納屋に入るとすぐ、菜穂子がランプに明かりを灯《とも》してくれた。

茂生に続いて農機具類に挟まれた土間を奥へ進むと、壁を背にして粗末な木箱がいくつか置いてある。大きさはまちまちで、一つを除いて蓋《ふた》はなく、古い瓦《かわら》のかけらのようなものなどが詰め込まれていた。

茂生が杖を置き、蓋のある細長い木箱の前にかがみ込むと、菜穂子はそのへんにあった古新聞を、すぐそばの土間に広げた。

木箱の蓋を、茂生がゆっくりと開ける。そしてランプの明かりに浮かび上がった中のものを取り出し、古新聞の上へ順に並べていった。

藤四郎が、その場で唸《うな》り声をあげている。

武志も唾《つば》を呑《の》み込みながら、それらをじっと見つめていた。

鏡二種、剣一種、そして玉が四種ある。玉は丸玉ではなく、勾玉だった。

「合わせて七種」と、藤四郎がつぶやく。「先に見つかった比礼と合わせれば、これで全部そろっている」

武志は何度もうなずいていた。

「本堂の下にあったのだとすれば、埋められたのは平安時代かもしれない。ただしこれらは、おそらくそれ以前のものとみていいだろう」

「どうして、これが？」

藤四郎は顔を上げ、茂生にたずねた。

「何十年も前、わしの親たちが田んぼを作るのを手伝わされていたときから、こんなもんがぽつぽつ出てきてた」茂生が杖で木箱を指し示す。「ここにあるのは、みんなそうや」

「圃場《ほじょう》整備で遺物が出てくることは、さほど珍しくない」と、武志が言う。「茂生さんたちが僕たちより先に掘り当てていたというのは、ある意味当然だったんだ。ただ瑞宝が出てくるとすれば、同じ耕作地でも、もう少し深い層のような気もしていたが……」

「どっちにしろ、掘り出す手間がはぶけたじゃないか」藤四郎は嬉《うれ》しそうに武志の肩をたたいた。「それで茂爺、どうして今まで黙ってた？」

「自分らには、米作りの方が大事やからな。正直に御上《おかみ》へ届け出ても、どうせ全部没収されて、それでおしまいや。それなら自分らで持っておいた方がええがな。ただこれが何なのかは、ずっと知りたかった」茂生が二人に目をやる。「あんた方には分かるんか？」

「拝見させていただいてもいいですか？」

茂生がうなずくのを確認した武志は、軍手をはめて膝《ひざ》をつくと、新聞紙の上の品々に顔を近づけた。

武志はまず、大小二枚ある鏡に注目した。全体にくすんではいるが、二枚ともかつては鮮やかな銀白色をしていたことがうかがえる。

茂生の許しを得て、武志は大きい方の鏡を手に取ってみた。直径は一尺四、五寸（約四二〜四五センチ）ほどあり、表側はもちろん、模様のある裏側にも銘文のたぐいは刻まれてないようだ。

「鏡を目にするのは、考古学の世界ではさほど珍しくないが……」武志は独り言のようにつぶやいた。「この鏡には、神も獣も描かれていないな」

「まるで呪符《じゅふ》の模様みたいだ」

藤四郎がのぞき込んでそう言うと、菜穂子がうなずいていた。

「私には、万華鏡をのぞいたときみたいに見える」

二人の形容はそれなりに的を射ているのではないかと、武志は思った。

丸や三角などの幾何学的な図形が、ほぼ点対称に並んでいる。その背景を彩るように、唐草模様のような渦巻きもところどころに描かれていた。同じ傾向は、一回り小さなもう一枚の鏡にもみることができる。剣の方に目をやると、やはり柄《つか》に神獣のたぐいは描かれておらず、幾何学模様だけのようだった。

「仮に『平縁直弧文鏡』とでも呼んでおけばいいだろうか」武志は大きい方の鏡を戻し、次に小さい方を手にしていた。「この幾何学模様を『直弧文』と決めつけるには無理がある気もするが、それに通じる図柄だ。他に『連弧文鏡』や『方格規矩鏡《ほうかくきくきょう》』など、半円や四角形を組み合わせた模様は古代鏡にもある。この二枚とは時代もデザインも違うが、こうしたたぐいの模様がまったくなかったわけではないんだ」

「あ、これ」

藤四郎が指さした先に、矢尻《やじり》を思わせるくさび形の模様が刻まれていた。

三枚見つかった比礼のうちの二枚と、同じ形をしている。

「またしても、くさび形が……」

そうつぶやく武志に、藤四郎が聞いた。

「くさび形をした比礼が瑞宝なら、これも？」

その質問に答えることなく、武志は鏡を置き、剣を手に取ってみた。

ずっしりと重い。柄も、鉄製のものを組み合わせてある。比礼と同様、保存状態もいいようだ。

「この重さからすると、隕鉄《いんてつ》だろうか?」武志は、意味が分からんという顔をして見ている藤四郎に説明してやった。「鉄の他にニッケルなどを含んだ隕石から作られたのかもしれないということだ。調べてみないと分からないが」

「さっきから思ってたが、珍しい形だな」と、藤四郎が言う。「それぐらいは、俺にも分かるぜ」

「そう、柄の方が長い」茂生が横から口をはさんだ。「前に測ったことがあるんや。柄の部分が二尺、刃《やいば》が一尺、全体でちょうど三尺あった」

武志は茂生の話を聞きながら、うなずいていた。

「柄と刃の他は、鍔《つば》も飾り金具も見当たらない。三條先生もおっしゃっていたが、八握剣《やつかのつるぎ》は、剣というより短槍《たんそう》と言った方がいいものだったようだ」

そして彼は、改めて自分が手にしている柄の方を見てみた。

銘文らしきものはやはり刻まれていなかったが、唐草模様のような渦巻きなどに交じって、くさび形の模様がここにも見られた。しかも金象嵌《きんぞうがん》で施され、ランプの明かりを受けて今でも光り輝いている。象嵌は、石上神宮の神宝、七支刀《しちしとう》にもみられる技法だった。非常に珍しく、また美しいが、その重さと相まって、実用性はほとんどないのではないかという気がする……。

　一人で見入っていたとき、藤四郎に注意された。

「おい、槍頭《やりがしら》をこっちへ向けるな」

　武志は剣を置き、勾玉を一つ一つ手にしてみた。

　さほど大きくもなく、二つは淡く緑色に、他の二つは青白く光っている。表面には文字や模様のいずれも、彫ったり描かれたりしていない。

　改めて見てみると、これら勾玉全体が描いているカーブは、唐草模様か、貝殻のような渦巻きに近いのではないかと武志は思った。それら唐草模様のようなカーブは、鏡にも剣にも、そして比礼にも描かれていたことに、武志は気づいていた。

「水晶か？　それとも翡翠《ひすい》か？」と、藤四郎がたずねる。

　武志は無言のまま、勾玉も新聞紙の上へ戻しておいた。

「どうなんだ？　瑞宝に間違いないんだろ？」

　しつこく問いかける藤四郎に向かって、面倒そうに武志が答える。

「もっと調べてみないと、何とも言えん」

「何でもいい、分かったことを教えてくれ」

　武志は気を取り直したように、菜穂子にも茂生にも聞こえるような声で話し始めた。

「まず、これらに共通していて確実に言えることがあるとすれば、神獣のたぐいは描かれていないという事実だ」

「それがどうした？　瑞宝の証拠になるのか」

「いや、ならない。ただこれらにかかわった者たちが、偶像崇拝しないことはうかがえる」

「じゃあ、瑞宝じゃないと？」

「そう結論を急ぐな。『神事本紀』の『生』『滅』の巻と照らし合わせてみた場合、むしろ神獣が描かれてない方が、『神事本紀』の瑞宝としては信憑性があるとも考えられる。キリスト教だって仏教だって、元々偶像はなかったわけだし」

　藤四郎が首をかしげた。

「よく分からんが、偶像崇拝しないんだったら、そもそも瑞宝があるというのがおかしいことにならないのか？」

「いや、幾何学模様なら偶像とはいえないし、瑞宝が弟子や信者たちによって神宝化していったことは十分あり得る。また、丸や三角、四角といった図形が描かれた遺跡や埴輪《はにわ》もある。偶像とは言えないまでも、そうした幾何学模様があらゆるものに宿る精霊を表していたとも考えられているんだ」

「模様のなかに、十字架はないみたいだな」

　冗談のつもりなのか、藤四郎が微笑みながらつぶやくのを聞いて、武志が言う。

「やはり、十六世紀に伝来したキリスト教の物語とは、別に考えた方がいいようだ」

「わしは素人《しろうと》じゃが」茂生が鏡を手に取り、武志にたずねた。「瓦はともかく、これと似た鏡や剣が他から出てないとすれば、何でなんや？」

少し考えた後、武志が答える。

「やはり神宝という、特別な位置づけによるのかもしれませんね。あるいは、権力闘争における敗者側に関係するものだったからかもしれません。弾圧などが長くあったとすれば、似たデザインのものが大量に作られることはなかったでしょう」

「いくつも出てくる、この模様……」横から鏡をのぞき込み、藤四郎がまたたずねた。「これを見ると、つい楔形《くさびがた》文字を思い浮かべてしまうんだが、関係ないのか？」

「メソポタミア文明とは、時代も違うし、影響は考えにくい。しかし……」武志は、鏡の唐草模様のような渦巻きを指さした。「葡萄《ぶどう》唐草なら、明らかにシルクロードを通ってやってきた。こうした模様から、中国よりも、さらに西の文化の影響を受けたものであることも想像できる」

「じゃあ、欧州ですか？」と、菜穂子が言う。「それが『絹の道』を伝わってやってきたと？」

武志はまた、少し考えてから返事をした。

「この遺物がそうかどうかは分かりません。ただ象徴的な意味においては、あながち間違ってはいないと思う。日本はシルクロードの終着点ですからね。遺物だけじゃなく、ギリシャ神話や古代インドの叙事詩『ラーマーヤナ』と、『古事記』や日本の昔話などに、いくつかの類似点が指摘されています」

「え？」彼女は驚いたように武志を見つめた。「『古事記』って、日本最古の史書の一つなんですよね。それが独自のものではないということですか？」

「何もすべてを否定しているわけじゃありませんが、影響を受ける筋道が、『古事記』成立以前にすでにあったのではないかということです。神道における神々の物語についても、多神教の他の国々の説話を受け入れ、溶け込ませてしまうだけの親和性はあったように思います」そして彼は、藤四郎の方を向いて続けた。「それは『神事本紀』にもいえるし、これら遺物のデザインについてもいえるかもしれない」

茂夫は鏡を置き、武志と藤四郎に言った。

「詳しいことは分からんが、あんたらにとっては、たいしたもんだったようやな」

菜穂子もうなずいている。

「私も、奇麗なものとは思っていたけど、そんなに凄《すご》いものだったなんて……」

「とにかくこの鏡、剣、玉と、今は長生殿にある比礼と合わせれば、十種がそろう」と、藤四郎が言う。「それで祓詞《はらえことば》を唱えて瑞宝を揺らせば、何かが起きるんだったよな。ひょっとして、簡単にそれを起こさせないために、瑞宝を別々にしておいたんじゃないか？」

「そいつはどうかな……。やはり布は燃えるものなので、鎮物《しずめもの》にしなかったんじゃないかという気はするが」武志は腕を組みながら、茂生に向き直った。「他には何か出てきませんでしたか？」

「と言うと？」

「特に布製品ですね。金糸などが使われていたかもしれません」

横から藤四郎が口をはさんだ。

「おい、比礼は見つかったんだろ?」

「だからあれは、僕には幡のようにも見えたんだ。あれが比礼に間違いないかどうかの確証も得ておきたい」

「なるほど」納得したようにうなずくと、藤四郎も茂生に聞いた。「そういうことだ。他に何か出なかったか?」

茂生は困ったように、木箱を指さした。

「目ぼしいもんは、これぐらいやったな。布切れは覚えてないなあ。見つけていたとしても、宝物とは気がつかんかったと思う。あとは石ころと一緒に捨てた」

武志はうなずきながら、新聞紙の上に置かれた鏡、剣、勾玉に目を落とした。

「他のどの出土品とも異なってはいる。しかしこれらが瑞宝かどうかの確信はまだ得られていないというのが、当面の結論ということになるかな」

「瑞宝かどうかは、十種を一緒にしてみれば分かるんじゃないか?」と、藤四郎が石上神宮の方を指さした。「比礼をここに持ってくるか、あるいはこの七種を、持ち出せば」

「勝手なことはできない」武志が首をふる。「あんたが見つけたんならともかく、権利は彼らにあるんだ」

武志に見つめられた茂生は、苦笑いを浮かべていた。

「やっぱりわしらはこんなもんより、米の方がよっぽど大事やがな」

「茂爺の言う通りよ」と、菜穂子が言う。「汗水流して、一生懸命働いて作ってるのに。それをこの人たちは……」

武志と藤四郎は、改めて二人に詫《わ》びた。

「どっちにしろ、これをここから持ち出すことを考えるのは、やめておいた方がよさそうだな」と、藤四郎が話しかける。「また協会に横取りされるかもしれんし」

「ああ、このまま預かっておいてもらおう」武志は、茂生にたずねた。「この納屋で、引き続き調べさせてもらってもいいですか？」

「それはかまわん。なんぼでも調べたらええ」

「こっちの宝を持ち出さないとすれば」藤四郎が手をたたいて言う。「じゃあ俺は、比礼を盗んでくるとするか」

「盗む？」と、菜穂子がたずねた。

「ああ、長生殿のどこかにあるらしい」

「会ったときから気になってたけど」菜穂子が藤四郎の顔をのぞき込む。「あんた、泥棒なの？　それともヤクザか？」

「そのどっちでもない。俺はただの藤四郎だ」

「盗むのは僕でも無理だ」武志が彼に忠告した。「協会だけでなく、軍も目を光らせているからな。僕はしばらく、ここで出土物を調べさせてもらうことにする。あんたは田んぼを元に戻すのを手伝ってやるんだな」

それを聞いた藤四郎は、しぶしぶうなずいていた。

その後二人は礼を言い、一旦《いったん》、岡田家を出ることにした。

四

翌日も武志は、茂生の許しを得て朝から納屋で遺物の調査を続けた。

藤四郎は自分が荒らしたところの補修と草取りを手伝うため、菜穂子と田んぼへ向かう。

その二人が、息を切らせてすぐに戻ってきた。

「おい、大変だ」藤四郎が大きな声で言う。「協会の連中が来やがったぜ」

武志は急いで、彼とともに田んぼへ行くことにした。

菜穂子も茂生を連れて、後から追いかけるという。

畦道を走っていると、本堂池の方向から十数人の作業員がスコップや杭《くい》などを手にこっちへ向かってくるのが見えた。

三條教授が先頭に立ち、城戸《きど》監督やサ行分隊の連中が続いている。

急いで駆けつけ、鍬を手に立ちはだかろうとする藤四郎を制しながら、武志がたずねた。

「みなさん、どうしてこちらに？」

監督が代表して答える。

「発見期限まで十日を切ったにもかかわらず、残りの瑞宝は見つからない。そこで三條先生にも助言いただいて、急遽《きゅうきょ》調査場所を拡大することにした。当然、この内山永久寺跡も」

三條教授が補足する。

「やはり比礼がかつての鐘楼門から出たとなれば、内山永久寺跡も探してみないわけにはいかない。本堂だとすれば、このあたりなんだが……」

「それは事実ですか？」武志は教授の後ろにいるサ行分隊らに目をやった。「ひょっとして昨日から僕がここにいるのを誰かが見かけて、報告を受けた先生が内山永久寺跡の可能性に気づかれたんじゃ？」

佐竹《さたけ》も下田《しもだ》も杉崎《すぎさき》も、武志と目を合わそうとしなかったが、関川《せきかわ》が口を開いた。

「もしこのあたりにあるのなら、先に見つけないと……」

城戸監督が再び歩き始めると、藤四郎は前に出てみんなに言った。

「勝手に入ってくるな」

藤四郎の顔を見て、城戸監督がつぶやく。

「君は確か……」

「そうだ、このヘタレの……武志君の友だちで、田んぼの持ち主とも知り合いだ。ここはただの田んぼで、他には何もない」

「調べてみないと分からん」藤四郎を無視するように、監督は作業員たちの方を向いた。

「さ、取りかかろう」

教授の指示で畦道の一か所に基準点が設けられ、そこから等間隔に杭が立てられていく。

武志は一瞬、ここの遺物はすでに発掘されていて、本当に何も出ないと説明しようかと思ったが、それは彼らに遺物の在り処《あか》を教えるようなものであり、言い出すことができずにいた。藤四郎もそうした事情は承知しているようだった。

彼らの作業を見守るしかなかった武志が、藤四郎に説明する。

「田んぼだとちょっと勝手は違うが、基本的には僕が布留遺跡でやったのと同じ方法だ」

少しすると、杖を持った茂生をおんぶして、菜穂子が到着した。

「ここで米を作っている人たちです」武志が監督に二人を紹介する。「掘るんなら、この人たちに話を通してからにしてもらわないと」

「いや、急いでるので」監督は、二人に軽く会釈をした。「あとで帝国考古協会の方から、礼はさせてもらう」

手際よく杭を打ち終えると、作業員たちは田んぼに入って生育中の稲を引き抜き、掘り返し始める。

武志が監督らに抗議をしているうちに、黙って見ていられなくなった藤四郎が鍬をふりかざして発掘作業を止めようとした。

「勝手なことをするな」

その揉《も》み合いに武志も巻き込まれてしまい、彼と一緒にいた茂生は突き飛ばされた。

「茂爺！」

すぐに菜穂子がかけ寄り、倒れた茂生を抱き起こす。

しばらくして藤四郎は下田らに羽交い締めにされ、鍬も奪われた。みんなに腹や顔を殴られ、唇から血を流してその場に倒れる。

何とか立ち上がった藤四郎は、佐竹らに再び向かっていった。乱闘になれば二人に勝ち目はなく、武志も藤四郎もさんざん殴られ続けた揚げ句、押さえ込まれてしまう。

「ひどい……」

菜穂子は泣きながらそうつぶやき、畦道を走り去っていった。

武志、藤四郎、そして茂生も縄で後ろ手に縛られ、藤四郎がうるさく騒いだために三人とも猿ぐつわもかまされてしまう。

「悪く思うなよな」

武志の耳元で杉崎がそう言い、他のサ行分隊の連中と一緒に田んぼへ戻っていった。

そのまま三人は、協会の作業員らが田んぼを掘り起こすのを、畦道に転がされたまま見ているしかなかった。

城戸監督の指示により、発掘作業が進められていく。稲は土と一緒に、三條教授が指示した田んぼの他の区画に、無造作に捨てられていった。

茂生は猿ぐつわをかまされたまま、言葉にならない嗚咽《おえつ》を漏らし続けている。

しばらくして、菜穂子が戻ってきた。両腕に細長い木箱をかかえている。

それに気づいた藤四郎が、もがきながら首を横にふっていた。やめろ、早まるな、と言おうとしているようだ。

しかし菜穂子は、現場の作業を見守っている監督と教授のところまで行くと、無言のまま木箱の中身を畦道にぶちまけた。

バラバラという音とともに、二種の鏡、一種の剣、四種の勾玉が地面に転がる。

最初に三條教授が、「おおっ」と声をあげた。

城戸監督はしゃがみ込み、やはり驚きながらそれら七種を手にしている。

「三種の比礼と合わせると、瑞宝はすべてそろったことになる」と、教授がつぶやいた。

「早速、辛島《からしま》少尉に報告しましょう」監督は、すぐに首をふった。「その前に試験だな。一二三《ひふみの》祓詞を唱えて、霊力を確かめないと」

「いや、まずこれらを調べるのが先だ」

教授はそう言いながら、慎重に遺物を木箱へ戻していた。

「この田んぼから出たのか？」

監督に聞かれた菜穂子が、不機嫌そうに一つうなずく。

教授と顔を見合わせた後、監督は作業員らに撤収を命じ、木箱を持ち帰っていった。

三人は、菜穂子に縄をほどいてもらった後も、畦道でしばらく動けずにいた。

茂生が杖を握りしめながら、「うちだけ台風にやられたみたいやな」と、つぶやいた。

ただ落ち込んでいても仕方がないので、帝考協の連中が荒らしていった田んぼを、できる範囲で修復していくことにする。

「おい、こんなのんびりしている場合じゃないんじゃないのか？」鍬で田んぼの土を元に戻しながら、藤四郎が言う。「石上神宮ではもうじき、瑞宝が十種そろうことになる。軍に献上する前に、祓詞を唱えて霊力を試すとか言ってたよな。もしそうなれば、何が起きるか分からんぜ」

「さあ、どうかな……」

武志は、引き抜かれた稲をなるべく元通りに植え直していた。

「どうして落ち着いていられるんだ。瑞宝を奪い返そうとは思わんのか？」

「そんなにくやしがることは、ないかもしれない」

「何でだ？」

「短い時間だったが、出土したものを調べてみた。すると謎《なぞ》が解けるどころか、かえって疑問がふくらんだ」

「ほう、どういうことだ」

不思議そうに、藤四郎がたずねる。

「たとえば鏡だ。銀白色をしていたのは、おそらく鋳金の際に、スズを銅に加えたからだと考えられる。配合によっては若干脆《もろ》くなってしまうのを、不純物を抑えたり、さらに鉛を加え成分比を工夫するなどして克服したようだが、果たしてそうした技術にいきなり到達できたんだろうか？」

「だから瑞宝なんじゃないか」と、藤四郎が言う。「瑞宝ならあり得る」

「剣も豪華過ぎる。隕鉄かどうかはともかく、鉄製なのは間違いないようだったが、古代の剣なら青銅製であってもおかしくない。長さも疑問と言えば疑問だ」

「何が疑問なんだ。柄は二尺、刃は一尺。全体でちょうど三尺だと爺さんが言ってたじゃないか。なあ、茂爺」

藤四郎が顔を上げてたずねると、畦で体を休めている茂生はうなずいていた。

「それのどこがおかしい？　刃よりも柄の方が長いのが気に入らないのか？」

そうたずねる藤四郎に、武志は首をふった。

「違う。きっちり三尺だというのが、僕には疑問なんだ」

「どうして？」

「尺の定義はさまざまで、七〇一年の大宝律令《たいほうりつりょう》制定以前は主に高麗尺《こまじやく》というのが用いられていた。僕たちが使っている曲尺《かねじやく》より少し長くて、一尺が約一尺二寸ぐらいあったという」

つまらなそうに、藤四郎が舌打ちをする。

「先がちびたのかもしれんし、きっちり尺を意識して作られたとも限らんだろうが」

「それはそうなんだが、八握剣の柄が握り拳《こぶし》八つ分だったとすると、同じ二尺でも、高麗尺の方がゆったりしている……。それよりもっと疑問なのは、勾玉だ。あれは水晶でも翡翠でもない」

「じゃあ何なんだ？　琥珀《こはく》か？　それとも瑪瑙《めのう》か？」

「いや、ガラス玉だ」

「何だと？」と、藤四郎が聞き返す。「ガラスなのか？」

「ああ。鉛ガラスの一種だと思う。先に見つけた比礼となると、もっと謎だ。最初から感じていたことだが、そもそも古代の布が、あれほど奇麗に残っているものなんだろうか？」

「だから霊力で……」

「それじゃ、城戸監督たちと言ってることは変わらない。十分に確かめる間もなく協会に没収されてしまったが、実は飛鳥《あすか》時代と奈良時代では、糸の細工が異なるんだ。飛鳥時代には丈夫な撚糸《よりいと》が、奈良時代には絹の光沢を活《い》かした平糸が、刺繍《ししゅう》に使われている。金糸もそうだ。飛鳥時代は、金を板状に薄く伸ばして芯糸《しんいと》に巻き付けた撚金糸が使われていた。それが奈良時代になると、金を効率よく使って輝きを表現するために、和紙に金箔《きんぱく》を貼《は》りつけて細く切った平金糸や、それをさらに絹の芯糸に巻き付けた撚箔糸が使われるようになる」

「で、見つかった比礼はどうだったんだ？」

藤四郎にそう聞かれ、武志は首をひねった。

「金糸はおそらく、撚箔糸だったと思うが……」

「『思う』だと？　相変わらずはっきりしない奴《やつ》だな」

「そもそもあれは、やはり幡に近い。仏教にまつわるものであって、比礼ではないと思う」

「また『思う』だ」

「それに見つかった十種すべてに言えることだが、保存状態が良過ぎる。霊力で片付けられる奴はそれでいいが、僕には何か他に理由があるように思えてならない」

藤四郎は作業の手を止め、汗をぬぐった。

「つまり、どういうことだ？」

それを見ていた菜穂子が、「どうぞ休んでください」と二人に声をかけた。

畦に腰を下ろし、武志が説明を続ける。

「今回見つかった遺物というのは、十種瑞宝に関係したものには違いないが、瑞宝そのものではないかもしれないということだ。鏡も剣も勾玉も比礼も古びて見えないのは、霊力のご加護とは考えられない。それほど古いものじゃなかったからだろう。しかも後の時代のものだとすれば、どこかから持ち込まれたものではなく、国産品と思われる」

「国産品だと？」

「ああ、おそらく工人たちが、国内で作ったものだ」

「つまり偽物か」藤四郎はつまらなそうに、足元の草を蹴《け》った。「瑞宝というからには、神の国かどうかはともかく、少なくとも輸入品であってほしかったなあ……」

武志が首をふる。

「瑞宝に関係したものには違いないと言ったはずだ」

「どういうことだ？」

「事情は僕にも分からないが、少なくとも一回、瑞宝は何らかの理由で作り替えられている。多分、劣化が大きな原因だとは思う」

「複製品ということか？」

「いや、複製ともいえない。新しく得られた技術も積極的に取り込まれているようだしな。また比礼が幡化していたように、元の瑞宝の形が継承されていたわけでもないようだ。だから一種の『形代《かたしろ》』だろうな」

「形代……？」

武志の言葉を、藤四郎はくり返していた。

「前にも言ったが、神社が本殿などを新築したり建て替えたりする際に、供物を埋納することはよくある。神物のたぐいも一緒に作り替え、古い方を埋めるなどした上で、新たな神物を祀《まつ》るようにしていく場合もあった。それを形代ということがあるんだが、ひょっとすると瑞宝も、そうした機会がめぐってくるたびに様式の異なるものが作られたことは考えられる。形代で分かりにくければ『改訂品』――あるいは『後継品』とでも呼べばいい」

「いや、それはおかしいぞ」藤四郎が首をかしげた。「三種の神器は、作り直してないぜ。作り直すなんて、わけが分からない。それで瑞宝として機能していたのか？」

「三種の神器は、権力の象徴として伝えられていったのだから、いくつもあっては困る。十種瑞宝は、それとは性格が異なっていたんじゃないか？　むしろ三種の神器が厳然としてある以上、十種瑞宝は他の役割を担うようになったと見るべきだろう。

　同列には考えられないが、伊勢神宮《いせじんぐう》の式年遷宮のように、社殿を定期的に作り直して機能を継承させていく方法が他にないわけではない。まだ分からないことはあるけど、瑞宝もある時期、そうやって伝えられていたんだと思う。今の僕に言えるのは、今回見つかった鏡も剣も勾玉も比礼も、神から授かったとされる時代よりずっと後になって、おそらく日本人が自らの手で作ったのではないかということだ」

　藤四郎は自分を納得させるようにつぶやいていた。

「少なくとも、神から授かったものではなかったということのようだな」

「ああ。たとえば元々比礼だった瑞宝は、仏教が広まっていく世相のなかで、また当時の刺繍の技術も取り入れて幡のようになったと考えられる。

　勾玉のオリジナルは、あんたが想像しているように水晶か翡翠だったかもしれない。それがやがて、熱で一旦溶かして固める溶錬水晶の工法などとともに、工人たちがガラスの製造法を習得し、勾玉もガラス製品が用いられるようになっていったことは考えられる。どこか分からないが、工房は比較的この近くにもあったんだろう。

　鉄は製品そのものを輸入するだけでなく、やがて朝鮮《ちょうせん》半島南部などから鉄鋌《てってい》を輸入して加工するようになったらしい。大陸の製鉄技術を学び取り、剣を作れる工房も、この日本にいくつかあったはずだ。

鏡も、かつての素朴な銅鏡からさらにスズや鉛を巧妙に加える技術などを会得していき、美しい銀白色に仕立てている……」

「もういい、もう分かった」藤四郎は、武志の前に片手をつき出した。「霊力のご加護もくそも、後世の人間が作り直したんなら、単なる工芸品じゃないか」

「工芸品だとしても、第一級の美術工芸品だ。鏡も剣も勾玉も比礼も、工人たちの技術の確かさには惚《ほ》れ惚《ぼ》れする」

「それでどうなんだ。協会はまだ、あれが本物だと思ってるのかな?」

「三條先生がいるんだから、いずれ気づくはずだ。それから後継品とはいえ瑞宝が一通り見つかったことは、眞理依さんや寛八さんにも報告しておいた方がいいな」

「全部協会に奪われたこともか?」藤四郎はそう言って、苦笑いを浮かべた。「夷子の弟子たちがオリジナルを守り伝えてさえいてくれれば、もう瑞宝は見つかっていたのにな。しつこいようだが、何で三種の神器のようにオリジナルには執着せず、作り直すことを受け入れたんだろう。ひょっとして後継品でも、何らかの霊力はあるんじゃないのか?」

「人間が作り直したものでも、神に奉献すれば瑞宝といえるかもしれない。しかし、オリジナルでないことは動かし難い事実だ」

「確かに」藤四郎がため息をもらした。「勾玉も水晶だったら何かありそうな気がするが、ビー玉の親分みたいなガラス玉じゃあな。霊力の保証書でも出てくりゃ話は別だが……」

「やはり協会も、次にオリジナルを探そうとするに違いない」

「で、本物は？」

藤四郎が顔を近づけると、武志は首をふった。

「まだどこかに埋まっている可能性はある。どこかは分からんが」

「畜生、また振り出しか」

藤四郎がふてくされたように、そのまま畦道に寝転がる。

「まったくの振り出しでもないだろう」と、武志が言う。「後継品だって、新たな手がかりになるかもしれない」

「じゃあ、オリジナルはどんなものだったんだ？」

「それを今、考えてるんじゃないか。少なくとも後継品のように、柔軟に仏教を取り込んだりはされていないはずだ。ひょっとすると後継品ほどの技巧もない、極めて正統的なものかもしれない」

急に藤四郎が飛び起きた。

「おい、あれがオリジナルじゃないと気づけば、協会の連中はまたここを掘りに来るんじゃないのか？　せっかく元に戻しているところなのに」

「いや、この下にあると思うんだったら、僕も埋め戻しを手伝ったりしない」武志は腰を上げ、引き抜かれた稲をまた元に戻し始めた。「オリジナルは当然、後継品より前の時代のものだ。とすれば、内山永久寺よりも過去の建物跡の下に、埋納されているのではないかと考えられる。協会の連中だって、どこか他の場所を探すべきだと気づくはずだ」

藤四郎も鍬を手に取り、作業を再開する。

「それでその、どこか他の場所というのは？」

「それも今、思案しているところだ。確実に言えるのは、オリジナルは各種につき一つだ」

「一か所にまとまって？　それとも後継品みたいに比礼だけ別に？」と、藤四郎が聞く。

「それも分からん。ただ『神事本紀』を信じるならば、少なくとも八種は、天麗の手から内山永久寺にいたるルートのどこかを通っていたはずだ。燃えないものに限って埋納するのが近年のやり方だとすれば、古代だと、一緒に埋められていたことも考えられる。ただ神宝などを新調する際、過去のものは破砕する場合がある」

驚いたように、藤四郎が聞き返した。

「え、壊してしまうのか？」

「そうした行為がなかったことを祈るしかないが、まずは見つけるのが先だな。一番の手がかりと考えられるのは『蘇《そ》』の巻だが、燃えたもののことを言ってもくやしいだけだ」

「しかしさっき、後継品が新たな手がかりになると言わなかったか？」

「『なるかもしれない』とは言ったが、『なる』とは言ってない。鏡、剣、勾玉、比礼のどれにも、文字情報は書かれていなかったしな」

「模様はどうなんだ」と、藤四郎がたずねた。「丸や三角と一緒に、渦巻き模様やくさび形が描かれていただろう。あれが何かを表しているように、俺には思えてならないんだが」

「『ペトログラフ』みたいなものかな」

　武志がそうつぶやくと、藤四郎は手を止めて聞き返した。

「おい、今、何と言ったんだ？」

「ペトログラフ。文字らしきものが含まれていれば、『ペトログリフ』と言ったりもする。一言で言えば、岩や洞窟《どうくつ》に刻まれた大昔の模様のことだ。しかも遺跡や遺物だけが残っていて、そこで行われていたはずの知的活動の一切が消えてなくなり、後世に何も伝わっていない。そうして模様の意味すら分からなくなったものを指して言うんだ。

　岩に刻まれているわけではないので厳密にはペトログラフとは違うが、あの渦巻き模様もくさび形も、その手のものかもしれない。今は分からないが、あんたの言う通り、模様に何か手がかりがあるとも考えられる」

「今、分からんのなら、結局、どこを探していいか分からないということか？」黙ったままうなずく武志を見て、藤四郎が続けて言う。「かつて夷子が布教していた土地はどうなんだ？『生』の巻を読んだ感じだと、琵琶湖《びわこ》周辺のような気もするが」

「僕も夷子は、日本海側から京都《きょうと》へつながる琵琶湖西岸のラインを布教して回っていたんだと思う。そして京都からさらに奈良へ入っていった……。弟子たちもそのルート上のどこかに拠点を設けたことは想像できるが、石上神宮の周辺だけでもこれだけ手こずっているのに、とてもじゃないが琵琶湖までは手がまわらん」

「弱音を吐くなんて、情けない。だからお前はヘタレなんだ」

「そう言われても、どこを探せばいいのか見当もつかない。あんただってそうだろう」

「お前に分からんことが、俺に分かるわけがないじゃないか。けど前から言ってる通り、じっと考えているより行動した方がましだとは思ってる」

「あんたみたいに何の計画性もなく掘り返しても、まったく無駄骨だと言ってるんだ」

言い合いを続ける二人に、菜穂子が微笑みながら話しかける。

「あの、あとはもう、私と茂爺でやりますから。どうかお仕事の方に専念なさってください。ありがとうございました」

二人はお互いの顔を見合わせた。

時刻はそろそろ、お昼を過ぎようとしているころだった。

「また、布留遺跡へ行ってみるか……」と、武志がつぶやく。「あのあたり一帯に、物部《もののべ》の屋敷があったのではないかとも考えられている。瑞宝のオリジナルが埋まっている可能性は、そう高くはないが、まったくないわけでもないからな」

藤四郎は軽くうなずいていた。

「そうだな。協会の連中の動きも気になる。あれが後継品だと気づけば、布留遺跡も狙ってくるかもしれない。そうなれば、早い者勝ちだ」

それから二人は、一旦、石上神宮へ戻ることにした。発掘作業に必要な道具類を参集殿まで取りに帰る必要もあったからだ。

藤四郎を楼門前で待たせて参集殿へ向かった武志は、社務所で権禰宜《ごんねぎ》に呼び止められた。

「外園さんですね。電報が届いてますよ」

誰からだろうと思いながら、礼を言って受け取る。

「ご承知の通り、まず堤《つつみ》課長に検閲していただいて、問題なしということだったのでお渡しします」と、彼は補足した。

見ると、古書店主の寛八さんからだった。

文面は簡潔に、「ニュウカセリ　クモジヤ」とだけ書かれてある。

権禰宜は「何か注文してたんですか？」と武志にたずねた。

「ええ、まあ」とだけ答えると、彼は電報を握りしめたまま、楼門で待つ藤四郎を目がけて駆け出していった。

五

その日のうちに武志は、藤四郎と大阪《おおさか》へ向かう。

旧文字屋の店先で、寛八といる眞理依を見かけた彼は、胸をときめかせながら二人に声をかけた。

「私も今、着いたばかりなんです」と、彼女が言う。「森之宮神社の方が、なかなか片づかなくて……。そちらはいかがですか?」

武志は簡潔に、残りの瑞宝は見つかったものの、後継品と思われることなどを説明した。

「気を取り直して調査を再開したところです」

眞理依はうなずきながら、武志の話を聞いていた。

「そうですか。私も何かお役に立てたらいいんですけど、祖母からの返事もまだなんです。もう少し待ってみますが……」

「あんまり遅いなら、そっちも電報にするんだな」と、藤四郎が言う。

「そう思って、電報も打っておきました」

二人のやり取りで何かを思い出したように、武志は寛八に礼を言った。

「電報を送っていただいて、ありがとうございました。それで、入荷したというのは?」

寛八は、どこか自慢げに微笑んだ。

「もちろん、泥棒に盗まれた『救』の巻やがな」

「奴は、書き残した連絡先にいたのか?」

藤四郎がたずねると、寛八は自分の鼻先を指でこすり始める。

「いや、それが……」

寛八の代わりに、眞理依が答えた。

「連絡先を訪ねてみましたが、誰もいませんでした。もう見つからないと思って、寛八さんとあきらめかけていたんです」

「それが……」寛八はそうくり返した後、店の奥の間に目をやる。「盗人の奴、自分からまたやって来よったんや。それで『救』の巻は、買ってくれなくてもええから、条件付きで返すと。もし警察に知らせたら、店に火をつけるって言うて、立てこもっとる」

「泥棒が、わざわざ居直りに戻ってきただと？」

面倒そうな顔をしながら藤四郎が店へ入っていくので、武志たちもその後ろについていった。ためらう様子もなく、彼が奥の部屋を開ける。

隙間からのぞき込むようにしていた眞理依が、中にいる男を見て指を差した。

「そう、この人です」

汚れたシャツを着た学生風の男が、ちゃぶ台に唐草模様の風呂敷包みを置き、膝をかかえながらおびえたように座っていた。

「どんな大悪党かと思ったが、ただのガキじゃないか」

吐き捨てるように言う藤四郎の後ろで、武志はつぶやいていた。

「あんたの方が、よっぽどワルに見える」

とにかく藤四郎に続いて、武志や眞理依も奥の間に入らせてもらう。

武志は男に、「君、名前は？」とたずねた。

目も合わさず、何も答えようとしない男を見て、藤四郎が笑う。

「名前を問われて正直に名乗る泥棒はおらんわな。盗人なら盗人でいい」

「本名を名乗らないのは、あんたもだろ」武志は一言注意し、再び盗人にたずねた。「賽《さい》銭《せん》はどうした?」

彼が首をふり「ない」と答える。

「盗みは罪悪ですよ」

そう眞理依が言うと、また藤四郎が笑い出す。

「またそんな奇麗事を……」

武志は、ちゃぶ台の風呂敷包みに目をやった。

「君が盗んだものは、これだな?」

彼は一つうなずき、風呂敷をほどき始めた。

その間に、武志たちはちゃぶ台を囲んで腰かける。

彼は風呂敷の中から、『救』と表紙に書かれた冊子を取り出し、五人が囲んでいるちゃぶ台の中央へ置いた。『この先、読み倣いたる者は至福とともに滅ぶを旨《むね》とすべし』という草書体の注意書きも確認できる。

「間違いありません。これです」

眞理依はそれを手に取ると、愛《いと》おしそうに抱きしめる。

「戻ってきたんやから、もうええやないか」寛八が横目で盗人を見ながら言った。「警察に知らせるのは、勘弁したろ」

「それが分からん」髪の毛をかきむしるようにしながら、藤四郎が聞いた。「お前、何で戻ってきた? 捕まるかもしれんのに」

盗人は観念したように、小さな声で話し始めた。

「確かに僕は、神社の賽銭に手をつけました。盗んだものも、金に換えるつもりでした」

「だから、それが何で戻ってきた」藤四郎は、盗人の顔をのぞき込んだ。「お前、まさか俺たちを、ゆするつもりなんじゃないだろうな？」

「そう思って、わしも聞いてみたんや」と、寛八が言う。「これをネタにして、あることないこと特高に話されたら、どんな目にあわされるか分からんからな。けど、『違う』と言うんや。特高には自分もかかわりたくないと。さっきもちょっと言うたが、このお方が突きつけた条件というのは、一つだけ」

「条件だと？」と、藤四郎が聞き返す。

「ああ」寛八は、眞理依が持っている『救』の巻を指さした。「そこに何が書いてあるのか、教えてほしいと言うんや。漢字ばっかりで、自分にはさっぱり読めん。教えてくれたら、この本は返すと。ただ藤四郎はんも心配していたように、注意書きの一件がある。このお方に読んで聞かせるなら、あんさんらと一緒にと思ったわけや」

眞理依は、手にしていた『救』の巻を、ちゃぶ台へ戻した。

藤四郎は、盗人をじっと見つめながら「しかしこいつ、日本史に興味があるようには見えないが」と言った。

武志が彼の頭を指で小突く。

「人のことは言えんだろう」

「しつこいようだが、何でこの中身を知りたい?」ふと気づいたように、藤四郎は盗人に顔を近づけた。「まさか、お前も瑞宝を狙っているのか?」

質問の意味が分からないといった様子で、盗人が「瑞宝?」と聞き返す。

藤四郎は「何だ、知らんのか」とつぶやきながら、盗人から目をそらした。

意を決したように、盗人はちゃぶ台に置かれた『救』の巻の表紙を指さした。

「僕が戻ってきたのは、これが書かれていたからです」

彼の指先は、『救』の一文字を指し示していた。

「この非常時に盗みを働くなんて、最低の人間のすること。人に言われなくても、それぐらい分かってる。だから苦しんでいるんだ……」

武志たちは、堰《せき》を切ったように始まった盗人の告白に、耳をかたむけていた。

今年の春、彼の家に召集令状が届き、即座に逃げ出したのだという。親戚《しんせき》友人を頼るわけにもいかない彼は、どこにも居場所がなくなってしまう。

そして火事場泥棒のようなことをして、今まで何とか生き延びてはいる。空襲に遭遇するたびに、これで死ぬのなら何てくだらない一生だという思いに囚《とら》われはするが、それさえじっくり考えている余裕もなく、生きるために盗みを続けていたらしい。故郷では今ごろ本人はもちろん、親兄弟たちも非国民呼ばわりされているに違いない。

けれども自分は、本当に非国民なのかと考えてしまう。人を殺すのは嫌だし、殺されるのも嫌だっただけなのだ。戦争なんかしたくないにもかかわらず、赤紙なんてものを勝手に送りつけてくる世の中が怖い。何で自分がこんな目にあわないといけないのか。ただこの世に生まれてきただけなのに……。何もかも思い通りにならず、欲望に突き動かされ、人とも傷つけ合う。生きたいように生きられもせず、やがては死んでいかねばならない。

そうした人間の本性と、いつまで向き合い続けなければならないのか？　自分は何で、こんなところに生まれてきた？　そもそも、自分とは何なんだ？　何としても、その答えが知りたい。こんな自分を誰も救ってはくれない。神や仏がいてこのざまなら、一体何を信じたらいいのか。このままでは戦争を生き延びたとしても、心がつぶれてしまう……。

そして盗人は、ちゃぶ台に置かれた『神事本紀』の、『救』の字に触れて続けた。

「いくら無学な僕でも、『救』の字の意味ぐらいは分かる。これを見ているうちに何か、自分にとって大切なことが書いてあるような気がしてきたんだ。ひょっとしたら自分を救ってくれるかもしれないと……。けれども漢字ばかりで、何が書いてあるのか、ちっとも分からない。さんざん迷った末、他の店にも持ち込んでみたけど、中身を教えてくれないばかりか、偽書だと言わんばかりに取り合ってもくれない。それで結局、またこの店に……」

「他の店に持ち込んだ？」寛八が急に声をあげた。「それは危ないと言わざるを得んな。あんさんがうちに立ち寄ったところを見られて、特高に通報されたら……」

藤四郎が寛八の肩をたたきながら、「考え過ぎだ」と言って微笑んでいた。

「警察に突き出す気なら、もうそれでもいい」盗人がちゃぶ台をたたいた。「その前に教えてくれ。ここに一体何が書いてあるのか。僕はこの中身を知りたい」

　武志は盗人を見て、「それはお互いさまだ」と、つぶやいた。

「とにかく僕は、答えが知りたいだけなんだ。わけも分からず生まれてきて、何で苦しまないといけないのか。どう生きればいいのかも分からずに、死にたくはない。このままだと、死んでも死に切れない……」

「お前、もうそれぐらいにしとけ」藤四郎はあきれた様子で、盗人に言った。「シラフでよくそんな話ができるな」

「どうせあなたたちには分からないんだ。いくら話しても……」

　心の内を吐露し終えた盗人は、ちゃぶ台に顔を伏せ、大声で泣き出した。

「みっともないから、もう泣くな」藤四郎が、盗人の肩に手をかける。「何もお前だけじゃない。みんな、似たりよったりなんだぜ。俺にだって、泣きたいことはある。最近も、妹を亡くしたばかりさ。血のつながった、たった一人の妹をな」

　顔を上げた盗人に向かって、藤四郎は話を続けた。

「三年遅く生まれてきただけで、自分と何が違うのかと思う。何で俺じゃなくて、あいつが死ななきゃならなかったのか……。けどそんなことを、自分から人に言う気はしなかった。言っても悲しくなるだけだからな。きっと誰だって、そういうものをかかえながら生きてるんだぜ」

　武志も軽くうなずきながら、盗人に話しかけた。

「確かにそういうものなら、僕にもある。もちろん君の場合とは違うし、比べても仕方ないと思う。家族のことまで話す気にはなれないけど、今だって、上司や同僚から変わり者扱いされて、ずっと孤独なままだ。内にも外にも不条理なことばかりで、まともに考えるとおかしくなってしまいそうになる」

「孤独なのは、私も同じです」と、眞理依が言う。

おそらく『神事本紀』に書かれている夷子もそうだったのかもしれないと、武志は思った。『救』の巻に目をやりながら、彼が盗人に語りかけた。

「この本は、夷子という人物について書かれている。君が知りたいと願っている『救』についても書かれているかもしれない。君と同じく、僕もそれを知りたいと思っている」

馬鹿にしたように、藤四郎が武志を見た。

「何だ、ヘタレもこの盗人と、同じ穴のムジナだったのか」

「わしもやで」と、寛八が言う。「この戦時下、みんな生きるのに必死やが、だからこそ、悩みながら答えを探しているんやないのか？　何で生きているのか？　自分とは何か？」

「面倒くさい奴らだな。何だか知らんが、分からないことが、それほど不幸なのか？　生きてりゃそれで、いいじゃないか。瑞宝の手がかりが書かれているんなら、それは知りたいが」

武志は無言のまま、『救』の巻を手に取った。

「おい、ちょっと待て」藤四郎が片手を前に突き出す。「みんなの前で読むのか？　その表紙にあるのは確か、滅ぶのを覚悟しろとかいう、脅迫めいた注意書きなんだろ?」

「滅ぶ?」と、盗人はくり返していた。

どうやらその草書体の注意書きも、盗人には読めなかったようだ。

武志は、この続きの『滅』の巻をすでに読んだことも含めて盗人に説明した。

「かまわない。読んでください」

盗人がそう言うと、眞理依も寛八もうなずいていた。

「特高はどうなんだ?」と、藤四郎がたずねる。「お前らが気にしなくても、特高が気にするんじゃなかったのか?」

「心配せんでも、狙われてるのはあんさんやのうて、わしや」と、寛八が答える。「それに特高が関心を示すのは、所持しているかどうかと、宣伝配布の意思の有無や。取り扱いについては後で話し合うとして、読まないことには、瑞宝の手がかりも分からんのやないか?」

「どうせ戦争がもっと長引けば、みんな死ぬ」盗人が、つぶやくように言う。「それこそ『滅ぶ』だ。そこまで分かっているからこそ、今知っておきたい」

「それはそうなんだが……」頭をかきながら、藤四郎が天井に目をやった。「しかし何で、『滅ぶ』なんてわざわざ書いたのかな?」

「それもこれから、読み解いていけばいい」

寛八が急に立ち上がる。

「ちょっと待ってくれ。もう遅いし、店、閉めとくわ」

眞理依が「私も手伝います」と言って彼に続いて出ていった。

その間に武志は、盗人に、前日譚《ぜんじつたん》である『生』の巻について簡単に補足説明をした。

「なるほど、それで偽書だと……」盗人がつぶやきながら、『救』の巻を見つめていた。

「でも、その宇多という人物は、まるで僕のことみたいだ」

「古代人だって悩むだろう」と、藤四郎が言う。「戦《いくさ》に明け暮れ、食うものもないとすれば、むしろ俺たち以上に。さて、瑞宝探しのヒントが書かれているかもしれない。注意して読んでくれや」

寛八と眞理依が戻ってくるのを待って、武志はゆっくりと『救』の巻の表紙をめくった。

第六章　救

一

敏達《びだつ》天皇十三年十月、都に着いた夷子《いす》と弟子たちは、早速布教を開始する。

宇多《うた》は物部《もののべ》の配下に気づかれないよう注意しながら、夷子に従っていた。

「自分と同じように人を愛せよ」「神は今、私の目の前にいる」「自分の欲ばかり追いかけても、心は満たされない」「次善こそ最善の幸福に他ならない」……。

こうした夷子の話に聞き入る人は多かったが、都では冷ややかに通り過ぎる人もみられた。

都の事情を知る宇多は、神道の信者が大多数を占めているためだろうと思っていた。

大野丘《おおののおか》の北では、蘇我馬子宿禰《そがのうまこのすくね》が立派な仏塔の建設を始めていた。

それを見上げていた弟子の一人が、「私たちにも、信仰のための施設があればいいのに」と、夷子に言う。

普段、「神は特定の場所にいるものではない」と説いていた夷子も、何らかの拠点の必要性について理解しているようだった。

仏法の本格的な導入を図る蘇我の動きに刺激されたのか、物部が塔に負けないような規模の祠社の建立を計画しているという情報もある。都では、こうした蘇我と物部のいさかいを目にすることもあり、民衆は戦《いくさ》になるのではないかと心配していた。

往来での活動を続けていたとき、夷子の噂《うわさ》を聞きつけた穴穂部皇子《あなほべのみこ》の依頼を受け、その相談に応じた。夷子は皇子に気に入られ、親交を深め合うようになる。

その礼に願い事を問われた夷子は、布教の公式な許可を取り付けたいと考え、敏達天皇に謁見することを希望した。しかし側近たちの理解が得られないのではないかと皇子が言ったため、夷子はひとまず断念する。

穴穂部皇子との面談の後、夷子は宇多に、「敏達天皇は道教を重んじておられるようだし、物部にも蘇我にも気をつかっておられるようなので、私たちを認めてもらうのは困難だろう。それでも今後の対処の仕方によっては、道は開けるかもしれない」と言った。

その後、物部だけでなく蘇我からの圧力も警戒したのか、夷子は一旦《いったん》、都を離れて出直すと弟子たちに告げた。

宇多は夷子に従いながらも、依然として彼が神に会わせてくれないことに不満を感じ始めていた。毎日、信者や弟子の世話など、やりたくない仕事ばかりしなければならない。徐々に宇多は、夷子の言動に対して懐疑的になっていく。

また、夷子の存在を教えてくれた与禰《よね》がいくつもの神々の物語を一つにまとめようとしていたのに対して、夷子は神そのものが唯一無二の存在だと考えているらしいことにも気づいていた。迫害を恐れてか、夷子はまだこの考え方を声高に主張したりはせずにいるものの、宇多たちが信じてきた神のあり方とは、根本的に異なっているようだ。

夷子が何故《なぜ》そのような考えにいたったのかは分からないが、いずれにせよ、どんな神でもいいから早く出てきて救ってもらいたいものだと宇多は思っていた。

そんな宇多に、夷子は「神はもう、そこにおられる。目をあければ会える。それはお前次第だ」と告げていた。

一行はまた北へと向かっていったが、宇多の悩みはふくらむばかりだった。

夷子は本当に、神の子なのだろうか。神に会わせてくれるのだろうか。夷子が見せたという奇跡の数々についても、宇多は手放しで信じることができなかった。

しかし考えてみれば、奇跡を口にしているのは兄弟子や信者たちで、夷子はむしろ「万物の摂理に反することは起きない」と言うことはあっても、宇多の知る限り自ら奇跡を語ったことはない。ただそんな弟子や信者たちを、夷子は容認しているようにも見えた。

途中で一行は、前に世話をした女《むすめ》と再会する。

女は「家を出たので弟子にしてほしい」と、夷子に訴えた。

前にも同様の申し出をしたことがあったが、今回は相当の覚悟を決めているようだった。

夷子が改めて断ろうとすると、女は「救いを求めている者をお救いくださらないのですか」と泣いて食い下がる。

夷子はやむなく、自分たちとは少し距離を取りながら、女が弟子たちの洗い物などの世話をしてついてくることを認めた。以後女は、百済《くだら》の天麗《あまり》と名乗るようになる。

その場はそれで収まったが、「この先、問題が起きなければいいが」と、夷子はつぶやいていた。

夷子の予感は、少なくとも宇多に関しては的中することになる。

天麗は献身的に、夷子や弟子たちに尽くしていた。

一方、宇多は天麗のことが気になって、夜も眠れなくなる。天麗が夷子を好いているのは、宇多もよく分かっていた。こうして宇多にとって、夷子は師であると同時に、恋敵にもなっていったのだった。

ところが夷子は、天麗に触れようともしない。

そんな夷子の態度に、天麗は苦しみ、陰で泣いていた。

嫉妬《しっと》に苦しむ宇多が行き詰まるのに、時間はかからなかった。

宇多は夷子に、「何故、天麗の思いをかなえてやらないのですか」と問いかけた。

夷子は、「今以上に天麗を不幸にしてしまうからだ」と答える。

その言葉の意味も、宇多には理解できないものだった。

宇多には「神の子」と言われた夷子が、ただの人にしか見えなくなるときがあった。夷子が神の子でないとすると、彼の苦しみが少し理解できるような気がしてくる反面、宇多には余計に彼が分からなくなっていた。同じ人間である夷子と自分の、何がそれほど違っているのかと思ってしまうのだ。

それには何らかの原因があったのかもしれない。兄弟子のなかにいた夷子の従兄弟《いとこ》から彼の幼いころの話を聞くことはあったが、夷子自身は自分の生い立ちについて、あまり多くを語ろうとはしなかった。一体彼は今にいたるまで、どのような経験を積み、何を考えて生きてきたのだろうか。

思い悩む宇多に、夷子は「お前を見ていると、かつての自分を見ているようだ」と言う。そんな日々をくり返しているうちに、宇多は天麗のかすかな変化に気づいた。愛しても報われない夷子にばかり囚《とら》われず、弟子や信者たちに奉仕することにも喜びを感じ始めたようなのだ。

宇多の天麗への思いは、満たされないままだった。それだけでなく、宇多は夷子に対する嫉妬心をつのらせていた。ついには夷子が語る神についても、疑問に思い始める。

彼の説教は有り難いようだが、よく聞けば「私」と「あなた」の区別をしないよう言っているだけではないかという気がしないでもない。しかし、何故彼が人の苦しみを我がことのように受け止め、そうした生き方を実行できるのかは謎《なぞ》のままだった。

夷子への疑問と嫉妬心に囚われた宇多は、夷子の指示には素直に従わず、身構えるようになっていった。そして一人、夷子とは一体何者なのかと考え続けた。人のことは言えないが、夷子の教えを十分に理解していない兄弟子たちとの関係も悪化していく。

思い詰めた宇多は、ついに自分の気持ちを天麗に告白した。

分かってはいたが、天麗は夷子のことを愛していた。あんなに立派な方に尽くせるだけで、自分は満足だと天麗は言う。

天麗に信頼されている夷子に対して、宇多は憎しみさえいだくようになる。それで宇多は、夷子の過去を暴いてやろうと思い立つ。夷子の出身地などをめぐって、彼が本当に神の子かどうか自分で確かめてみればいいのだ。夷子の真実が分かれば、天麗の目が覚めるかもしれないし、場合によっては今度こそ物部に訴えてやろう。

夜中に起き出した宇多は、一行の荷車から食料などを盗み、こっそりと夷子の元を離れていった。

二

宇多は、以前に夷子の従兄弟だという兄弟子から聞いた、近淡海《ちかつおうみ》の西にある山沿いの地域を目指した。

人々の風体やなまりから、夷子や従兄弟が生まれた集落に違いないと確信する。小さく閉鎖的なところだと思いながら、宇多は夷子を知る人々を探し出し、素性を調べ始めた。

弟子や信者から「神の子」と崇《あが》められていた夷子も、出生地での評判は芳しくなかった。彼は変わり者で、仕事も手伝わず、いつも一人でぼんやりしていたという。協調性がなく、自分のことしか考えない嫌な奴《やつ》だったと証言する者もいた。

そんな夷子の若いころに、宇多は自分との共通点を感じていた。個人主義者であるというのは夷子自身も認めていたが、それがどうして人道主義に変わるのかは、宇多にはまだ理解できずにいた。

方々で聞き回った宇多は、ついに夷子の実家を突き止める。

夷子の父はすでに亡くなっていたが、母親と弟夫婦に会うことができた。夷子の両親は、従兄妹《いとこ》夫婦だったらしい。母も弟も、確かに夷子とよく似た特異な風貌《ふうぼう》をしている。

宇多はますます、夷子が神の子ではなく人間だという思いを強くしていた。夷子の弟子であることを伝えた宇多は、率直に夷子の出生についてたずねてみた。

母は、本当に身に覚えがないのだという。夷子を身ごもったとき、周囲の白い目に自死することも考えたが、夫の理解を得て産む決心をする。出産後も、夫と苦労を重ねて夷子を育てたのだと母は語った。

父親の分からない夷子は、ひどいいじめにあっているうちに誰《だれ》ともなじめなくなる。そしてとうとう集落を飛び出していったのだという。

話の礼として、宇多は母に、今の夷子の様子を教えてやる。結婚はしていないが、世話をする女がいることも伝えた。

母は、ここにいても死ぬのを待つだけなので、夷子と暮らしたいと言っていた。

宇多はその後、夷子の実の父親を見つけられないかと考え、もう少し探してみることにする。宇多のような余所者《よそもの》が集落に出入りして住み着くことはほとんどないらしく、夷子に似た男は周囲に何人かいた。

　母親の実家も訪ねた宇多は、夷子の親族たちを見ているうちに、母は身に覚えがないというより、言うことができない何らかの事情をかかえてしまったのではないかと思うようになる。しかしそうした詮索《せんさく》に答える者もおらず、それ以上追及することはできなかった。


　夷子が生まれ育った集落を離れてからも、宇多は考え続けていた。調べれば調べるほど、夷子は自分と同じ人間だと思えてならない。だとすれば、夷子も自分と同じように傷つき、悩んでいたのではないだろうか。それも特異な出自などから悩み抜いたはずである。

　周囲の人にいじめられていた夷子は、人を恐れ、憎むようになっていたかもしれない。将来の展望もなく、独りで人とは違う自分や、自分がいる宇宙について考えていたことはうかがえる。何故こうまで苦しまねばならないのか、その答えも知りたかったに違いない。ただしその後の夷子は、あまりに宇多とは違い過ぎる。夷子は何故、自分に固執せず、人に尽くせる人間になれたのか。その理由が、宇多にはまだ分からなかった。

　夷子は集落を出てから、どのように過ごしていたのだろうかと宇多は思った。そして相変わらず、宇多は神に救われることを望みながら苦しんでいた。けれども、夷子のところへは戻りたくない。宇多は、自分で答えを探してみることにした。

　各地を放浪しながら、宇多は夷子が行わなかったような苦行も経験してみる。しばらく試してみたものの、次第に宇多にはそれが無意味に思えてきて、結局長続きしなかった。いつの間にか宇多は、都に戻ってきていた。しかし、宿もなければ食べていくあてもない。再び物部を頼ることも考えたが、与禰や夷子について報告したものかどうかは躊躇《ちゅうちょ》していた。特に夷子は既存の神道とは根本的に異なっているようなので、物部に報告すると夷子は捕まるかもしれない。

思案しながら門前をうろついていたとき、屋敷を訪れていた中臣勝海《なかとみのかつみ》に見つかってしまう。詰問を恐れて咄嗟《とっさ》に逃げ出したものの、その後どうしてよいかは自分でも分からない。都では、疫病が流行《はや》り始めていた。自分もこのまま死ぬのだとすれば、宇多はなおさら自分の人生がくだらなく思えてならない。あてもなく都を彷徨《さまよ》いながらそんなことを考えているうちに、宇多はとうとう空腹で気を失い、そのまま路傍に倒れ込んだ。

三

敏達天皇十四年一月、目を覚ました宇多は、部屋の中に寝かされていた。

三人の少女が介抱してくれていたが、一目見て異教の徒と分かる。名前を、善信尼《ぜんしんに》、禅《ぜん》蔵尼《ぞうに》、恵善尼《えぜんに》といった。

聞くと、ここは蘇我馬子邸の東にある仏殿だという。倒れている宇多をここへ連れてきたのは、善信尼の父である司馬達等《しばたっと》と、厩戸皇子《うまやどのみこ》の二人だと教えられた。

宇多は、様子を見にきた二人に礼を言った。

助けられたのはいいが、蘇我の息のかかった屋敷に入り込んでしまったことに、宇多は戸惑っていた。自分が物部に使われていたと知れれば、尋問された後に殺されるかもしれない。そう心配する宇多に、尼たちは食事を与えてくれた。

しばらくして宇多は、恵便《えべん》という僧と出会う。馬子宿禰の仏法の師であるという。身元をたずねられ、宇多は近淡海から出てきたばかりだと嘘《うそ》を言ったが、恵便はそれ以上調べようとはしなかった。このまま身元を秘して蘇我の懐《ふところ》にいれば、物部に見つかることもないと考えた宇多は、ここで働かせてほしいと恵便に頼む。

恵便はためらう様子もなく、願いを聞き入れてくれた。素性の分からない自分を雇ってくれる恵便の胸の内がよく理解できなかったが、とにかく仏法に救われたと宇多は思った。

恵便は宇多を、大野丘の北に建設中の塔へ連れていく。

その工事を手伝ってほしいと、宇多は頼まれた。人手が足りないので身元などかまっていられないのだろうと思いながら、引き受けることにする。

塔は、周辺のどこからでもよく目立つほど高く、ほぼ完成していた。心礎には仏舎利を納めたといい、仏法の力を誇示するには十分な塔ではないかと思って宇多は見ていた。ただし、物部には目障りに違いない。実際、これに刺激された物部が、石上《いそのかみ》の武器庫に社の建設を始めたのだという。

その日から宇多は、大勢の工人や恵便の弟子の僧らに交じって、塔の建設にたずさわった。宇多は働きながら、恵便や尼たちを通じ、これまで邪教のように感じることがあった仏法について触れる機会を得た。神の存在に不信感をいだいていた宇多にとって、それらは興味深い経験だった。宇多は開祖である釈迦《しゃか》について知りたいと思うようになる。また仏法を取り巻く状況も、宇多は見聞きするようになった。そして渡来人を含めてこの国を束ね、諸外国にも認知されるという点において、懐の深い仏法の方が望ましいという意見に納得していた。少なくとも馬子は、政《まつりごと》を行う上で神道に固執していくのは困難だと考えているようだ。ただし伝来したばかりの仏法が直ちに衆生を救うものとなり得るかどうかまでは、宇多にも分からなかった。

宇多は、さらに仏法について学んでいく。あるとき善信尼から、釈迦が生まれてすぐ歩いて喋《しゃべ》ったという話を聞かされたが、宇多はこの話を信じることができなかった。

そんな宇多に恵便は、「伝説は、そんなふうに広まっていく。それらは民の注目を集めるための方便だったかもしれず、肝心なのは、釈迦自身が何を語り、何を伝えようとしていたのかということだ」と教えた。

それを聞いた宇多は、夷子にまつわる奇跡の数々も、そういうものだったのではないかと思った。

何より宇多が驚いたのは、「輪廻《りんね》」という思想と出会ったときだった。すべての生命は、生まれ変わり死に変わりするのだという。自分が死んだら黄泉《よみ》の国とやらへ行くこともなく「無」になるとばかり思っていた宇多は、その考え方の根拠が分からず、前世も来世も信じることができずにいた。釈迦は一体、どのようにして輪廻という考えにいたったのかと思う。

「輪廻はそれこそ仏法の神髄のはずだが、教えそのものだけでなく、政治的な配慮もあって扱いが難しい」と恵便が言った。

確かにすべての生命が生まれ変わるのなら身分の区別もないことになり、権力者には実に不都合なものともなりかねない。

「物部守屋大連《もりやのおおむらじ》が仏法の普及に積極的な蘇我氏に反目する理由の一つも、このあたりにあるのかもしれない」

恵便がそう言うと、宇多は反論した。

「人々を救うための教えを、支配者層には不都合という理由で排除するのは筋が通らないし、それこそ不都合です」

恵便は苦笑しながら、「お前を見ていると、奴を思い出す。『夷子』というのだが、奴も最初、そう言っていた」と言う。

夷子の名を恵便から聞かされた宇多は、ただ驚いていた。

恵便が播磨《はりま》の国にいた数年前、放浪中の夷子と出会ったのだという。そして夷子は恵便の弟子となり、修行を始めたというのだ。

宇多が思い切って、自分はその夷子の弟子だったことを告白すると、恵便はそのころの夷子について語ってくれた。

深く悩んでいた様子の夷子は、恵便の元で仏法について懸命に学び始めた。やがて輪廻思想についても教わることになるが、意外にも夷子は、輪廻の概略程度はどこかで聞いて知っている様子だった。

しかし彼は、今の宇多と同様、考え込んでしまう。仏法がうまく理解できずにいた夷子は、苦行に身を投じたこともあったらしい。そして苦行で身体《からだ》を痛めつけるのは、仏法の神髄を理解するために、自分を捨てて生死の境に身を置くためではないかと思うようになる。一方で、真理には論理的に到達できるのではないかとも考えて思索を続けた結果、夷子は自分なりの答えを見いだしたというのだ。その後、夷子が苦行をすることはなかったという。

宇多は夷子から輪廻について聞いた覚えはなかったが、彼が時折語っていた天国や地獄というのは、前世や来世のことだったのかもしれないと思った。宇多も自分なりの答えを見いだすべく、修行を続けることにする。

それでも宇多は、依然として輪廻という思想をよく理解できずにいた。自分と他の生命を区別しないのであれば、社会における身分の区別だけでなく、神やその子孫と人との区別もなくなることになる。

さらに夷子が仏法の影響を受けていたとするなら、何故彼が仏ではなく、神を語っていたのかも理解できない。ひょっとして夷子は無神論者ではなかったのかという疑念が、宇多の中に生じ始めていた。

宇多はずっと、神を探し続けてきた。そのために、夷子の弟子にもなった。ところがその夷子が、神を口にしながらも神を信じていなかったかもしれないのだ。神を信じていない者から神の声が聞けるとは考えられない。ただ、夷子が多神教の立場を取っていなかったのは、少なからず仏法の影響があったのではないかと宇多は思った。

だとしても、夷子は何故、そのまま仏法に入信しなかったのだろうか。

今の宇多と同じく、輪廻に対する疑問が解けなかったのかもしれない。あるいは、政治的な理由で仏法の導入を図る蘇我のやり方に、何らかの不満を感じていたとも考えられる。開祖である釈迦の意志がゆがめられていると感じていたとすれば、夷子が真の仏法を布教すればよかったのではないか。夷子がそうしなかったのは、何故だったのだろう。

宇多が仕事をしながら考えているうちに、馬子が望んだ通りの仏塔は落成した。

二月十五日、塔の斎会《さいえ》が催された。

その後も、都に蔓延《まんえん》した疫病は治まる気配をみせない。

物部守屋は、疫病の流行は蘇我氏が仏法を広めようとしているためだと言った。

宇多は塔を見守る民衆から、神と仏のどちらを拝んでも自分らなど救ってくれないのではないかという声も聞いていた。

そのころの宇多は、仏法にも違和感をおぼえ始める。何とか輪廻思想を理解しようとしてはみたものの、宇多には仏法の教えが妙に複雑だと感じられたのだ。

宇多が知りたかったのは、もっと単純な答えだった。どこかで元の教えがゆがんだり、余分な何かが混ざったりしていったことは考えられる。

たとえば仏像には釈迦の姿を写したものもあると聞くが、釈迦の思いと弟子たちの思いは違っていて、仏像が作られ祀《まつ》られるのは、彼の本心ではなかったのかもしれないのだ。

仏法における多くの厳しい戒律に、どの程度釈迦の意志が反映されているのか宇多には疑問だったし、ここも自分の居場所ではないのではないかとさえ思えてくる。

神道に対しても、宇多の疑問は解消されないままだった。さらに神々の姿が、権力者たちの都合のいいように変えられたりしていないのだろうかという疑念も生じている。そんな神に手を合わせても、果たして本当に救ってもらえるのかと宇多は思った。

ただし自分は仏法の修行も始めたばかりで、それを究めると、またものの見方が変わるかもしれない。塔を見上げながらそんなことを考えていたとき、宇多は異変に気づいた。

三月三十日、物部の軍勢が寺を包囲し、塔を焼いた。仏像と仏殿も焼いた。

宇多は降り始めた雨に打たれながら、命からがらその場を逃げ出した。

しばらくして海柘榴市《つばいち》の馬屋館《うまやたち》で、善信尼らが鞭打《むちう》ちに処せられているところを目撃したものの、宇多にはどうしてやることもできずにいた。

また敏達天皇の勅旨《ちょくし》によって手をこまねいているしかなかった馬子が、このとき神道弾圧を仏に誓ったに違いないと宇多は確信する。

その場を立ち去った宇多は、再び旅に出ることにした。

宇多が放浪を続けていた八月十五日、天皇が病により崩御された。

ほどなく、用明《ようめい》天皇が即位される。

この即位に今後、守屋にとって不利に働くのではないかと宇多は予感していた。


用明天皇元年一月、宇多は難波《なにわ》で布教していた与禰と遭遇した。

このころには与禰の活動も、一部の都の民衆によく知られるようになっていた。

宇多は、夷子と会えたことを与禰に報告する。そして夷子が、仏法の影響を受けていたことも伝えた。宇多はまだ、夷子が無神論者であるにもかかわらず神を語っていたのではないかと疑っていた。

夷子が仏法を学んでいたことは、与禰も知っていた。

恵便の元を飛び出した夷子は、やはり神ではなく、仏を説いていたらしい。しかし誰も夷子の話を聞こうとはせず行き詰まっていたとき、与禰と再会したのだという。しばらく行動を共にしていた夷子は、その後独自の境地を見いだしたらしく、再び与禰とは別れることになったようだ。

「それから、夷子は神を説くようになったのですね」と、宇多は聞いた。

与禰が「分からないでもない」と答える。

少なくとも今、仏法をそのまま衆生に説くのは難しいと判断したのだろうというのだ。

肝心なのは、今苦しんでいる民を救うことである。それで、人々が信じている神道に沿っていて、しかも革新的な教えを説いたのではないかと与禰は考えていた。

実は、与禰もそうしているのだという。与禰は夷子のように仏法を学んだわけではないが、布教の方法について、夷子は自分を参考にしたかもしれないと与禰は言った。

神も仏も、一部の権力者だけではなく、救いを求めるすべての人のためにあるべきものだし、人には救われるために儀式を望むような弱さがある。むしろそのような弱い人間の方に、教えを合わせるべきではないのかというのだ。

与禰の言葉に納得した宇多は、しばらく彼女の布教を手伝いながら与禰の教えを乞《こ》うことにした。

一方、馬子は塔や仏殿を焼かれたことに怒りをつのらせていたが、守屋に報復するのが困難なのは十分に理解していた。それで牽制《けんせい》のため、物部側の神道とは直接かかわりのない神を祀る人々に対する弾圧を画策する。

そうした蘇我の動きを、宇多は恵便の弟子から聞くことができた。そして与禰に、布教を中止し逃げるよう促した。

与禰は、「だとすれば、夷子も危ない」と言う。

しかも夷子は、神を語ってはいるが仏法にも通じている。蘇我と物部の両方から狙《ねら》われたとしても、おかしくはないのだ。

夷子の元に戻って注意するよう、宇多は与禰に頼まれた。自分のことは心配するなと、与禰は言う。

迷ったものの、宇多は与禰の指示に従うことにする。

宇多のつかんだ情報通り、馬子は手始めとして、物部とのつながりが薄く権力の後ろ盾もない、与禰を監視していた。実際、衆生に神の教えを広めている与禰は、馬子にとって目障りな存在になっていたのだ。

二月、馬子は、用明天皇を批判する邪教などとの言いがかりをつけ、与禰を逮捕した。

四

宇多は河内湖《かわちこ》の西岸で、夷子と弟子たちを見つけた。百済の天麗もいる。

躊躇していたとき、兄弟子に見つかり、逃げ出したことを責められた。

しかし夷子は怒りもせず、遠くへ使いに出していたと言って、宇多をかばう。

驚いたことに、一行には夷子の母も加わっている。母は摩耶《まや》と名乗るようになっていた。

宇多は弟子たちもいるところで、都の状況と、夷子にも危険が迫っていることを伝えた。

動揺する弟子たちを横目に見ながら、夷子は「傷つけ合うことなど、神道も仏法も教えていないだろうに」とつぶやいていた。

その夜、弟子たちが寝静まっていたとき、宇多は夷子に起こされた。話があると言う。宇多の言う通り、このままでは馬子宿禰らに弾圧されるかもしれない。そこで夷子は、新天皇に直訴して布教を公式に認可してもらおうと考えていた。

宇多は驚きながら、「用明天皇と馬子宿禰は親戚《しんせき》関係にあります。認めてもらうどころか、逮捕されますよ」と言った。

そのため夷子は、まず穴穂部皇子に再び会って、頼んでみるつもりのようだった。

「そうでなければ、民は救われない」と夷子は言う。

「先帝のときにも、穴穂部皇子にお願いしてみたものの、うまくいかなかった経緯がありますが」

夷子は首をふった。

「穴穂部皇子は次の天皇になるかもしれず、そうなれば許可も得られるに違いない。しかもそれは、第一案だ。私は第二、第三の計画も考えている」

夷子は宇多の肩に触れて続けた。

「そのためには、お前にも手伝ってほしい」

宇多はその返事をする前に、以前から疑問に思っていたいくつかの事柄を、直接夷子に聞いてみた。

「仏法を学んでいたというのは本当ですか」

夷子はそのことをあっさり認めた。やはり恵便の元で修行していた時期があったという。

「何故、修行を続けなかったのですか」と、宇多はたずねた。

「理由はいくつかあるが、仏法導入に対する馬子宿禰の考え方もその一つだった」と、夷子が答える。「それは物部氏の神道にもいえる。彼らにとって神仏は地方豪族や渡来人を束ねるためのもので、真に民を救うものとなり得ていない」

宇多は、次の質問を夷子にぶつけてみた。

「仏法の影響を受けたあなたは、無神論者ではないのですか」

すると夷子は、逆に聞いてきた。

「お前はどう思う。この世には、辛《つら》いことが多過ぎる。神がいるのなら、何故助けてくれないのか。そんなふうに考え続けていた私は、仏法の輪廻思想に出会った。例外なく、自分と他の生命を分けて考えないというのだ。たとえそれが神であっても。

私に、神の不在を証明するほどの力はない。無力な自分には到底理解できないような領域に、神は存在しているのかもしれない。ただ神の存在にかかわらずとも、答えに近づけると気づいたのだ」

夷子の言っていることは分かりにくかったが、やはり彼は無神論者ではないかと宇多は思っていた。

「にもかかわらず、何故神を説くのですか」

宇多が聞くと、夷子はこう語った。

「問題は、神の存在証明ではない。人が救われるかどうかだ。人は、ひどく孤独で弱い。だから神を信じ、救いを求める。救いを求めている人に、『現実は残酷だ。神はいない』と言ってまわるのか。

我々も考えるより先に、救ってやらねばならない。私は、仏法の神髄にあるものを損なわず、効果的に人々を救済していく方法を探った。故《ゆえ》に私は、神を説き、行動を起こす。救われたい人々が神を信じているのなら、それでいいのではないか」

次に宇多は、「あなたのように苦行をやめてしまっても悟れるものなのですか」とたずねた。

「むしろ苦行は、私にとって悟りにつながるものとはなり得なかった。いくら苦行で自分を痛めつけても、またいくら考えても、私には分からなかった」と、夷子は言う。「そこで、自他の区別をしないという輪廻思想に基づくのであれば、ただ単に自分を苦しめるのではなく、人のために苦しい体験をしてみてはどうかと思った。何も難しくはない。己の為《な》すべきことを為せばいいのだ。それで人が救われるのなら、自分も救われる理屈にはなる。そうした実践を積み重ね、自分に対するこだわりが解けたとき、悟りの境地へ近づけたのではないかと思えるときがあった」

宇多は、今までこうした話を夷子から聞いた覚えはなかった。

夷子も、他の弟子や信者たちにしたことはないという。輪廻思想が前提となるため、神を信じる者たちに、すぐには理解されないのではないかと夷子は考えていたらしい。

宇多は躊躇したものの、思い切ってもう一つの質問を改めて投げかけてみた。

「あなたは天麗をどう思っているのですか。どうして一緒になってやらないのですか」

沈黙の後、夷子は答えた。

「私のような人間が相手では、彼女が何を望んでいるとしても、苦しめるだけだ」

「それでいいのですか」と、宇多は問い詰めた。

「他に道はない。もしも私が平凡な生まれ方をしていたら、きっと平凡な人生を送っていた。結婚すれば、妻のため子供のために生きようとしたかもしれない。それで幸せになれたかもしれないが、間違いなく、今とは別のところにいただろう。家族以外の誰一人、救ってやることはなかったかもしれない。孤独だからこそ、ここまでこられたのだ」

夷子はそう語りながら、涙を流していた。

「私にはあなたのお考えが理解できません」

宇多がそうつぶやくと、夷子はうなずいていた。

「私と同じ経験をしなければ、おそらく私を完全に理解するのは不可能だ」

夷子は涙をぬぐいながら、改めて宇多に協力を要請する。

宇多は、即答できずにいた。そんな宇多に、夷子が言う。

「逃げても捕まるものは捕まる。早いか遅いかの違いだけだ。それより民衆を、不幸なまま放《ほう》っておけない」

夷子の本音を聞いたことは間違いないと、宇多は思っていた。それでも宇多には、夷子が何を考えているのか、この先何をしようとしているのかがよく分からなかった。穴穂部皇子や用明天皇との交渉がうまくいかなかった場合に用意しているという、第二、第三の計画についても、まだ詳しく聞いていない。

しかし、夷子の話に出てきた「実践」という言葉が印象に残っていた。宇多はいまだに自分のことで頭が一杯なのに、夷子は何故考えるだけでなく、実践できるのか。そんな彼に少しでも近づきたいとも願っていた宇多は、協力を引き受ける決心をする。

翌日、夷子は弟子たちに、都へ向かうと告げた。反対する弟子たちの様子を、宇多は心配しながら見ていたが、夷子が自分の意見を押し通した。

都の手前で、死刑に処せられた与禰の首が、河原にさらされているのを見つける。それでも、夷子が決心を変えることはなかった。

都へ入った夷子は、宇多に語った計画通り、再び穴穂部皇子を訪ねた。

夷子が「是非《ぜひ》とも用明天皇に謁見して、布教の公認を得たい」と皇子に願い出る。

皇子は、自分も含めて夷子の教えを支持する人々の声は無視できないと思っていた。けれども「用明天皇は蘇我氏と親しく、交渉はしてみるが、馬子宿禰を外して天皇と直接会わせてやれるかどうかは分からない」と言う。

夷子は続けて、穴穂部皇子に頼みごとをした。信仰の拠点となる神社と、自分の墓を作らせてほしいというのだ。

「与禰のような死に方をすることになるとしても、自分は墓に入れてもらいたい」と夷子が言う。

それに対して皇子は、神社は時期尚早ではないかと答えた。

「自分は守屋大連の支持を得て、次こそ天皇になる。そのときまで待て」と言う。

しかし墓は、万一のこともあるし、皇子自身が用意を始めているところでもあったので、許可を取り付けることができた。ただし夷子は豪族とは違うため、巨石を使うような規模の大きな墓は無理だと皇子は言う。

夷子はそれを了解し、遺体を納める玄室につながる羨道《えんどう》も柩《ひつぎ》も木製として、朽ちて崩れ落ちるまでに墓内の空間を石や土、あるいは木炭などで埋めることにした。その代わり、多数の信者が会葬や礼拝をしやすいよう、羨道を墓の表裏に二本作りたいと希望した。

墓の工事は、夷子の監督の元で、宇多が現場をまかされることになる。そして宇多は弟子や信者たちに加えて、皇子の舎人《とねり》らにも手伝ってもらいながら、皇子が用意した山の一角に墓を築いていった。

墓は小さく急造ではあったが、夷子の意向通り、羨道は墓の表裏に作られた。

夷子は、もし自分が死ぬことがあれば、ここに埋葬するよう弟子たちに言った。


七月の末になっても、穴穂部皇子の仲介で天皇に謁見するという夷子の第一の計画に進展はみられなかった。

何としても天皇にお会いしたいと願っていた夷子は、まず宇多に、自分の考える第二の計画について説明する。自分は海柘榴市で騒ぎを起こすが、誰も止めてはならないという。

驚く宇多に、夷子は詳細を語った。捕まえるのが物部守屋なら、大衆の支持がある自分を、すぐには裁けないだろうというのだ。すると、用明天皇の審判を仰ぐことになる。そこで天皇にお会いできれば、自分の活動について直訴し、説得できると夷子は考えていた。

「自分の考え方は天皇が重んじておられる道教とも似通った点があるので、そこを突破口にすれば取りなしてもらえるはずだ」と夷子は言う。

宇多は、「布教のためとはいえ、そこまでやる必要があるのですか」と聞いた。

「お前も民の苦しみを見てきたはずだ」と、夷子は言う。「既存の神道でも仏法でも、救われない民がいる。それこそが私の行動の原動力だ。何もせず蘇我氏に捕まるよりはましではないか。物部なら、裁かれても騒乱罪だ」

確かに与禰の先例もあり、蘇我に捕まれば死罪は免れないかもしれない。宇多は夷子を信じて、彼の第二の計画に従うことにした。

さらに夷子は、「自分の真実と、これから起きることを、いずれ記録し残しておいてほしい」と宇多に頼んだ。「そしてそれを、お前が見込んだ人物に伝えてほしい」

宇多は、「分かりました」と答えた。

次に夷子は弟子たちを集め、今から自分が何をしたとしても、一切、手を出してはならないと言った。

翌日、夷子は予定通り、海柘榴市で大暴れした。あらかじめ手出しするなと言われていた弟子たちは、夷子を止めなかった。

宇多は暴れ回る夷子を見て、彼の正気を疑いながら、もう後へは引き下がれないと思っていた。そして夷子も弟子たちも、逃げるようにして海柘榴市を立ち去った。

その日の午後、夷子は海柘榴市の騒乱と自分の居場所について守屋に密告するよう、宇多に依頼した。

おじけづく宇多に、夷子が言う。

「お前に頼むのは、第三の計画の準備でもある。計画を実行に移さねばならなくなった際には、お前にすべてを委ねることになる。これは、お前自身を救う道ともなる」

宇多にはその言葉の意味もよく理解できずにいたが、かつて物部の屋敷に出入りしていたことがある自分が適任者だというのは感じていた。また夷子の言うように蘇我より物部に捕まった方がましだろうし、騒乱罪で死刑になるはずがないとも考えていた。夷子の望み通り、裁きの場で天皇にお会いできる可能性はある。そうした詮議の行方《ゆくえ》も、自分なら屋敷の者たちから聞き出せるかもしれない。

夷子に命じられるまま、宇多は物部の屋敷へと向かう。

そして中臣勝海によって、屋敷の中庭に通された。そこはかつて、宇多が勝海に叱責《しっせき》されたところだった。

計画通り守屋と勝海に、海柘榴市での騒乱と夷子の居場所について報告する。

穴穂部皇子を通じて噂を聞いていた守屋らは、夷子の活動に関心をもっていたが、神の解釈が違うらしいことから、苦々しくも思っているようだった。一方で、蘇我の意のままに神々を狩らせておくつもりはない。夷子は自分たちの手で先に取り調べた方がいいと、守屋は考えていた。しかし、守屋もその配下の者も、夷子の顔すらよく知らない。

宇多は、「自分なら夷子が弟子たちの中に紛れていても、誰が夷子かを指し示すことができます」と言った。
勝海はその役目を宇多に依頼し、褒美として若干の米を与えることを約束した。

第七章　合祀《ごうし》

一

「なるほど、これが『滅』の巻へ続いていくわけか」と、寛八《ひろや》が言った。「夷子《いす》が人々の幸福を願って自分の教えを広めようとしたのは分かるけど……、『神の子』と慕われる人物がこの国に現れたら、支配者としては具合が悪いやろな。処刑は当然の成り行きやろう」

「そんなことはどうでもいい」藤四郎《とうしろう》が、ちゃぶ台を拳《こぶし》で軽くたたく。「瑞宝《みずのたから》が出てこないじゃないか。どこにあるかはともかく、出所ぐらい触れていてもいいだろうに」

眞理依《まりえ》も首をかしげていた。

「確かに、瑞宝は夷子や弟子たちが持っていたとも、それを布教に用いたとも書かれていません。『生』の巻もそうでしたから、『滅』の巻で天麗《あまり》という人物が手にする以前の様子は、『神事本紀《しんじほんぎ》』には何も書かれていなかったことになります」

「ただ『生』の巻の最後に出てきた女が、どうやら天麗やったみたいやな。彼女については、その続きになるこの巻に、ある程度詳しく書かれていた」寛八は、武志《たけし》が手にしている『救』の巻に目をやる。「ひょっとして瑞宝は、夷子ではなく、この女がどこかから持ち込んだものなんか？」

武志は『救』の巻を、ちゃぶ台に戻した。

「その天麗と夷子が最初に出会ったのは、おそらく京都《きょうと》のあたりだと思う。けれども彼女がいつから瑞宝を手にしていたかは、触れられていないようだ。彼女が夷子に弟子入りを志願したときには、すでに瑞宝を所持していたんだろうか……」

「分からない」みんなの会話をさえぎるように、盗人《ぬすっと》がつぶやいた。「『自分と同じように人を愛せよ』だとか、『神は目の前にいる』だとか……。一体それが、どう救いにつながるんだ」

寛八が苦笑いを浮かべて盗人を見た。

「宇多《うた》も『生』の巻の最初で、同じような疑問を投げかけとった。それを知るためにも、夷子の正体を探ろうとしていたようやな」

武志がうなずいて言う。

「それで夷子が神の子ではなく、人間であることを明らかにしていったものの、出生については真相にまでたどり着けてない」

「と言うか、深く追及できなかったんじゃないか？」と、藤四郎が言う。「父親は誰《だれ》かなんて真面目《まじめ》な顔で聞いてまわると、半殺しにされかねないぜ」

「ただ、閉鎖的だった当時の環境などによる、特異な事情があったことはうかがえる」

　武志がそう言うと、眞理依が顔を上げた。

「夷子は、多くが血縁者ばかりのほぼ孤立した集団のなかで生まれた、天才児だったのではないでしょうか。特殊な才能に恵まれた一方で、現実社会にはうまく適合できなかったかもしれない。また、そんな息子を、父親は受け入れてくれた……。そのことはその後の夷子の人間形成にも思想にも、大きく影響したのではないかと思います」

　藤四郎が眞理依を横目で見ながら微笑《ほほえ》んでいた。

「悲しいことに天才の頭の中というのは、我々凡人にはなかなか理解できんしな」

「いずれにせよ、夷子は人の子だったと書かれている」武志が『救』の巻の表紙を見つめて言う。「ただしその出生の謎《なぞ》や特異な個性のため、差別もされただろうし、他の人とは違う人生を歩まざるを得なかったのかもしれない」

「しかし神の子は、ちょっと行き過ぎなんじゃないか」

「おそらく弟子や信者たちの間で、そういう形になっていったんやないのか」と、寛八が言う。「夷子も否定しなかったというか、これぱかりは彼にも分からんことやからな。とにかく夷子には、今、武志はんが言うたみたいな生の悩み苦しみが、発端としてあったのは間違いない。そのせいかどうか知らんが、この巻には試行錯誤を続ける夷子が、仏教を学んでいた時期もあったと記されていたな」

「さらに言えば、夷子は神道にも仏教にも通じる真理を探り、それを語っていたのではないかと思えてくる……」

武志がそうつぶやくと、寛八が何かを思い出したように一つ手をたたいた。

「神道と仏教といえば、物部《もののべ》の軍勢が仏塔を焼くくだりなんかは、『日本書紀《にほんしょき》』と重なるやないか」

「ああ。微妙に違っているところもあるようだが、『日本書紀』だと巻第二十から二十一にかけて出てくる人物が、ここにも何人か登場している。なかでも穴穂部皇子《あなほべのみこ》は、こうした政争の時代を背景に、自分が神道や仏法で救われるかどうか見通せず、夷子の教えに関心を示したことは想像できる。

　夷子としても、今のままでは邪教として排斥されてしまうのは分かっていた。布教の許可を得ようにも、蘇我《そが》や物部では最初から話にならないし、いきなり天皇と話ができるはずもない。穴穂部は将来の天皇候補であり、仲介してもらう上で、この時点では好位置にいた人物だったといえる」

「けれども穴穂部では、まだ力不足やったんやろな。結局夷子は、この後処刑されとる」

「夷子には権力欲などなく、本心からすべての民の苦しみを取り除こうとしていただけだったと思われる。しかし権力者たちには彼の行動が、自分の教えを国教にしようとしているように見えて、葬り去ったんだろう」

「アホウドリみたいに警戒心がなく自分を守ろうとしなければ、早死にするのも無理はないな」

藤四郎の言葉に、武志は首をかしげていた。

「いや、『受難』と言ってしまえばそれまでだが、夷子はそれを自ら引き受けていた感がある。案外、死ぬと自分で分かっていてやっていたんじゃないか？　注意書きはただ『滅ぶ』ではなく、『至福とともに』とある。夷子の教えは、そこに何か生き残る上では危険なものをはらんでいて、そのことに対する注意だったのかもしれない」

「きっとそのあたりの事情が『蘇《そ》』の巻に書かれていたんやと思うが」と、寛八がつぶやく。「燃えた本のことを言うても仕方ないけど、一体、何が書かれていたんやろな……」

自信ありげに藤四郎が言う。

「大体の想像はつく。題名が『蘇』なんだし。それこそ奇跡が起きて……」

藤四郎の話が終わらないうちに、眞理依が否定した。

「それはあり得ないと思います。奇跡を認めれば、生前の夷子の教えを、全否定することにもなりかねません」

「しかし奴《やつ》が復活しないことには、そこで夷子の教えは消えてしまって、瑞宝の後継品が作られることもなかったんじゃないのか？　復活によって、夷子の教えが後世に伝えられたからこそだろう」

言い返せずにいる眞理依に代わって、武志が答えた。

「夷子の復活についても、『蘇』の巻がないと読み解けないな。ただ、彼が特異な性格だったこともあって、弟子たちから超人のように見られていたのは確かだと思う。復活から先はもう、そんな弟子たちによって語られた物語なんじゃないか？　夷子が生前に見せたという奇跡と同じように。

もしそれが新たな信者獲得につながれば、教団の再興もあったかもしれないし、少なくとも後継品の方は、そんな弟子や信者たちの手によって作られたことは想像できる。それでも古代の日本において、一神教が根付くことはなかった。迫害もあっただろうし、教団はひっそりと消えていったと考えられる」

「復活しようがしまいが、結果は同じだったということか」腕を組みながら、寛八が天井を見上げる。「日本史がそれを示している。そこに『至福とともに滅ぶ』という注意書きの意図があったとも読み取れるな」

「ふん、他人を自分のように愛していて、それで勝ち残れるわけがない」

馬鹿《ばか》にしたように藤四郎がつぶやくのを見て、武志はうなずいていた。

「夷子の存在は、結果的に日本史からは消えた。けれども教団が一時的にも活動していたらしいことは、あんたがさっき言ったように、あの瑞宝の後継品が示しているともいえる」

「その後継品――特に比礼《ひれ》の話を聞いていて、気づいたことがあるんですけど」眞理依がみんなに言った。「三枚のうちの二枚は、くさび形をしていたそうですね」

この中で実際に比礼を見たのは、武志だけだった。彼が答える。

「鏡や、剣の柄《つか》にも、同じくさび形があった。唐草模様に似た渦巻きも描かれていたが」

「くさび形の鋭角は、三十六度でしたか？」

「測ってないが、多分それぐらいだった」

眞理依は寛八に頼んで、古新聞と物差しと鉛筆を用意してもらっていた。

「それがどうした？」

そうたずねる藤四郎には答えず、彼女は物差しを使って、古新聞に二つの大きなくさび形を描く。

「大体、こんな形でしたか？」

武志が「ああ」と答えると、次に彼女は寛八からハサミを借り、くさび形をした二枚を切り取り始めた。

他の四人はただ、彼女のすることを見守っている。

「何をする気なんだ？」

藤四郎に向かって、眞理依が微笑んだ。

「このくさび形をした二枚を、十字に重ねてみるんです」

彼女はちゃぶ台の『救』の巻を、脇《わき》へよけた。

「何を言い出すんだ、この娘は」

あきれたように言う藤四郎の目の前で、彼女は今自分が言った通りに、二枚の紙をちゃぶ台の上に重ねた。

やや体をのけぞらせるようにしてそれを見ていた藤四郎がつぶやいた。

「ほう、星形か」

眞理依が大きくうなずく。

五つの鋭角は、それぞれちゃぶ台に座る五人の方を向いていた。

「これがどうした？」

藤四郎がくり返し彼女にたずねた。

「確か『生』の巻には、夷子が地面に渦巻きや星形などの図形を描き、それをながめていることがあったと書かれていましたよね。自分が偶像化されるのを嫌っていたとも書かれていたと思いますが、彼が好んで渦巻きや星形を描いていたのを知っていた弟子が、彼の教えを表すものとして、星形を使うようになっていったとは考えられないでしょうか？」

「くさび形や唐草模様みたいな渦巻きはあっても、後継品に星形は描かれていなかったように思うが……」そこまでつぶやいた武志は、自分でその理由に気づいたように顔を上げた。「そうか。弾圧があって、星形は使えなくなったのかもしれない。それで後継品では、星形を分解したくさび形に変わっていったことは考えられる」

藤四郎は首をひねっていた。

「しかし夷子は、何でまた渦巻きや星形を好んで描いていたんだ？」

「星形の方なら、いわゆる『五芒星《ごぼうせい》』とも考えられるけど」と、寛八が言う。

「何？　ゴボウ？」

藤四郎を横目で見ながら、寛八が説明を続ける。

「五芒星。魔除《まよ》けの呪符《じゅふ》として、安倍晴明《あべのせいめい》なんかも用いていた。けどそれは平安《へいあん》時代の話で、後継品が作られたのは、おそらくもっと前やろ」

「晴明より以前に、日本でも五芒星を使っているところがあったということか？」と、藤四郎がつぶやく。

「建物だと、六角堂や八角円堂などに比べると、五角形をしたものは数えるほども残っていない。日本で五角形というのは定着しなかったようだが、五芒星は、世界中で昔からさまざまな場面で使われている記号だからな」

武志がそう言うと、眞理依はうなずいていた。

「星形は、数学的にも興味深いんですよ。たとえば黄金分割にもかかわっているんです」

「黄金分割……？」藤四郎が眉間《みけん》に皺《しわ》を寄せる。「黄金の分け前争いの話か？」

「そうじゃありません。黄金比ともいいますけど、ルート五に一を足したものを二で割った値で、割り切れませんが大体一・六になります」

「何だか知らんが、『ルート』なんて敵性語じゃないか」

「日本語だと『平方根』ですけど、数学に敵も味方もありません。星形には随所にこの黄金比が存在するため、神聖な図形とも見なされていたんです」

「ひょっとして夷子は、数学――とりわけ幾何学が好きだったのかもしれないな。眞理依さんのように」武志は彼女に目をやった。「けど弟子たちには数式が理解できず、渦巻きや星形といった図形だけが目に飛び込んできていたことは考えられる」

「すると夷子は、ピタゴラスを知っていたかもしれませんね」

眞理依の言葉に、藤四郎はまた首をひねった。

「よく分からんことを言い出したな、この娘……」

「ピタゴラスなら、僕でも知っている」盗人が口をはさんだ。「古代ギリシャの数学者でしたよね。すぐに思い浮かぶのが、直角三角形の『ピタゴラスの定理』ぐらいだけど」

眞理依が大きくうなずく。

「黄金比の解は二次方程式で求めることができますが、そのピタゴラスの定理を用いる方法もあるんです」

「そういえばピタゴラスというのは、実は宗教団体を作っていたみたいやな」

寛八がそうつぶやくのを聞いた藤四郎は、がっくりと肩を落としていた。

「おい、寛八さんまで……」

「いや、ほんまの話やで。藤四郎はんにも分かるよう簡単に言うと、彼らは宇宙の普遍的な言葉として、数学を研究していたらしい。しかもこの五芒星というのは、ピタゴラス教団のシンボルマークの一つやったとされているんや。やっぱり神聖な図形と考えていたんやろな」

ピタゴラス教団については武志も眞理依も知っていたのか、寛八の話にうなずいていた。

「そのピタゴラス教団というのは、実は輪廻《りんね》を信じていたとみられとる」寛八は、さらに話を続けた。「つまりヨーロッパでキリスト教が広まる以前に、輪廻思想を語る教団があったたっちゅうことやな」

「同じ五芒星がからんでいたとすれば、夷子もその影響を受けていたというのか？」藤四郎は信じられないといった表情で、寛八を見ていた。「それは飛躍し過ぎだろう。いくら何でも、ギリシャと日本じゃ離れ過ぎている」

「思想的なことまでは分からないが、あながち飛躍でもない」武志は盗人が持ってきた風《ふ》呂敷《ろしき》をつかみ、藤四郎に放《ほう》り投げた。「後継品を見つけたときにも言ったと思うが、たとえば風呂敷などに描かれる葡萄《ぶどう》唐草の模様は、シルクロードを通ってきたものだ。そして唐草模様のような渦巻きは、あの後継品にも描かれていた」

「少なからず、ヨーロッパの影響は受けていたかもしれませんね」眞理依が風呂敷の唐草模様を見ながら言う。「そういえば夷子が好んで描いたとされるもう一つの図形――渦巻き模様ですが」

「また何か、おかしなことを言い出す気じゃないのか？　この小娘……」

藤四郎はそう言いながら、風呂敷を丸めて武志に投げ返していた。

二人にかまわず、眞理依が話を続ける。

「夷子が描いた渦巻き模様というのを実際に見たわけではありませんが、渦巻きならフィボナッチ数列が基盤ではないかと思うんです」

「やっぱりだ……」脱力したように、藤四郎がつぶやく。「何なんだその、『日干し』とか

「『独りぼっち』というのは？」

「フィボナッチ数列。『零』、『一』と始めていって、次は一に一つ前の零を足して『一』、さらにその一と一つ前の数の一を足して次は『二』、その次は二に一つ前の数の一を足して『三』、次は三に前の数の二を足して『五』、次は五に前の数の三を足して『八』、同じようにして次は『十三』というふうに、次の数を前の二つの数を足して続けていく数列です。中世のイタリアの数学者、フィボナッチにちなんでこう呼ばれていますが、単純な数列なので、彼以前にも見いだされていたことも知られています」

彼女は何を思ったのか、残っていた古新聞をちゃぶ台に広げ、一つの文字を鉛筆で囲み、正方形を描いた。

「行間が違うので大体ですけど、これで『一』」

次にすぐの下の一字も囲み、二文字で正方形が二つくっついた長方形にして、その長辺を指し、「『二』が二つで『二』」と言った。

さらにその長辺に隣接して、一辺が二文字の正方形を左側に描き、新たに長方形となった図形の長辺を指し、「二と一を足して『三』」と言う。

今度はその三文字を一辺とする正方形をすぐ上に描き、現れた長方形の長辺を指でなぞりながら「これで『五』」と言う。

彼女はそうした作業をくり返し、古新聞に大小さまざまな正方形を描いた。

「これらを、こんなふうに……」

そう言いながら彼女は、鉛筆で正方形のある一角を、小さい方から時計回りにつないでいく。すると古新聞に、渦巻き模様が描かれていった。

「分からん」

首をふる藤四郎を見て、眞理依が微笑む。

「とにかくある規則でフィボナッチ数列が示す数値を平面上に並べていくと、渦巻き模様を描くんです。しかもこれは巻き貝とか、植物の花や実に現れる模様など、自然界にも数多くみられるものです。自分で確かめたわけではありませんが、台風の渦巻きも、ある銀河が描く渦巻きも、これによく似ているという説を聞いたことがあります。またフィボナッチ数列を際限なく続けていくと、前の数との比が何故《なぜ》か黄金比に近づいていくことも知られています。

ひょっとして夷子が描いていたというのは、そんな渦巻きだったんじゃないでしょうか。夷子にとっても、数学は宇宙の謎の解明につながる言葉のようなもので、彼はそれを独自に研究しようとしていたのでは？　後継品の唐草模様というのも、夷子が描いた渦巻きを意識して、弟子たちが真似《まね》たのかもしれませんね」

武志は風呂敷を折りたたみ、盗人に返しながら言った。

「というかフィボナッチ数列が描く渦巻きも、弟子たちが弾圧を警戒して唐草模様に似せていったとも考えられる」

「いずれにせよ西洋と東洋は、わしらが思っている以上に交流があったようや」寛八は、うなずきながら眞理依と武志のやりとりを聞いていた。「仏像かて、日本に伝わる前の仏像には『ガンダーラ仏像』といって、ギリシャの影響を強く受けていたものもある。また『古事記《こじき》』でイザナギが黄泉《よみ》の国を訪れる話は、ギリシャ神話におけるオルフェウスの冥界《めいかい》下りとよく似ている」

「そういえばヘタレもそんな話、してたっけ」藤四郎が、納得したように言った。「どうやら夷子というのは中国よりも西——中東かヨーロッパからやってきたのかもしれんな」

この発言の後、誰も何も言わなくなったのを不安に思ったのか、彼がみんなにたずねた。

「俺《おれ》、何か変なことを言ったか？」

武志が首をふる。

「時代は違うが、八世期末に中国の西——崑崙《こんろん》の人間が三河《みかわ》へ漂着したとの記事が『日本《にほん》後紀《こうき》』にあるらしい。夷子本人ではないとしても、彼の親たちがはるか西から、さまざまな思想に触れながらこの国にたどり着いたというのは、あながちあり得ない話でもない。『神事本紀』にも、夷子を『特異な風貌《ふうぼう》』と書いてあった。だからひょっとして……」

武志が言い終わらないうちに、藤四郎が膝《ひざ》をたたく。

「おい、特異な風貌と言えば、前にヘタレと飛鳥《あすか》の石の話をしたことがあったよな。あのなかには東洋人離れしていて、西洋人に見える石像もあるそうだが、あれはひょっとして、弟子か信者の誰かが彫った夷子の肖像だったんじゃないのか？」

武志が首をかしげる。

「俗に言う『猿石』などは、猿ではなく異邦人を描いているという説は確かにある。はるか昔に西洋人が渡来していた事実をうかがわせるものかもしれないが、それが夷子だったという証拠にはならないと思う。想像はふくらんでいくばかりだが、夷子の出自は不明だし、ピタゴラス教団からどの程度の影響を受けていたかも分からない。ただ夷子という人物が数学に興味をいだき、物事を論理的に考えようとしていた様子は、『神事本紀』からうかがい知ることができる」

彼はちゃぶ台の上の、星形に重ねられた古新聞を見ながら続けた。

「それを知っていた弟子たちが、五芒星や渦巻きを教団の象徴としたことは考えられる。けれどもそのままでは弾圧を免れられなくなったため、くさび形に分断したり、唐草模様に似せた形に変えたりしたのだろう。そして後継品の剣や鏡などに、そうした幾何学模様が描かれていった。また祭祀《さいし》のときにくさび形をした二枚の幡《ばん》を組み合わせ、星形にして壁などに貼《は》りつけていたのかもしれないな」

盗人が突然、ちゃぶ台に広げられていた古新聞を両手で払いのけた。

「僕が知りたかったのは、星形でも渦巻きでもない。自分が救われるかどうかなんだ。いきなりこの世に投げ出されて死んでいかなきゃならないのに、その理由すら分からない。あんたたちは疑問に思わないのか？

今もそれを考えながら『救』の巻を聞いていたけど、夷子について淡々と書いてあっただけだった。救いになるとは思えなかったし、夷子の言っていることも分からない。『神は今、私の目の前にいる』というのはどういう意味なんだ？　目の前にいるあんたたちが僕を救ってくれるというのか？　何でそういう考え方ができる？」

　盗人は拳を震わせながら、話を続けた。

「そもそも、神はいるのか？　大体、夷子自身が神を語りながらも無神論者じゃなかったのか？　少なくとも宇多は、そのことを疑っていた」

　寛八がうなずきながら、つぶやいた。

「夷子が無神論者かもしれなかったというのは、わしにとっても驚きやったな。夷子の教えの根本は、一神教でもなかったということになってしまう」

「じゃあ、何なんだ？」

　藤四郎がたずねると、寛八は首をふった。

「いや、わしには分からん。そこまで語りきらずに、夷子は死罪になっとるし」

「結局、分からないままか」盗人はちゃぶ台を拳でたたいた。「神を信じない者が神を語っていたというのか？　詭弁《きべん》で救われるとは思えない。僕は真実が知りたい。しかし弟子も信者も、夷子を真に理解していたかどうかは疑問だ。宇多もそうだし、彼が夷子から学んで救われたようには見えない」

　藤四郎が盗人の頭を指で軽くつついた。

「お前のお悩みの解決法が、一から十まで書いてあるとでも思ってたのか」

「夷子の教えが斬新だったことは確かかな」と、武志が言う。「当時の神々は、個々の人々がかかえる心の問題に応《こた》える存在とは言えなかった。仏法が入ってきても、まだ民衆にまでは届いていない。そこに登場したのが、夷子の教えだったようだ。残念ながらその真実については、僕もまだつかみかねているが」

「焼けちまった『蘇』の巻の方に、盗人の疑問に対する答えが記されていたのかもしれない」藤四郎が舌打ちをする。「さて一体、何が書いてあったのか……」

「ただ、すでに方向性は出ている気はする。案外夷子も、盗人と同じだったみたいだな」

武志がそう言うと、盗人は不思議そうに自分を指さした。

「僕と?」

「ああ。つまりわけも分からず生かされ、死んでいかねばならず、苦しくてどうしようもない。神も彼を救ってくれない」

「それで無神論に?」と、盗人は聞いた。「それで彼は、何を拠《よ》り所にしたというんだ?」

「放浪中の夷子が少なからず仏教の影響を受けていたのは、『救』の巻からうかがうことができる。実際、仏教のように自他の区別をなくしてみると、彼の言動については、一応論理的な矛盾を解決できるようにも思う」

「真実の彼は、仏教徒だったと?」

「いや、仏教の影響は否定しないが、もしかすると彼は、それも超えていた」

「どういうことだ?」と、藤四郎がたずねる。

「確かに彼は、自他の区別をしないという価値観を仏教から学んだ無神論者だったかもしれない。けど、そこからが本当の彼の教えだったんじゃないか？」

「だから、どういうことですか？」と、盗人も武志に聞いた。

「そのあたりの事情は、『救』の巻にも少し書かれていたと思う。夷子は神について深く探求せず、謎のままにしてしまっているところがある。そして何より救済を優先し、人とのかかわり方や幸福について説いていたようだ。

それが『自分と同じように人を愛せよ』とか、『次善こそ最善の幸福に他ならない』といった言葉だったと思われる。神が助けてくれるかどうかは分からないが、人との関係の中にしか幸福はなく、人を救うことで自分も救われるという、彼の信念だったんだろう」

「そんなことは、理想論でしょう」と、盗人が言う。「奇麗事にすぎない。それをどうして、信念にできるんだ。そこが僕には分からない。自他の区別をしない方がいいというのは、理屈で分かったとしても、心理的な壁はどうしてもある」

「それを破っていくよう、彼は自分に対しても働きかけていたのかもしれない。彼は宇多に『実践を積み重ねる』と語っていたが、そのあたりに何か答えにつながる手がかりがありそうな気はする。まだよく分からないが」

「瑞宝を探しているうちに、それにも気づけるかもな」

藤四郎がそう言うと、武志は首をふった。

「いや、だから私欲じゃ駄目なんだと思う。愛でないと」

「何を言い出すんだ、気持ち悪い」

　藤四郎は肩をすくめた。

「あんたが考えているような、そんな狭い愛とは違う。それこそ、人間愛と呼ぶべきものだ。いや、それさえ超越した、自他の区別をなくした先にある何かかもしれない。いずれにせよ、辛《つら》い現状を変えていくには、愛に裏付けされた実際の行動しかないと夷子は確信していたんじゃないか？　その愛について、夷子はまず説こうとしていた……」

「やっぱり、僕にはまだ分からない」盗人は顔を伏せた。「何故それほど他人を愛せるのかと思ってしまう。自分を傷つける奴まで、どうして愛せるのかと」

「夷子が天才なら俺たち凡人には分からんと、さっきも言ったと思うが」

　藤四郎の言葉に、武志は首をかしげていた。

「いや、夷子が悟りきれていたかどうかも、本当は分からない。彼の言葉には、彼自身の願望が込められていたようにも思うんだ。ただしあんたの言う通り天才だったとすれば、僕たちが彼の真実を完全に理解するというのは、確かに困難なことなのかもしれない」

「悪いな」藤四郎が盗人の肩に手を置いた。「今のところ、俺たちにもこのぐらいしか読み解けないんだ」

「いや、取り乱してすみません。ありがとうございました」そう言って、盗人は立ち上がった。「ちょっと、便所をお借りします」

二

盗人が戻ってきたとき、みんなは再び瑞宝について話し合っていた。

「鏡、剣、玉は、三種の神器にもある」と、藤四郎が言う。「そもそも三種の神器が十種《とくさの》瑞宝の一部ということはないのか？　すると三種については探す手間がはぶける」

武志が即座に否定する。

「神から授かったとする経緯がまるで違うし、それはないと思う。また十種瑞宝について記載のある『旧事本紀《くじほんぎ》』には、神代や皇族の系譜とともに、物部氏について詳しく書かれている。言うまでもなく、物部氏は権力をめぐって、蘇我氏と激しく対立していた豪族だ。見方によっては、その物部氏側が神宝としていたのが十種瑞宝だといえる。

そのころ三種の神器がどうなっていたかというのもまた謎なんだが、とにかく十種瑞宝は三種の神器に対抗するものではあっても、重なるはずがないものだったと思う」

「しかし何故、瑞宝のことは『救』の巻にも書かれていなかったんだ？　探そうにも何の手がかりもないじゃないか」

「それは……」

返事に詰まった武志の代わりに、眞理依が口を開いた。

「むしろ逆では？　書かれてないから手がかりがないのではなく、書かれてないことが手がかりということもあり得ます。書かない何らかの事情があったとは考えられないでしょうか？」

「また妙なことを言い出すんだから、この娘っ子は……」

藤四郎がため息混じりにつぶやくのを見て、眞理依が微笑んでいた。

「数学でも、こういう問題の解き方をする場合があります。まず宇多の観察に極端な偏りがなかったとして、それでも記述が見当たらないということは、瑞宝がずっと彼らの手元にはなかったと疑ってみるべきかもしれません」

「つまり『神事本紀』において、瑞宝は神から授かったわけでも、夷子がもたらしたわけでもないと」うなずきながら、寛八が言う。「瑞宝は、夷子たちが関与しない経緯で持ち込まれ、それが何らかの事情で、夷子たちの手元に渡った……」

「いや、夷子自身は、瑞宝を一度も使っていない」武志が首をふる。「霊力に懐疑的だったとも考えられるが、彼は瑞宝に触れてもいないようだ。それはやはり、彼の手元になかったからではないか？　彼は、瑞宝の存在すら知らなかったのかもしれない。ひょっとして他の弟子たちも、瑞宝を目にするまでは……。だとすれば、瑞宝は夷子や弟子たちを一切経由せず、何者かから直接、天麗の手に渡ったとも考えられる」

「確かに、何か事情がありそうだな……。けど、そこからどうする？　『神事本紀』には、天麗が瑞宝を取り出す以前のことは何も書かれていないんだぜ」

藤四郎はあごに手をあてながら、眞理依に目をやった。

「『神事本紀』に書かれてないのなら、他の資料はどうでしょう。『日本書紀』、あるいは『旧事本紀』の方に手がかりはありませんか？　藤四郎さんと同じことを聞くようですが、たとえば『日本書紀』には三種の神器について書かれていて、『旧事本紀』には十種瑞宝について書かれているのはどうしてでしょうか？」

眞理依は答えを求めるように、武志を見つめた。

「『日本書紀』は言うまでもなく、最古の正史として位置づけられる日本の歴史書だ。もっとも七世紀後半の壬申《じんしん》の乱に勝利した天武《てんむ》天皇の都合のいいように書かれているところもあるが。それに対して『旧事本紀』は、歴史書ではあるもののさっきも言ったように、他には見られないような物部氏の系譜なども記述している」

「なるほど」藤四郎が一つ手をたたいた。「すると瑞宝というのは、三種の神器に対抗して、物部氏が自分たちの権力を正当化する象徴にしようとしたと言えるんじゃないのか？」

「あながち外れてないとは思うが」武志は腕を組みながら、天井を見つめた。「物部氏というより、物部守屋《もりや》が推していた皇族の権力だろう」

「すると、穴穂部皇子か？」と、寛八が言った。「穴穂部が次の天皇の座を狙《ねら》っていた様子は、『神事本紀』からもうかがえる。そのため秘密裏に準備したのが、三種の神器と同様、威信財となり得るものや。それが瑞宝の真実やったんやないか？」

「違いない」と言って、藤四郎がうなずく。「三種の神器を超えたかったので、数も多くしたんじゃないか？　数が多い方が、偉そうに見えるからな」

「そうかもしれん。瑞宝について『旧事本紀』にある記載は、おそらく穴穂部と黒幕である物部によって瑞宝が用意されていた時点の話やないか？　そのため瑞宝は、神からの授かり物として描かれた」

「じゃあ、『神事本紀』の方は？」と、眞理依がたずねた。「『生』『救』の巻に書かれていなかった瑞宝が、『滅』の巻の最後でいきなり出てきますが……。この間に何があったんでしょう？」

「『日本書紀』とつき合わせてみて、思い当たることがないわけでもない」武志はみんなの視線を浴びながら、説明を続けた。「『神事本紀』の年月表記が正しければ、再度都入りした夷子が穴穂部と会って逮捕されるまでの間に、『日本書紀』では穴穂部がちょっとした事件を起こしている」

「ああ、あれか」と、寛八が言う。「用明《ようめい》天皇元年夏五月、穴穂部皇子が、亡くなった敏《び》達《だつ》天皇の皇后にして後に推古《すいこ》天皇となる炊屋姫《かしきやひめ》を犯そうとして、殯《もがり》の宮《みや》に押し入った、とある」

「おい、ひどい奴じゃないか、穴穂部という野郎は」

藤四郎がそう言うと、武志は頭に手をあてた。

「ただ、『日本書紀』に出てくる「奸《おか》す」という表現は、時の権力者が認めない恋愛にも用いられていたようなので、穴穂部の真意というのは分からない。それに史書のたぐいは、負けた側が悪く書かれる傾向があるからな。

また、これは夷子の処刑後になるが、『日本書紀』には用明天皇二年四月、用明帝が病の床にあるとき、穴穂部が豊国法師《とよくにのほうし》とやら――つまり同盟だった守屋が排斥したがっている蘇我氏側の仏教関係者を連れて内裏に入ったとある」

寛八が、彼の話を補足した。

「殯の宮侵入後、穴穂部と守屋との関係も、このときにはかなり悪化していたということやな。自分が信仰する宗教について、穴穂部が大きく揺れていた表れでもあったと思う」

「実はこの一件と瑞宝の数を考え合わせてみて、気づいたことがある」武志は藤四郎を指さしてたずねた。「前に瑞宝の数が多いのは、夫婦仕様だったのではないかという話をあんたにしたよな」

「そういえば、聞いた気がする」

自信なげに答える藤四郎を見て、武志は苦笑いを浮かべていた。

「もしかすると穴穂部皇子が殯の宮へ行ったのは、炊屋姫とともに皇位継承することを相談するつもりだったのかもしれない。その証《あかし》として彼が用意したのが、瑞宝だったんじゃないか？」

「それで夫婦仕様だったのか……。けど、断られたんだろ？」

「ああ。それどころか、汚名をきせられた」

「穴穂部の野郎、墓穴を掘ったというわけか。それじゃ穴穂部じゃなくて、穴掘皇子《あなほりのみこ》じゃないか」

「とにかく夷子が逮捕につながるような常軌を逸した行動に出た背景には、この穴穂部の一件があったのかもしれない」

「じゃあ、瑞宝を用意したのは？」と、眞理依が聞いた。「穴穂部皇子も物部守屋も瑞宝を授かる側ですし、自作自演の計画だったとはいえ自分たちで集めたとは考えにくい。他の誰かに頼んで用意させたのでは？」

「いよいよ神様の出番か」

本音とも冗談ともつかない藤四郎の発言に、武志は笑った。

「彼らの言うことを聞いてくれる豪族なら、いくらでもいただろう。方々に頼んで寄せ集めたとも考えられるが、機密保持の問題もある。一括してどこかに頼んだとすれば……」

「やっぱり、秦氏《はたし》かな」

寛八の一言に、武志が大きくうなずく。

「僕も同じことを考えていた。秦氏は、養蚕と絹織物の技術にも長《た》けていたという。瑞宝に比礼が含まれていたことからも、秦氏の後ろ盾があったと考えていいのではないか？　秦氏なら武器さえ注文通り集めてくることができたようだから、おそらく瑞宝も……」

「秦氏というのは、そんなに凄《すご》いのか？」

藤四郎の疑問に、寛八が答える。

「大陸からあらゆるものを総合して収集できたのが、秦氏とみてええんとちゃうかな。なかでも秦河勝《かわかつ》は、厩戸皇子《うまやどのみこ》の側近を務めとる。帰化人で、それも中国より西の出身という説もある」

「時代背景からして、秦河勝に絞り込んでいいだろう」と、武志が言う。「瑞宝は、大陸から直接、あるいは国内のどこかの地域に持ち込まれていたものを、秦河勝が自身の力で穴穂部の意に沿うよう集めてきたか、もしくは彼がすでに収集していたものを取りそろえたとも考えられる。いずれにしても、かかわっていたのは秦河勝とみていい」

「それがどうして夷子に……いや、天麗に渡った？」と、藤四郎がたずねる。

「おそらく、穴穂部皇子の皇位奪取のため三種の神器に対抗して提示するという大計画だったのが、さっきも言った穴穂部の醜聞により、事態が寸前で一変したんじゃないか？穴穂部は急激に周囲の支持者を失っていき、守屋や河勝だけでなく、夷子をも失望させた。もし穴穂部が計画通り天皇になっていたら、十種瑞宝が三種の神器に取って代わって皇位継承の威信財となり、オリジナルが長く継承され続けていたかもしれない。

ところが彼が事実上失脚したことで、完全に瑞宝は宙に浮いてしまう。それどころか、皇位を示す威信財が二種類あるというのは、好ましくない。瑞宝はそこで破棄されていてもおかしくなかったはずだ。穴穂部も守屋も、一旦《いったん》瑞宝を手にしたのは確かだと思う。それをみすみす手放さざるを得なかった物部の無念が『旧事本紀』の成立につながっていったことは、想像に難くない」

「なるほど」と、眞理依がつぶやく。「そこで十種瑞宝は、用意された真の意図が隠され、その存在意義を変えることで辛うじて存続できた。具体的には『神事本紀』に書かれたように天麗の手に渡り、やがては彼女を通じて、夷子の教えの象徴に……」

「そこが分からん」藤四郎が首をふる。「畏《おそ》れ多くも天皇家の威信とやらになっていたかもしれないんだろ、瑞宝は。それが何で、天麗に渡ったんだ？」

「それは私も考えました。けど天麗というのが、秦河勝に近い人物だったとすれば……」

「そうか」寛八は一つ手をたたいた。「『神事本紀』には、夷子の一行が近淡海《ちかつおうみ》から都へ向かう途中、豪族とおぼしき大家の娘と出会い、彼女が後に天麗を名乗ったと書かれてあった。その豪族が秦氏で、天麗は河勝の娘だったとしたら、瑞宝が彼女の手に渡ったことは考えられる」

「いや、しかし」藤四郎がしつこく食い下がった。「いくら河勝の娘とはいえ、夷子みたいなどこの馬の骨とも分からん男のために、せっかく集めた瑞宝をくれてやるか？」

「そこなんだが」武志は藤四郎を指さした。「実は河勝というのは、例の景教《けいきょう》とかかわりがあった人物だという説もある。彼がもし景教のみならず、もしくは景教よりも、夷子の教えの影響を受けていたとすればどうだ？　娘とともに彼自身が、夷子に対して密《ひそ》かに力を貸そうとしていたとは考えられないだろうか」

「そういえば『滅』の巻に、逮捕された夷子を放免するよう、秦河勝が馬子《うまこ》に願い出たとあったなあ」と、寛八がつぶやく。

藤四郎が低い唸《うな》り声をあげた後、しばらくして武志に言った。

「肝心なのは、天麗の手に渡った瑞宝がどこへ行ったのかだ。『旧事本紀』を信じるならじゃないのか」

石上神宮《いそのかみじんぐう》に渡り、少なくとも織田信長《おだのぶなが》が襲撃するまでの間はあそこにあったとみていいん

「いや、案外それは、先の話かもしれない。と言うのも、当時の石上神宮はまだ神宮としての体裁が確立していなかっただろうし、物部の敗北の影響もあって、そんな代物を保管できる状況になかったとも考えられるからだ」

「じゃあ瑞宝は？　天麗だって、いつまでもそんなものを持ってウロウロできないぜ」

「まあな。瑞宝で夷子が復活したかどうかにもよるが、もし河勝が出資するなら、教会設立もあり得たのではないかと僕は思っている。夷子もそれを望んでいたし」

「飛鳥時代に、すでに教会が？」寛八がふいに大きな声を出した。「もしそうなら、日本初の教会になるな」

　彼を指さしながら、武志が説明を続ける。

「瑞宝は、そこに祀《まつ》られていたと想像できる。ただ瑞宝が三種の神器と似ているのは紛らわしいし、蘇我氏も恐ろしいから、隠れて信仰したことは考えられる。表向きは寺院か神社だったんじゃないかな」

「隠れキリシタンみたいなものか」

　藤四郎がそうつぶやくと、武志は一つうなずいた。

「表向きはどうあれ、内実は神道とも仏教とも異なる。ただし瑞宝を祀るなど、夷子本来の教えからは、やや変化したものだったんだろう。瑞宝も、どういうわけか分からんが、

遅くとも『旧事本紀』が書かれたころには八種《やくさ》から十種になっていて、物部側の物語が与えられる」

「それが石上神宮へ？」

「いや、そこへたどり着くには、もう少し経緯がありそうだ。まず考えられるのは、蘇我氏の圧力だな。災害や、教会の建物自体の老朽化もあったかもしれない」

「引っ越しせざるを得ない事情に遭遇したと？」と、眞理依が武志に聞いた。

「あるいは分社のような形で、教会としての機能をより安全な場所に移したかだ。おそらく奈良《なら》時代——天平文化《てんぴょうぶんか》のころだろう。そのときには瑞宝そのものも、幾分劣化していたに違いない。それで瑞宝を穴穂部の『おさがり』から、彼らの教義になるべく沿ったものに作り直したんだ。そして古くなったオリジナルの瑞宝は、教会の建て替えの際に埋納されたんじゃないか？

　後継品は布教のために、その後も複数作られた可能性がある。それらが各地に神宝にまつわる伝説をもたらしたとも考えられるが、宗教弾圧や戦乱の影響などで、後継品の製作はいつしか途絶えたのかもしれない」

「そうした後継品の少なくとも一組が、石上神宮へ？」と、藤四郎がたずねる。

「神話や、物部がらみの伝説とともにな。教会の活動が思うように進まなくなったなかで、まず瑞宝を元々の発注者である物部の末裔《まつえい》に返す形になったんだと考えられる。『旧事本紀』との整合性もあって、やはり当時衰退が危惧《きぐ》されていた石上神宮へ納められ、祀られ続けたのではないだろうか？」

「ある時期、それが内山永久寺《うちやまえいきゅうじ》へ移されたわけだな」

「おそらく本堂を新築する際、幡を残して埋納されたと思われる。その際に新たな神宝が作られていたとすれば、それらにも紆余曲折《うよきょくせつ》の物語があるのだろうが、今のところ帝国考《ていこくこう》古協会《こきょうかい》もそうした情報の実態はつかんでいないようだ」

「紆余曲折か……。ひょっとすると織田信長の軍勢による襲撃で石上神宮から奪われたのは、そいつだったとも考えられるな」

「可能性はあると思う。しかし地下に埋められた一世代前の後継品と幡は、内山永久寺にあったために難を逃れたんだ」

「それが、廃仏毀釈《はいぶつきしやく》で？」

「ああ。今度は内山永久寺が丸ごと消滅してしまう。襲撃される前に、保管されていた幡が石上神宮の、当時の鐘楼門の屋根裏へ隠されたんだろう。まあ、『旧事本紀』には瑞宝にまつわるもっと古い時代からの記述があるわけだから、一つの推理だと思ってほしい。実際はもっと複雑だったかもしれない」

「俺たちが見つけ出したのは、その後継品というわけか」藤四郎が、武志を見て聞いた。

「じゃあ、オリジナルの瑞宝はどこにある？」

「残された問題はそこなんだが……」と武志がつぶやいた。「建て替えられた二代目以降の教会跡に埋められているとみていいと思う」

「その教会跡というのは、どこなんだ？」

藤四郎がたずねると、寛八は大声で笑った。

「知りまへんがな。そんな時代に教会があったことも知られていないんやから」

「そうやって収まっている場合でもないだろ」

「それを探るには、秦河勝という人物と、その勢力範囲について見ていく必要がある」と、武志が言う。「彼の活動領域のどこかに、寺か神社に偽装された教会があったはずだ」

「そない言うても、実に広範囲やで」寛八があきれたように、両腕を広げていた。「飛鳥の都周辺はもちろん、京都や河内国《かわちのくに》など、近畿《きんき》一円のあちらこちらにある。確か兵庫《ひょうご》の赤穂《あこう》にも、秦河勝の足跡はあったはずや」

寛八はゆっくりと立ち上がり、店の方へ向かっていく。

彼を目で追いながら、武志は眉間に皺を寄せていた。

「ただ初期の教会という観点で探せば、かなり絞られてくるはずだ。また最初の教会はともかく建て替えのときには、蘇我氏らの干渉を避ける意味で、都から離れたところにしたことは考えられる」

寛八は本棚から近畿地方の地図を見つけると、ちゃぶ台を片付け、その上に広げた。

「ええと、秦氏の拠点として見過ごすわけにいかんのは、何と言っても京都やろ。平安以降の印象が強いけど、早くから秦氏が開発していたところや。もっとも連中が日本海側から入ってきたとすれば、このあたりに拠点があるのは当然かもしれんけど」地図を指さしながら、彼が説明を続ける。「鞍馬《くらま》に、秦氏おかかえの工房があったはずやで。確か亀岡《かめおか》にも。秦氏絡みなら、伏見《ふしみ》稲荷《いなり》も無視できんかもしれん」

「おい、ここはどうなんだ」

地図を指さした藤四郎の肩を、寛八がたたいた。

「これから言おうと思てたんやがな。候補地として、この太秦《うずまさ》一帯は外せんやろ。地名に『秦』がついてるぐらいやからな。神社やと、木嶋坐天照御魂神社《このしまにますあまてるみたまじんじゃ》というのが最有力かな。木嶋神社には三柱《みはしら》鳥居という珍しい鳥居があって、正三角形の各頂点に三本の柱が配置されて、その上で笠木が井桁《いげた》状に組まれている。それをキリスト教における三位一体とこじつける説もあったと思う」

「だとすれば、その鳥居の中央か、基礎のあたりに……」

そうつぶやく藤四郎を見て、武志は首をふった。

「ただ鳥居は江戸時代後期に再建されたものだし、神社が当初から今の場所にあったかどうかも謎なんだけど」

「ほな、広隆寺《こうりゅうじ》は？」と、寛八が言う。「秦氏の氏寺《うじでら》とされている。もっとも広隆寺も、昔からあそこにあったかどうかは分からんけど……」

「河内国はどうなんだ？」

藤四郎がたずねると、寛八はまた大きな声を出した。

「これも広大やで。かつて奈良盆地の東南地域が大和《やまと》と呼ばれていたころには、その大和となら《さら》ぶ、日本の中心地と言ってもいいところやったからな。ただ秦氏に関しては、讃良《さら》群《ぐん》――大阪《おおさか》府寝屋川《ねやがわ》町のあたりに絞られると思う」彼は地図の一か所を指さして続けた。「実はここにも、『太秦《うずまさ》』という地名が残っているんや。古墳群もあるし、寺や遺跡も点在している。確か太秦廃寺跡《うずまさはいじあと》というのもあったなあ。そのあたりは今、神社や田んぼになってる。確か秦河勝のものと伝えられる墓も、ここにあったはずや」

「それらしいと言えば、どこもそれらしいが……」地図をながめながら、藤四郎がつぶやく。「さて、京都と河内、どっちから探す?」

「発掘するとしても、時間がかかる」と、武志が言う。「一か所に決め込んでしまったら、他は探せなくなってしまうだろう」

「じゃあ、サイコロで決めるか?」

藤四郎を無視するように、武志は地図を見つめていた。

「移転するにあたって都から離れ過ぎると、古くからの信者を受け入れられなくなるおそれがあったかもしれない。すると京都より、河内の可能性の方が高いように思うが……」

「河内としても、どこなんだ? 太秦廃寺跡だって広いんだろ? それとも河勝の墓か?」

それには答えず、武志は地図を折りたたんだ。

「すまない。もう少し考えさせてほしい。いずれにしても、発掘に必要な道具類を取りに戻った後、石上神宮は引き上げよう」

「けど今日はもう、遅い」と、寛八が言う。「二人とも、ここに泊まっていったらええ」

武志は寛八に礼を言った。

「でも早く戻りたいので、今夜は眞理依さんを家まで送ってから、駅の待合室かどこかで寝ることにします」

「俺もそれでいいが、これはどうする？」藤四郎が、ちゃぶ台の下に置いてあった『救』の巻を手にした。「まさか、盗人に返すわけにもいかないだろう」

寛八が気まずそうに目をそらしている間に、眞理依が藤四郎からそれを受け取る。

「もちろん、私が預からせていただきます」

そう言うと彼女は、『救』の巻を風呂敷に包み始めた。

「けど大丈夫なんか？」と、寛八がたずねる。「帰り道でまた特高に出くわしたら……。表紙の注意書きを見られでもしたら、今度は逮捕もあり得るで」

「そう心配するな」藤四郎は、眞理依が手にしていた風呂敷包みをかかえて立ち上がった。

「家に着くまでは、俺が持っていてやる。いざとなったら、逃げればいいさ。それより寛八さんこそどうするんだ、特高に踏み込まれたら」

「分かってますがな。眞理依ちゃんや藤四郎はんのことは喋《しゃべ》っても、武志はんのことは喋らんつもりです」

藤四郎が顔をしかめてたずねた。

「何で俺はよくて、ヘタレは駄目なんだ？」

寛八より先に、眞理依が答える。

「武志さんは帝国考古協会の人間だからでしょ？」

「せやがな」寛八が彼女を指さした。「特高が裏取りに来たら、調査の手がかりになる資料のことを何で話さなかったのか、協会からも問い詰められますからな」

「そうか、裏取りか」と、眞理依がつぶやく。「私も森之宮神社《もりのみやじんじゃ》のみんなに、武志さんのことは話さないよう頼んでおいた方がいいかもしれないですね」

盗人も立ち上がり、みんなに聞いた。

「あの、僕はどうすれば……」

「何だお前、まだいたのか？」

藤四郎ににらまれた盗人は、肩をすぼめていた。

「そう言われても僕には行くところがないし、こんな時間に警察に見つかったら、間違いなく逮捕されてしまいます」

「しゃあないな……」

寛八はそうつぶやき、成り行きで彼の面倒も見るとみんなに言った。

武志、藤四郎、眞理依の三人が店の外へ出たときには、あたりはすっかり暗くなっていた。眞理依の家へ向かって歩き出して間もなく、彼女が急に立ち止まる。

「誰かいるんじゃ……」

彼女は周囲を見回してつぶやいた。

「まさか。今頃《いまごろ》出るのは、幽霊ぐらいさ」と言って、藤四郎が笑う。「何なら、手を握ってやってもいいぜ」

眞理依は、藤四郎の申し出をきっぱり断る。

再び早足で進み出した彼女を、武志と藤四郎は追いかけるようにして歩いていった。

三

翌日、石上神宮に着いた武志は、藤四郎を楼門横の休憩所で待たせ、荷物を取りに参集殿へ向かった。その日もまた、社務所で権禰宜《ごんねぎ》に呼び止められる。

「城戸《きど》監督が探しておられました」と、彼が武志に言う。「見かけたら、長生殿に顔を出すよう伝えてほしいと」

武志は彼に礼を言い、とにかく発掘の道具類や私物のある参集殿へ入る。

そこにはサ行分隊の四人もいた。

「おい外園《そとぞの》、お前どこへ行ってたんだ？」と、佐竹《さたけ》がたずねる。

武志は額を指でかきながら、「ちょっとそのへんを探してた」とつぶやいた。

「こっちは大変だったんだから」下田《しもだ》が泣きそうな声を出して言う。「今、布留《ふる》遺跡の発掘に取りかかったんだが、何せ広過ぎて、干し草の中から針を探すより難しい……」

「お前も監督に呼び出されたのか？」

杉崎《すぎさき》にたずねられた武志が、こっくりとうなずく。

「じゃあ、後でな」

関川《せきかわ》が武志の肩をたたき、佐竹らと一緒に参集殿を出ていった。

仕方なく武志は、休憩所の藤四郎に事情を説明して、しばらく待つように言う。

「だったら俺は、ちょっくら岡田《おかだ》さんのところの茂爺《しげじい》に、挨拶《あいさつ》でもしてくるか」

ただし彼の目的が茂生《しげお》ではなく菜穂子《なおこ》であることは明らかに思えた。

「ちゃんと戻って来いよ」と武志は言い、サ行分隊の連中を追いかけて長生殿へ入る。

中からはやはり、ワーグナーが聞こえてきた。

自分の席にいた堤《つつみ》課長が、武志を見つけて立ち上がる。

「ちょうどいいところへ戻ってきた」

そして武志に、大広間へ行くよう命じた。

「会議ですか？」

武志がたずねると、堤課長は眉間に皺を寄せていた。

「大きな声じゃ言えんが、戦況はかんばしくない。瑞宝調査も、気合いを入れ直して取り組んでもらわないとな」

大広間には、すでにサ行分隊の四人がいた。城戸監督も、三條《さんじよう》教授もいる。彼らは白い麻布の上に並べられた、瑞宝の後継品を取り囲むように立っていた。ワーグナーは、その奥の間から聞こえてくる。

挨拶の後、「残念ながら、見つかった宝物に霊力はないようだな」と、三條教授が言う。「後継品と思われ、考古学的な価値しかない。原型品は、まだどこかにあるはずだ」

城戸監督が武志を見ながら言う。

「布留遺跡の調査も始めたものの、成果は得られていない。というか、どこから手をつけてよいかいまだに分からない状況だ。しかし『見つかりませんでした』では済まされない」

「我々に残された時間もない」と、三條教授が言う。「それで提案なんだが、君の方で新たな情報をつかんでいたら、是非《ぜひ》教えてほしい」

「と言うと?」

武志がたずねると、教授の代わりに課長が答えた。

「共同調査しないかということだ。お互い、調査能力には限りがある。俺はずっと現場を見てきたが、知恵を出し合わないと現状は打開できないだろう」

「後継品の発見は事実上、君の手柄だと思っている」城戸監督が、武志の肩に手を置いた。「君のことは、大いに評価しているんだ。お互い、手持ちの情報を出し合わないか? この際だ。こっちの情報も開示する。それで、何かひらめくことがあれば教えてほしい」

武志は躊躇《ちゅうちょ》したが、彼が手詰まりなのも確かだった。石上神宮から秦氏関連の場所に軸足を移して探すことに決めてはいたものの、それが京都なのか河内なのかも絞り込めず、悩んでいたところだったのだ。

「で、そちらの情報とは？」

そうたずねる武志を見て、城戸監督が微笑む。

「まず、会わせたい人物がいる。俺の会社の会長だ」

「海道《かいとう》組の？」

武志の問いかけに、監督は首をふる。

「その親会社、海道商会の会長だ」

堤課長が「実は帝考協が手がけている今回の事業の、支援者でもある」と言う。

奥の間へ向かうと、監督は大広間と隔てている襖《ふすま》を開けた。

武志はサ行分隊の連中とともに、初めて奥の間をのぞき込んだ。

絨毯《じゆうたん》が敷かれた部屋の中央に、応接家具がある。ワーグナーを奏でていたのは、棚の上の蓄音機だった。

ソファーに腰かけてレコードを聴いている銀髪の老人は、威圧感のある容貌の持ち主で、明らかに日本人ではない。

「紹介しよう」彼の方に腕を差しのべ、監督が言う。「海道商会会長、アルベルト・バウマン氏だ」

笑顔を浮かべながら立ち上がった彼は、かなりの長身で、みんなを見下ろすように一礼する。そして流暢《りゆうちよう》な日本語で挨拶した。

「日頃は瑞宝の調査に尽力いただき、感謝しています。このすばらしい後継品も、拝見しました」

　音楽好きらしい関川が、バウマンにたずねた。

「やはり、ワーグナーを聴きながら、でありますか？」

「そう、『ニーベルングの指輪』の第二日『ジークフリート』をね。オリジナルの瑞宝でなかったことは、とても残念だったが……。ちなみに今流れているのは、第三日『神々の黄昏《たそがれ》』。作曲家はいくらでもいるが、ワーグナーは別格だ。無理を言って、国からダイジェスト版を送ってもらった」

　みんながバウマンに注目していることに気づくと、彼は急にふき出した。

「何だ？　外国人が珍しいか？　日独伊三国同盟は失効したかもしれないが、ドイツ人ならここにいても、おかしくはないだろう」

「ずっと日本にいらっしゃったんですか？」

　みんなを代表して佐竹がたずねると、バウマンはうなずいた。

「昔の神戸《こうべ》は、日本では数少ない世界との窓口だった。その外国人居留地に商社を興し、私は主にドイツとの輸出入を始めたんだ。いいこともあったが、そこにいる間はいつまでたってもガイジンでね。いろいろ苦労もさせられた。開戦後は六甲《ろっこう》の山荘に移り住んだんだが、そこでもアメリカ人とよく間違えられてね」

　彼は苦笑いを浮かべながら続けた。「ドイツは降伏したが、私は負けない。ビジネスで再生するつもりだ」

武志は彼に聞いてみた。

「あなたが、瑞宝にまつわる情報を持っているんですか？」

「情報を持っているどころか……」城戸監督が横から口をはさむ。「バウマン会長は今回の瑞宝調査に、出資しているんだ」

「は？」

武志が聞き返すと、堤課長が補足してくれた。

「実は陸軍の他に、彼からも多額の資金を得て、我々は瑞宝を探していたということだ」

バウマンの話によると、彼は以前から日本の古美術に興味があり、十種瑞宝にも関心をもっていたという。

「瑞宝が今どこにあるかは、私にも分からない」と、バウマンは言う。「ただ、それがどんなものなのかは、ずっと考え続けてきた。私なりに研究してきたことが、君たちの調査のヒントになれば幸いだ。一つの説だと思って、聞いてもらえればいい」

彼はそう前置きし、話し始めた。

「瑞宝のオリジナルは、レガリア――威信財だったことは間違いない。だとすれば、それは日本において珍しいものであったほど、瑞宝としてはふさわしいことになる。そう思わないか？」

武志を含めてサ行分隊の連中が無言でうなずくのを、彼はながめていた。

「相当珍しいとすれば、中国よりさらに西――ヨーロッパからのものが含まれていたとしても不思議ではない」

夷子とピタゴラス教団との関係を疑っていた武志は、彼の説に聞き入っていた。

「知っての通り瑞宝には、鏡、剣、玉、比礼とあるが、少なくとも剣と玉は、ヨーロッパがルーツと見ていい。そして玉はオーブ――つまり宝珠、剣は短槍《たんそう》だったと思っている。私は最低限、この玉と剣――四種の玉のなかでも死返玉《よみかへしのたま》と、八握剣《やつかのつるぎ》だけは是非とも発見したい」

後継品に関して言えば、剣は確かに短槍状だったが、玉は勾玉《まがたま》だった。

「どうして玉が勾玉ではなく、宝珠状だと？　また何故、玉や剣にこだわるのですか？」

武志にそう問われた彼は、自信ありげに答えた。

「言うまでもない。宝珠は王権の象徴だからだ。神に代わって世界を統べる者にのみ与えられる。おそらく水晶ではないかと思うが、それ以上に希少な何かかもしれない」

「何も欧州に限った話じゃない」と、三條教授が言う。「そもそも『玉』という字は、『王』が『、』――つまりタマを持っているところからきているという説もあるんだ」

前に三條教授が、軍や協会の上層部には、玉は勾玉ではなく宝珠だと確信している者もいると語っていたことがあったが、武志はようやくその理由が解けたような気がしていた。

背後にアルベルト・バウマンがいたからだ。

その彼が、白い麻布から一つの勾玉をつまみ上げる。

「これが宝珠でなかったことに、私も一度は落胆した。しかもガラス製だった。けれども、後継品だと知って気を取り直したんだ。オリジナルはやはり、宝珠なのではないかと。しかも宝珠は、王だけのものじゃない。イエス・キリストが手にしている構図の絵画だって、何点も描かれている。かのレオナルド・ダ・ヴィンチが描いたと噂《うわさ》されるものもあるみたいだが、それについては私も確かめたわけではないし、行方《ゆくえ》も分からないようだ。

ともかく、復活したキリストが実際に宝珠を手にしていた可能性は否定できない。だとすれば、玉は復活の象徴ともなるから、瑞宝なら特に死返玉とのつながりが浮かび上がる」

バウマンがキリストに言及したことに驚きながら、武志は聞いてみた。

「玉が宝珠とすれば、威信財となり得るのは一個が相当ではないですか？　瑞宝に玉が四種もあるのは、どういうわけでしょう？」

「宝珠が何らかの理由で四つに分けられたか、割れたとは考えられないか？」バウマンが武志を指さして答える。「それらを組み合わせると、一つの玉になる……」

それは以前、武志が考えた説にもつながるものがあり、彼は反論できずにいた。ただバウマンの説を聞いて、オリジナルの瑞宝は宝珠だと彼が確信できたわけでもない。宝珠と同様、勾玉も権力の象徴だったと考えられているからだ。

バウマンは勾玉を戻し、代わりに短槍状の剣を手に取ると、その重さを確かめていた。

「立派だが、これも後継品だ。どこかに、ただ一つの本物があるはずなんだ。ただこっちの方は、私が想像していた形に近い。オリジナルも、これと似た形をしていると思う」

「というと？」

そうたずねる武志に向かって、バウマンは逆に聞いてきた。

「君は、『ロンギヌスの槍《やり》』というのを知っているか？」

まったく予想もしていない質問だったが、武志はこっくりとうなずいた。

十字架に磔《はりつけ》になったイエスの死を確実なものとするために、脇腹を突き刺したとされる槍ではなかったかと思う。確かその槍に不思議な霊力が宿ると信じられていたはずだ。

「実はその槍は、同時期に二本作られていた。つまりロンギヌスの槍には、双子と言っても過言ではない聖槍が存在していたんだ。ロンギヌスの槍と同様、その槍も数奇な運命をたどったに違いない。おそらくローマ帝国の時代に、宝珠と一緒か、あるいは別々に持ち出されたと考えられる。その過程で、長かった柄が短く加工されたんだろう」

「だから、短槍に……」

杉崎がそうつぶやくと、バウマンは微笑みを浮かべた。

「やがてそれが瑞宝に加えられたのではないかな」

「じゃあ、鏡と比礼は？」と、武志はたずねた。

「シルクロードを旅しているうちに、それらも追加されていったのかもしれない。そういえば京都の祇園祭《ぎおんまつり》の山鉾《やまぼこ》に、何百年も前から伝わるペルシャの織物が使われているじゃないか。極東に位置する日本はシルクロードの吹きだまりのようなところなんだから、いろんなものが集まってくる」

　そのとき、神宮の権禰宜が堤課長を呼びに入ってきた。来客だという。

「そうか、誰だろうな」と言いながら、彼が大広間を出ていく。

　バウマンは、剣を麻布の上に戻した。

「とにかく瑞宝が威信財であるのなら、そのいくつかは、はるか遠い西洋の極めて珍しいものではなかったかというのが私の考えなんだが、どう思うかね？」

　武志も、バウマンが主張するような瑞宝とキリスト教との関係を考えないでもなかった。

「すべてではないとしても、確かに西洋の影響は否定できないと思います」と、彼は言う。

「大局的に見ればうなずけますが、しかしキリストと宝珠や、ロンギヌスの槍との関連については同意しかねます。そういう具体物ではなく、瑞宝に反映されていたとしても精神的、象徴的なものだったんじゃないですか？」

「そうだろうか」バウマンは首をかしげた。「そうした精神性は、むしろ後継品の方に強く表れていたと思う。するとオリジナルは、やはりキリスト教に直接由来したものと考えていいのではないか？　キリスト教は、歴史に記されているよりも早い段階で、瑞宝とともに日本に入ってきたと思われる。我々だけでなく、ヒトラー総統も同じ意見だった」

　武志は、目を瞬《しばた》いて聞き直した。

「ヒトラー？」

　関川が、蓄音機に目を向けてつぶやいた。

「そういえばアドルフ・ヒトラー総統も、ワーグナーの愛好者として知られていましたね」

「そう、ワグネリアンだ」

バウマンはしたり顔で、奇妙な話を始めた。

そもそも十種瑞宝の調査は、ヒトラーの指示だったというのだ。彼の側近であるハインリヒ・ヒムラーが、アーサー王伝説や聖杯伝説に心酔していたことからもうかがえるように、ナチスは占星術やいわゆるオカルト――超自然現象にも親和性があった。

その頂点にいたのはヒトラーであり、彼もキリストの聖遺物の調査と収集に固執していたという。もちろん、ロンギヌスの槍に双子の槍が存在すると信じていたし、復活したイエス・キリストが宝珠を手にしていたことも信じていた。彼はその槍と宝珠も探していたが、なかなか見つけられずにいたらしい。

そんなある日、ヒトラーに日本大使館を訪問する機会があった。一九四〇年十一月、紀元二六〇〇年の祝賀会が催されたのだ。

会食の際に駐ドイツ特命全権大使が、オカルト好きという噂のヒトラーの機嫌を取ろうとして、日本にも失われた宝物があるという話をしたという。死者をも蘇《よみがえ》らせる霊力があるといわれている十種瑞宝なのだが、『旧事本紀』に記述があるものの、今ではもう行方が分からなくなっている――。

案の定、ヒトラーはその瑞宝に関心を示した……。

「ところで瑞宝は、何故十種なのか分かるかね？」

話の途中で、バウマンは武志に聞いた。

武志には瑞宝が夫婦仕様ではなかったかという自説があったが、それをこの場で述べることは控え、「分かりません」と答える。

「私もヒトラー総統の受け売りなんだが」と前置きして、バウマンが話し始める。「総統は漢字の『十』を見て、十字架を連想したというんだ。またヨーロッパで武勲を讃《たた》える鉄十字章にも似ていると思ったに違いない。私だってそう思ったからね」

「だから自分が探している聖遺物とも、関係があるのではないかと？」

武志がたずねると、バウマンは大きくうなずいた。

「総統は、十種瑞宝は是非とも探すべきだと、大使に助言されたという。そして発見の暁には、自分もその霊力を体感してみたいと……。ところが大使は、それを社交辞令だと思ったのか、このときは真剣に受け止めなかったらしい。総統はその場でそれを見抜いておられたようで、いわゆるナチスに直接、十種瑞宝の調査を指示されたんだ」

「その命令が、あなたにも届いたと？」

「そうだ。総統に触発されたのか、日本軍も今頃になって重い腰を上げたというわけだ」

あり得ない話でもないと思って、武志は聞いていた。その軍や帝考協に巻き込まれる形で、自分もかり出されたというわけだ。

「瑞宝は今の我々にとって、威信財《レガリア》以上のものなんだ」と、バウマンは言う。「何としても、その霊力が欲しい。後継品にそれなりの力があるとしても、オリジナルを手に入れないことには」

「やはり、戦勝祈願ですか？」武志はあえて彼に聞いてみた。「しかしドイツは、すでに降伏したじゃないですか。瑞宝調査を指示したヒトラー総統も亡くなられた」

バウマンは目を見開き、大声で叫んだ。

「だからこそ見つけねばならないんだ。キリストが復活したように、ヒトラー総統も……」

武志は胸のなかで、彼の言葉を反芻《はんすう》していた。

彼はヒトラーの復活を目論《もくろ》んでいたのか⁉

「それで躍起になって、瑞宝を……」

今頃気づいたのかという顔で、バウマンは武志を見下ろしていた。

「総統は自らの復活のために、あらかじめ瑞宝を発見しておくよう命じておられたんだ。総統の死は確かめられたわけではないし、仮に肉体は滅びたとしても、精神を蘇らせることはできる。瑞宝があれば、ナチス再興——ひいては第三帝国の復活も夢ではない。すでにナチスの残党は南米など各地に飛び、反撃の機会をうかがっているところだ」

武志は一度、唾《つば》を呑《の》み込んだ。

「急がねばならない」と、バウマンは言う。「もちろん、これは日本のためでもある。引き続き協力をお願いする」

サ行分隊の四人は「はい」と返事していたが、武志は躊躇せざるを得なかった。

バウマンも日本軍と同じく、瑞宝の霊力を頼りとして、まだ戦争を続ける気でいるのだ。瑞宝を発見したとしても彼らの手に渡すわけにはいかないが、彼らに協力するふりをして、調査は続けるしかない……。

考えていることが表情に出ないよう注意していた武志に、バウマンが聞いた。

「さて、今度は君の番だ。聞くところでは、君は城戸監督らとは別に独自調査をしていたそうじゃないか。君のつかんでいる情報を教えてくれたまえ」

武志は少し迷った後、『神事本紀』については一切伏せ、後継品の模様からピタゴラス教団との関係性に気づいたことをまず報告した。

バウマンは関心を示していたものの、三條教授はやや否定的な態度を見せていた。

「その他は、現在鋭意調査中です」

武志がそう言うと、何か分かったことがあったら即座に報告するよう、バウマンはみんなに指示を出した。

そして城戸監督が解散を命じ、サ行分隊は現場へ戻ることとなる。

長生殿を出た武志は、サ行分隊の他の四人に囲まれていた。

「おい外園、何か名案はないのか?」不安そうに、杉崎が聞いた。「期限の八月十四日まで、あと八日しかない。このまま見つからないと、みんなまとめて戦地送りだぜ」

武志はみんなから離れ、一人楼門の方へ向かっていった。

「おい、どこへ行く?」と、佐竹がたずねる。

「すまん、助手を待たせてるんだ。心配するな、君らが戦地へ行くなら、僕も一緒だ」

無理に微笑みながら、彼はみんなに言った。

「ヒトラー復活だと?」菜穂子のところから戻ってきていた藤四郎は、休憩所で武志から事情を聞き、思わず声をあげた。「日本軍の戦勝祈願だけでも、十分質《たち》が悪いのに」

「ヒトラーは、単なるオカルト趣味で聖遺物を集めてたわけではないと思う」と、武志が言う。「きっと『聖書』を曲解することで、自身の救世主化を目論んでいたんだ。瑞宝も、それにお墨付きを与える道具の一つにされようとしているんだろう」

「けどヒトラーは、死んじまったじゃないか。今となってはやはり、彼を復活させるのが目的なんだろ?」

「おそらくな。ヒトラーが本当に復活するかどうかは分からないが、十種瑞宝がバウマンの予想通りのものだとすれば、ナチス再興の象徴にもされかねない」

「だったら陸軍やバウマン一派より早く、瑞宝を見つけないと」

藤四郎の言葉に、武志は小さくうなずいていた。

「さて、これからどうする?」膝を軽くたたいて、藤四郎がたずねる。「お前まさか、秦氏のことまで喋ったんじゃないだろうな」

「いや、まだだ。『神事本紀』についても話してない。話すと言ったって、こっちだって秦氏が関与していた以上のことは分かってないからな。瑞宝があるのは京都なのか、それとも河内なのか……」

「いずれにしても、もうここにいる理由はないのかもしれんな」楼門に目をやり、藤四郎が言った。「奴らが共同調査を持ちかけてきたんなら、手分けして調査する手もあるだろう。もちろん競争になるが」

「手分けするにしても、秦氏の息のかかった地域は広過ぎる。絞り込んでからでないと」

「けど期限までに見つけなければ、戦地送りなんだろ?」

　武志が顔をそむける。

「それはもう、聞き飽きた。仲間の連中も、さっき言ってたし……。しかしこの瑞宝探しは、何か間違えている気がしてならない」

「何を今さら」藤四郎が武志の肩をたたく。「お前だって、立派なその一味のくせに」

「根本的に、軍や帝考協の意向には同意し難いんだ」

「そんなことを言ってたら、非国民呼ばわりされるぜ」

「けれども戦争が、どれだけの悲しみをまき散らしたことか……。このまま調査を続けるのは軍のみならず、ナチス残党にも加担することになる」武志は拳で、自分の膝をたたいていた。「夷子が目指していたような世界は、いつになったらできるのかと思う」

「俺だって、分かってるんだぜ。ヘタレが好きで始めた考古学研究なのに、軍に魂を売るような真似をしていいのかぐらいのことは思ってるんじゃないのか?」

武志はうなだれながら、小声でつぶやいた。

「まったく考古学なんて、わけも分からずに生きて、傷つけ合っている人間の悲しい歴史を知るだけに思えるときがある」

「それでも瑞宝は見つけたいんだろ?」

微笑みながら問いかける藤四郎に、武志はうなずいた。

「ここまでくればね。瑞宝を通じて、夷子の真実を知りたいとも思っている。夷子とは一体、どういう人間だったのか…」

「また堂々巡りか。それには、俺たちだけじゃ無理だ。帝考協やバウマンたちの協力がないと……」

二人はぼんやりと、自分たちがいる楼門に向かって走ってくる男をながめていた。

「おい、あれ」藤四郎が、その男を指さす。「あいつ、例の盗人じゃないのか?」

確かめようとしている武志に気づいたのか、男が走りながら手をふっている。

間違いない。『神事本紀』と賽銭《さいせん》を奪い、その後『救』の巻に何が書いてあるのか教えてほしいと言って戻ってきた盗人だった。

盗人の顔に傷があるのに気づき、藤四郎が声をかけた。

「おいどうした、その傷は?」

「それより大変です……」

呼吸を整えながら、彼が言う。

「だからどうした？」

くり返したずねる藤四郎に向かって、盗人は大声で答えた。

「旧文字屋《くもじや》の寛八さんが、特高に捕まったんです！」

四

武志は落ち着くよう盗人に言い、事情を聞き出した。

早朝に寛八が逮捕され、大阪の警察署に連行されたようだと、盗人がくり返し説明する。

彼は何とか逃げ切れたのだという。

「その顔の傷は、逃げるときに？」と藤四郎が聞いた。「特高にやられたのか？」

「いや、これはちょっと……」

盗人は傷を手で覆い、うつむいた。

「とにかく、何で捕まったんだ？」

盗人を問い詰める藤四郎の横で、武志がつぶやく。

「彼らが動くとすれば、治安維持法違反だ。やはり『救』の巻の表紙にあった、『滅ぶを旨とすべし』との文言が問題だったんだろう。国が滅ぶとも受け取れかねない書物を所持し、流布《るふ》しようとしていた容疑だ」

「何でそのことを嗅《か》ぎつけやがった。俺たちが話してたところを、盗み聞きされたのか？

それとも密告……？」いら立たしげにしていた藤四郎が、盗人に目をやった。「そういえばお前、『救』の巻を他の店に見せたとか言ってたな」

盗人は、顔をこわばらせながら藤四郎から離れていった。

「いずれにしても特高が、寛八さんをずっと狙っていたのは確かだ」

武志がそう言うと、藤四郎は首をかしげた。

「しかし特高が本当に狙っているのは『神事本紀』なんだろ？　肝心の証拠は、あの店にはない」

「ああ。彼が逃げたところを見られたんなら、逮捕された寛八さんは、仲間がいることを追及されているはずだ」

「じゃあ、眞理依ちゃんも？　『生』『救』『滅』の三巻とも保管している」

武志は厳しい表情でうなずいた。

「特高の執拗《しつよう》な取り調べを受けたら、寛八さんが『神事本紀』の保管場所を白状するのは時間の問題だ。強制捜査をかけて、押収に向けて動き出す。眞理依さんもすでに逮捕されたと見て、間違いないだろう」

「最悪じゃないか……」その場を行ったり来たりしながら、藤四郎は自分の両手の拳を何度もぶつけ合っていた。「寛八さんが吐けば、俺たちだって捕まるかも……」

「そこまでは分からん。状況からすると、むしろ危ないのは、彼の方だと思うが」

武志が盗人に目をやると、おびえたように彼がたずねる。

「特高の取り調べって、厳しいんでしょうね？」

「らしいな」と、藤四郎が言う。「『救』の巻を所持していた目的を問い詰めているはずだ。続きの『蘇』の巻についてもな。燃えてしまってないと正直にいくら言っても、聞く耳を持たないんじゃないか？　食事も十分に与えられず、今ごろは二人とも、拷問にかけられているかもしれん」

「拷問……」

盗人はその光景を想像するかのように、空を見上げていた。

「どうする？　ヘタレ」

藤四郎がたずねても、武志は答えられずにいた。

「やっぱり、大阪へ？」

そうたずねる盗人の頭を、藤四郎が小突く。

「捕まりに行くようなもんだ。そもそもお前だって、大阪から逃げてきたんじゃないのか？　相手は、泣く子も黙る特高なんだぜ」

「じゃあ、どうすれば……」

盗人のつぶやきに答えず、藤四郎は武志に言った。

「気の毒だが、もうあきらめるしかないな。寛八さんも、それから眞理依ちゃんも……」

「いや、助ける」

顔を上げて言う武志に、藤四郎は聞いた。

「助けるって、どうやって？」

「危険だし、代償は大きいが、手がないこともない」

「教えろ。手伝ってやるぜ」

　藤四郎が、武志の胸を軽く手でたたく。

「特高は二人の容疑しか眼中になく、背景にある事情をまだ知らない。そこを突く」

「どういうことだ？」

「つまり特高は、あくまで公序良俗に反する文書の所持や流布に対して取り締まっているのであって、瑞宝探しについては知らない」

「そう言われればそうだが」藤四郎が、あごに手をあてた。「それがどうした？」

　両腕を組み、しばらく思案していた様子の武志が、再び話し始める。

「帝考協とバウマンに、『神事本紀』のことを打ち明ける。瑞宝調査の有力な手がかりだとようやく我々が突きとめたにもかかわらず、特高に押収されてしまったと……」

「何だと？」

「けれども連中が『神事本紀』を特高から手に入れようとしても、自力では無理だ。きっと軍に働きかける。しかも軍は瑞宝を欲しがっていても、探していることは公《おおやけ》にしたくない。だとすれば『神事本紀』を没収した上で、この件にはかかわらないよう特高には指導するはずだ」

「なるほど。特高とかけ合うのに、軍を利用して間に入ってもらうわけか」すぐに藤四郎は、真顔に戻った。「それだと二人を特高から救い出せても、『神事本紀』は軍に横取りされてしまうことにならないか？　眞理依ちゃんにとっては、あれも大事な宝物なんだぜ。ヘタレにとってもだ。しかもあれを読んで研究されたら、先を越されるかもしれんぞ」

「それもあり得るだろう。そもそも、あれが瑞宝探しの有力な手がかりだと言って交渉するんだからな。けど二人を解放するには、『神事本紀』をエサにするしかない」

「ヘタレはそれでいいのか？」

「迷いがないと言えば嘘《うそ》になる。けど否《いや》も応《おう》もない。寛八さんと眞理依さんを助けるためだ」

「しかし何も……」

「考えている時間なんてない。それにあんた、さっき手伝ってやると言わなかったか？　実は手伝ってもらわないと困るんだ。僕と一緒に、長生殿まで行ってくれ」

「俺がか？」

　藤四郎は自分を指さした。

「ああ。『神事本紀』のことは、僕の親友で信頼できる助手――つまりあんたから聞いたと言って、連中とかけ合うんだ。つい今し方、知ってることを聞かれて喋らなかったんだから、そうしないと、つじつまが合わない」

「急にそんなふうに言われても、まだ心の準備が……」

「つべこべ言ってる場合か」

「でも、名前はどうする？『煙《けむり》藤四郎』じゃ通らないんじゃなかったのか？」

「聞かれたら本名を名乗ってもらうしかない。とにかく急ごう」

武志と藤四郎は、盗人を休憩所で待たせ、長生殿へ向かって走っていった。


翌日の朝、武志と藤四郎は、盗人に旧文字屋の片付けを頼み、自分たちは陸軍第四師団司令部庁舎へ向かった。

玄関で手続きを済ませ、狭い待合室の椅子《いす》に腰かけて待つ。

軍の対応は早かった。二人が長生殿で『神事本紀』について打ち明けて間もなく、帝考協の野間《のま》支部長から辛島《からしま》少尉に連絡が入る。

そのとき寛八と眞理依は、大阪府警察局治安部、特別高等第一課に勾留《こうりゅう》されていたが、武志と藤四郎が大阪に着いたころにはすでに第四師団司令部庁舎に移送されていたという。

軍が二人を解放するまでの間、武志と藤四郎、それから盗人の三人は旧文字屋を訪れてみたものの、店内は特高の捜査で荒らされていた。眞理依の家の片付けは彼女にまかせるしかないと思い、二人は盗人に旧文字屋の方を頼んで、陸軍の庁舎で待つことにしたのだ。

「遅いな」廊下の方に目をやり、藤四郎がつぶやく。「本当に解放してくれるんだろうな。まさか俺たちもろとも、今度は憲兵に連行されたりしなけりゃいいんだが」

「まだ、辛島少尉が事情聴取している最中なんだと思う」と、武志が答える。「しかし寛八さんや眞理依さんに何を聞こうが、あの写本に書かれてある以上のことは知らない。問題の一つは、彼らがまだ入手していない『蘇』の巻の所在だが、焼失したのは調べれば分かる。二人を特高へ戻すことも考えられなくもないが、昨日言ったみたいに、軍としては瑞宝探しを表沙汰《おもてざた》にはしたくないはずだ。

　僕がすでに読んでることに気づかれるとまずいのはまずいが、盗まれたものが戻ってきた経緯などは知られても問題ない。まあ二人とも、うまく切り抜けてくれると思う。聴取が済めば、解放だろう。それに軍は今、それどころではないしな」

「広島《ひろしま》に落ちたとかいう、新型爆弾か？」と、藤四郎はたずねた。

「ああ。昨日は阪神《はんしん》方面でも大きな空襲があったようだ。ここで話すのも何だが、戦況はますます悪化している。先月末に発令されたポツダム宣言を受諾するという噂もある」

「いよいよ追い詰められてきたみたいだな……」藤四郎は、武志にたずねた。「で、『神事本紀』の方は？　もうこっちにあるのか？」

「多分そうだと思う。三條先生たち関係者が、先に写本の鑑定を始めるらしい。石上神宮を出るときに聞かされたんだが、その後、明後日の九日に石上神宮の長生殿で会議が予定されている。三條教授らと『神事本紀』を読み解いていくに違いない。それには僕も参加することになっている」

「じゃあ、初めて見るような顔をして読まないとな」

　藤四郎につられるように、武志も微笑んでいた。

「それからは、可及的速やかに調査場所を絞っていくことになる。ただし、僕がどこまで会議に参加させてもらえるかは、ちょっと分からないな」

「けど瑞宝がどこにあるかは、ヘタレにもまだ分からないんだろ？」

「僕に分からなくても、三條先生には分かるかもしれない」

「やっぱり『神事本紀』を没収されたのは、痛手だったんじゃないか？」

藤四郎とは目を合わさずに、武志が答える。

「あれはもう、軍の資料として扱われる。今さら言っても仕方ない」

「けど何も、くれてやることはなかったのに」

「写本なら、機会をうかがいながら軍から奪回することもできる。問題は、現物よりむしろ情報の方だ。三條先生が読めば当然、他の文献とも照らし合わせて秦氏の存在に気づくに違いない。そうなると石上神宮とその周辺からの撤退を検討して、連中も京都か河内を調査しようとするはずだ。そこから先は残念ながら、先生たちの知識に僕が勝てるとは思えない」

「そんなことを言わずに、何かないのか？　次の手は」

「まだ思いつかない」武志がゆっくりと首をふる。「これからは彼らと同じスタートラインから、瑞宝を探すしかない。能力の差は歴然としてはいるが」

「ヘタレは案外、馬鹿野郎だったんだな。帝考協に手の内を全部さらけ出すような真似をしてしまうんだから」

「その代わり、寛八さんと眞理依さんを救えた……」

しばらくして、辛島少尉に連れられた二人が待合室に着いた。

藤四郎と武志は立ち上がり、彼らを出迎える。

「君が助手に使っていたそうだな」

少尉にそう言われ、武志は「はい」と返事をした。

「部外者に機密事項を漏らしたのは問題だが、瑞宝調査のためにはやむを得なかったということかな。特高との話は、私の方でつけておく。二人とも、帰ってよろしい」

眞理依が少尉に「あの、『神事本紀』は？」とたずねた。

「あれはもう、軍の専権事項だ。諸君らがかかわる必要はない。くれぐれも、内密に」

武志は少尉に礼を言い、寛八と眞理依をようやく外へ連れ出した。

庁舎をふり返り、寛八がつぶやく。

「特高に捕まって陸軍に助けられるとは、思ってもみませんでしたわ。『毒を以《もっ》て毒を制す』というのは、このことですかな……」

寛八は店の後片付けがあるというので、その場で別れた。

武志と藤四郎は、とにかく彼女を家まで送り届けてやることにする。

眞理依を抱きしめてやりたい気持ちを武志が抑えていたとき、彼女が彼を片手で突き飛ばすような仕草をした。

「あなたは馬鹿です。大切な手がかりを、私たちのために……。そもそも私は、『神事本紀』が偽書でないことを証明するために、瑞宝探しに協力したようなものです。それを奪われてしまったら、これからどうすればいいのか……」

「眞理依ちゃんの気持ちがどうあれ、俺たちは続けるぜ。少なくとも、軍より先に見つけないと。ヒトラーの復活まで祈願されたら、たまらんしな」

「ヒトラー？」と眞理依が聞き返したので、二人は簡単に事情を説明した。

「お役に立てるかどうか分かりませんけど」と、彼女は続けた。「実は祖母からようやく返事が届いたんです」

「森之宮神社で巫女《みこ》をしていたという婆《ばあ》さんか？」

藤四郎の問いかけに、彼女がうなずく。

「やはり最初の手紙は空襲か何かで届かず、電報でようやく用件を知ったみたいでした」

「それで？」

「話しておきたいことがあるけど、手紙では伝えられないと。疎開先まで来いということだと思い、それをまた電報で伝えようとしていたら、特高に踏み込まれて」

「その手紙は？」と、武志はたずねた。「特高に押収されたんですか？」

「いえ、念のため、読んですぐに燃やしました」

「お婆さんにまた電報を打つより、疎開先まで聞きにいった方が早そうだな」

藤四郎がなれなれしく二人の肩に手を置いた。

「俺も行くぜ。今どき若い男女が二人でウロウロしてたら、またどんな目にあうか分からんぞ。三人で行った方が怪しまれないと思うが、どうだ？」

五

眞理依の祖母、弓月松枝《ゆづきまつえ》が疎開していたのは、京都府愛宕郡《あたご》の鞍馬村《くらま》だった。

武志、藤四郎、眞理依の三人は、次の日の朝、電車で疎開先へ向かう。

「寛八さんから借りてきたんだ。瑞宝を探すのにいるかと思って」

武志の隣に座った藤四郎が、近畿地方の地図を広げた。

「ながめていて、面白いことに気づいたんだが」地図を指さしながら彼が言う。「森之宮神社が大体このあたり、ヘタレが最初に行ったという磐船《いわふね》神社、それから石上神宮……」

「それがどうした？」と、武志がたずねる。

「ここからだ。磐船神社から北に行くと……京都になる。そしてさっきの三か所とこの京都を線で結ぶ。すると地図上に、巨大なくさび形が現れる。言うまでもなく後継品に描かれていた模様だ。どうだ、数学好きの眞理依ちゃんも裸足《はだし》で逃げる名推理だろ」

「では、瑞宝は京都にあると？」眞理依がたずねた。

「その説に、妙な説得力がないわけでもない」と、武志が言う。「しかし何度も言うようだが、京都は広い。京都のどこだと言うんだ」

「それは俺にも……」

藤四郎は横目で武志を見ていた。

は思っている」

「河内の可能性も捨てきれない。この前言った通り、都に近い方だったのではないかと僕
「じゃあ、河内のどこなんだ？」

藤四郎がたずねると、武志は彼から目をそらした。

「それは僕にも……」

「だったら、俺と同じじゃないか」

「この地図だと広過ぎて分からん」武志は自分の雑嚢《ざつのう》から、京都の地図を取り出した。

「京都だとしても、秦氏との関係が疑われる場所はいくらでもある。ただし前にも言った
ように、瑞宝は古墳にはないと僕は思う」

「武志さんの推理通り、神社か寺に偽装された教会があったのでは？」と、眞理依が言う。

「するとやはり、太秦か？」藤四郎が地図を指さす。「木嶋神社が有力だと、寛八さんが
言ってたよな。当初から今の場所にあったかどうかは謎らしいが」

「他に大酒神社《おおさけじんじゃ》などもある」と、武志が言った。「秦河勝を祭神とするという説があると
ころだ。寺だと広隆寺《こうりゅうじ》だな」

「そこも昔からあそこにあったかどうかは分からんと、寛八さんが言ってなかったか？」

「ちょっと考えてみれば分かるが、瑞宝の調査に関して、それは案外、問題にはならない。

むしろ瑞宝存在の可能性を高くしていると言ってもいい」

「どういうことだ？」と、藤四郎がたずねる。

「武志さんが言ってたでしょ」微笑みながら、眞理依が答えた。「表向きが神社か寺なのかはともかく、瑞宝が埋納されたとすれば最初の教会ではなく、二代目以降の所在地だと思われるからです」

「なるほど」藤四郎は、天井を見つめてうなずいていた。「とすれば、今の木嶋神社や広隆寺の敷地のどこかにある可能性は高いということか」

「後継品の比礼が幡化していた事実を考慮すると、今のところ、最有力候補は寺――つまり広隆寺ということになるかな。けどこれぐらいなら、三條先生らも思いつくはずだ」

「広隆寺か」藤四郎は、再び地図に視線を落とす。「できれば帰りに寄っておきたいな」

「残念ながら、僕は無理だ。明日、奈良へ戻らないといけない。会議がある」

「すっぽかせばいいじゃないか、そんなの。こっちを調べるべきだ」

「調べると言っても、この三人じゃ調べきれない」

「じゃあ何か？　ヘタレは協会に手伝ってもらうつもりなのか？」

「いや、それだと瑞宝を掘り当てても、奪われるだけかもしれない……」

武志は地図をたたむと、車窓をながめていた。

電車を降りた三人は、細い山道を歩きながら花や線香を手に持つ人たちとすれ違う。

そういえば、そろそろお盆だったなと武志は思った。

「あそこです」

眞理依が、茅葺《かやぶ》きの小さな家を指さす。

庭にいた二人の中年女性に、眞理依は声をかけた。彼女の母と、叔母《おば》——つまりこの家の住人らしい。三人はすぐに歓談を始めてしまったが、眞理依が思い出したように武志と藤四郎を紹介してくれた。

しばらくして外の話し声に気づいたのか、玄関から小柄で頰《ほお》のこけた、もんぺ姿の老婆《ろうば》が現れる。

「祖母の弓月松枝です」

そう言うと眞理依は、松枝にも二人の客人のことを知らせた。

白髪で聡明《そうめい》そうだが、どこか浮世離れした気配があるのは、孫の眞理依によく似ているなと武志は思った。

早速武志と藤四郎は、座敷に上げてもらう。

座卓を囲んで座るなり、「『神事本紀』について聞きたいと?」と、松枝の方から切り出してきた。

眞理依が代表してこれまでの経緯を説明し、考古学に関する専門的なことなどは武志が補足した。

「ほう、瑞宝を」

感心したように松枝が言うと、武志はうなずいた。

「手がかりが『神事本紀』にもあるのではないかと思い、お話をうかがいに来た次第です」

「で、最初から分からんのですが」藤四郎があごに手をあてながら、松枝に聞いた。「そもそも何で、あの『神事本紀』が森之宮神社にあったんですかね？」

「少し長くなりますが、聞いていただけますか」松枝は、眞理依の母が持ってきてくれた麦茶に口をつけて話し始めた。「『神事本紀』は、昔から森之宮神社にあったわけではない。他の神社で保管していました」

「他の？」と、藤四郎は聞き返した。

「はい。弓月神社《ゆづきじんじゃ》といいます」

「弓月……」藤四郎は、眞理依と松枝の顔を見比べていた。「あなた方の名字と同じ、弓月ですか？」

松枝がゆっくりとうなずくのを見て、武志が聞いた。

「確か兵庫県の篠山《ささやま》盆地のあたりに似た名前の神社があったと思いますが、そちらでしょうか？」

今度は、松枝は首を横にふっている。

「他にあるんじゃないか？」

藤四郎が、小声で武志に聞いた。

「あるかもしれないけど、僕は知らない」

武志は眞理依を見てみたが、どうやら彼女も知らない様子だった。

「ボケてるのか?」

そうつぶやく藤四郎の腕を、武志が手ではたくようにして制した。

「小さな神社でしたからね」と、松枝が言う。「名字と同じなのは、私ら弓月家が、代々神官を務めていたからです。大阪と奈良の、境目あたりにありました」

「ということは、森之宮神社と石上神宮の、ほぼ中間……?」

地図にくさび形が描けるという自説にこだわっているのか、藤四郎がそうつぶやいた。

「磐船街道から、さらに奥へ入ったところです」松枝が話を続ける。「さして有名でもない小さな神社でしたから、皆さんがご存じないのも無理ありません」

「どうしてその小さな神社が、『神事本紀』を?」

身を乗り出して聞く藤四郎に、松枝は逆にたずねた。

「『神事本紀』を『滅』の巻までお読みになったというのなら、お分かりになりませんか? 神社の看板を掲げてはいましたが、弓月神社は事実上、教会でした。信仰は続けていきたいものの、弾圧を恐れ、都から離れたところに建てざるを得なかったのでしょう」

「弾圧があったのなら、神社名に教団の象徴である『星』は使えなかったのではないか?」

武志がそう言うと、藤四郎は納得したようにつぶやいた。

「それでせめて『月』を入れ、弓月神社に? 磐船街道ということは、ヘタレが行かされたとかいう磐船神社の奥に、夷子の神社があったというわけか……」

「神社というより、教会だろう」と、武志が言う。「松枝さんが今説明されたように、神社を名乗ってはいたが、弓月神社というのは日本最古級の教会だったかもしれない」

「その教会が代々『神事本紀』を保管していたとすれば、どうしてそれが森之宮神社に？」

もっともな質問だという表情を浮かべながら、松枝が答えた。

「神社合祀《ごうし》です」

「神社合祀？」

聞き返す藤四郎に、武志が教える。

「分かりやすく言えば、いくつかの神社を一緒にまとめることだな。神社の数を減らすなどの目的で過去に何度か行われたが、最近だと明治《めいじ》時代末期になる。地域固有の神社を大事に思う人々や、それぞれの神性を尊重する人々の反対運動も起きたという」

松枝はうなずきながら、話を続けた。

「その明治の末のことです。弓月神社のあたりも山間部で人が少ないにもかかわらず、近くに磐船神社も含めて、いくつか神社がありました。それで合祀の対象に……」

別な神社と合併するよう命じられたものの、弓月神社は国が指定した神社とは疎遠で、また異質だったという。

「そもそも弓月神社の本質は、教会でしたから」と、松枝が言う。「一つの神がすべてなのであって、合祀するとかしないとかいう、そういう性質のものではありません。けれども、国が決めた方針には逆らえない」

それで表面上は合祀に従う形をとり、弓月神社は他の神社に吸収され、事実上消滅した。

松枝の父である当時の宮司は、個人的に親しかった森之宮神社の宮司を頼ることにし、一家はそこに身を寄せたのだという。弓月家が代々保管し続けていた『神事本紀』も、森之宮神社に預けることになった。そして当時娘だった松枝は、巫女になったというのだ。

「じゃあ、瑞宝は？」と、藤四郎はたずねた。「かつて『神事本紀』があったのなら、瑞宝も弓月神社に？」

「それは分かりません」松枝は首をふった。「見たこともなければ、神社にあったという話も聞いたことがありません」

「それで、弓月神社は今？」

「私もずっと行っていませんので、それも分かりません。今はもう、神社へつながる道も荒れているかもしれませんね」

「いや、ちょっと待て」武志が、松枝を問い詰める藤四郎を制した。「寺か寺跡の可能性は、まだ残されているんだ。前にも言ったように、瑞宝の比礼が幡化していたことからも、それはうかがえると僕は思っている」

「他に何か手がかりになりそうなものは？」藤四郎はしつこく、松枝にたずねていた。

「たとえば焼けてしまった『蘇』の巻だが、他に写本はなかったのか？」

松枝は首をふりながら、「私の知る限りでは」と、答えた。

「ないのか……」藤四郎が、がっくりと肩を落とす。「ここまで来たのに」

「弾圧を恐れて、必要最低限のものしか伝えなかったんだろう」

武志がそう教えても、藤四郎は返事をする気もなくしているようだった。

しかし松枝は、思いがけないことを口にした。

「でも『蘇』の巻なら、何度も読んで少しは覚えています」

藤四郎は、松枝に顔を近づけて言った。

「本当か？」彼女がうなずくのを見て、藤四郎は大声で続けた。「何故それをもっと早く言わないんだ」

「無理を言われても困ります」落ち着いた声で、松枝が言う。「あなた方とは、今さっきお会いしたばかりなんですよ。とにかく『神事本紀』の存在と内容は、弓月家に代々伝えられてきたものです。そろそろ眞理依にも教えようかと思っていたところでした」

「是非、聞かせてください」

そう言う眞理依を、松枝は嬉《うれ》しそうに見つめていた。

「じゃあ、俺たちにも」と、藤四郎が言う。「瑞宝の手がかりも、あるかもしれない」

「念のために聞いておきますが、『生』『救』『滅』については、三巻ともお読みになったのですね」

松枝の問いかけに、武志が答えた。

「はい。その順では読めませんでしたが、一応『滅』の巻の最後まで目は通せてます。具体的には夷子が磔になって、天麗が瑞宝で復活を祈願するところまでです」

「では、『蘇』の巻の最初からでいいようですね」

「お願いします」

そう伝えると、松枝は目を閉じて語り始めた。

武志は藤四郎や眞理依とともに、とにかく松枝が覚えているという『蘇』の巻の内容を聴いてみることにした。

第八章　蘇《そ》

一

百済《くだら》の天麗《あまり》は、夷子《いす》の墓前で祈り続けていた。

信者たちは天麗を見守りながらも、復活などあり得ないのではないか、自分はもう救われないのではないかと、夷子に失望さえ感じているようだった。

その様子を、宇多《うた》が林の中からぼんやりとながめている。

結果的に自分が密告し夷子を死に至らしめたことを、宇多は悔いていた。夷子にはまだ聞きたいことがあったし、彼を死なせたくはなかった。救い出すことも考えたが、自分も捕まり死罪になるのが怖く、結局手を出せずにいたのだった。

自分は言われた通りにしただけだから、悪いのは夷子だと思うことで自分を正当化させようともしてみた。しかしそれでは夷子を弁護しなかった他の弟子たちと何も変わらないと気づき、自己嫌悪に陥る。天麗が思いを寄せる夷子に嫉妬《しっと》を感じていたことにも、自分という人間のくだらなさに恥じ入っていた。そして木の枝に縄をかけたものの、宇多には首を吊《つ》る勇気もなかった。

その場にしゃがみ込みながら、宇多は海柘榴市《つばいち》での騒ぎの前に夷子と交わした会話を思い出していた。あのとき夷子は、第一第二の計画がうまくいかなかったときのための、第三の計画についてもほのめかしていた。そして夷子の死後、生前の彼に指示されてきたさまざまな事柄を総合すれば、宇多にもようやく計画の内容を推察することができた。

けれども宇多は、その実行を躊躇《ちゅうちょ》していたのである。この期に及んでも、宇多は自分を捨てきれずにいた。何もできずにじっとしているだけの自分が悔しくなり、宇多は土をたたき、涙を流した。夷子に会いたい、会って救ってほしいと、宇多は思った。

夕方になり、墓から立ち去るよう、衛兵が信者たちに命令している。

天麗は従わず、祓詞《はらえことば》を唱えるのをやめようとしない。

怒った衛兵が、天麗を槍《やり》の柄でたたき始めた。

林でそれを目撃した宇多は、ようやく立ち上がる。これでは天麗が逮捕されるか、悪くすれば殺されてしまうかもしれない。

そう考えた宇多は、天麗らがいる夷子の墓前とは反対側へ駆け出した。逃げたのではなく、墓に二本ある羨道《えんどう》の裏側へ向かったのだ。天麗を救ってやりたいし、何より夷子の死を無駄にするわけにいかない。夷子を信じる人々の声に応《こた》え、また弟子たちの目を覚ましてやる必要もある。今これをやらないと、彼の教えは本当に消えてしまうと宇多は思っていた。

宇多は裏口を開け、木枠に囲まれた羨道へ侵入した。表に比べて狭く、頭を低くしてやっと通れるほどの高さと幅しかない。

奥へ進むにつれて、周囲は次第に暗くなっていった。しかし工事にたずさわった宇多は、内部の構造をほぼ把握している。

そして手さぐりで玄室を目指しながら、今から自分のしようとしていることが、夷子の第三の計画に違いないと確信していた。夷子は、自分の劇的な死と復活を演出することで、生前の言動もろとも自分を伝説化し、後の世まで永く布教活動が続いていくよう画策していたのではないかと、宇多は推察していたのだ。

彼が救おうとしていたのは、今救いを求めている人ばかりではなく、未来に生きるすべての人々だったのである。自分の死と復活が衝撃的であればあるほど自分の存在は人々の心に強く残り、結果的に未来の人までも救うことができると、夷子は考えたに違いない。

実は最初から、夷子はこの第三の計画を布教活動の柱としていたのかもしれないが、その詳細までを聞かされていれば、宇多は間違いなく拒んだことだろう。しかし、あらかじめ自分の墓を作らせたりしたのは、そのための準備だったと思われる。幸か不幸か死刑は公開され、悲劇的な死は成立した。

あとは復活である。復活さえすれば、夷子の教えも蘇《よみがえ》り、むしろ今より信者の数は増えるかもしれない。しかも、ずっと後の世まで。

自分はそれを託されていたのだと、宇多は思った。

玄室にたどりついた宇多の耳に、外の喧騒《けんそう》が聞こえてきた。天麗が衛兵によって捕らえられようとしているのだろうか。

宇多は急いで、木棺を開けた。天麗が夷子の復活を信じていたため、蓋《ふた》はまだ固定されないままになっている。

そこから夷子の遺体を出し、彼の衣服をすべて、はぎ取った。

宇多もその場で自分の服を脱ごうとしたが、暗くて手元がよく見えないため、この先の作業は外に出てすることにした。

取りあえず、夷子の傷口にあてがわれていた二枚の布だけを棺《ひつぎ》に残す。そして夷子の遺体を背負い、彼の衣服をかかえて羨道へ戻っていった。

夷子の重みを背中で感じながら、宇多は彼のことを思っていた。

誰《だれ》もが自分の命が惜しくて生きているというのに、それを未来永劫《えいごう》、人々の苦しみを救うために自分は死ぬという夷子の人生は、いまだに宇多にはよく理解できなかった。しかも自分は人道主義者ではなく、個人主義者だという。

宇多には夷子が正気とは思えなかったが、だとすればその彼の計画に加担している自分も正気とはいえないのだろう。こんな自分でも、夷子という人間についていつかは何かつかめるかもしれない。そのためにも、この計画を命懸けでやりとげなければと思った。

夷子の遺体を外まで運び出した宇多は、彼を地面に下ろし、裏口を元通り閉めた。

夕日に照らされた夷子の体は、彼がただの人間でしかなかったように弱々しく、宇多はそれをながめながら、涙が出そうになるのをこらえていた。

夷子が意図していたと思われる計画を実行すれば、宇多もすべてを失うことになる。果たして自分は夷子のように、身を捨ててまで人を救うことができるのか。宇多はくり返し、同じことを考えていた。いまだに迷いがあったが、躊躇している余裕は、もうない。

宇多は自分の服を脱ぎ、代わりに夷子が着ていた服を身にまとった。

そして墓の頂上を目指して、一気にかけ上がる。

自分のやろうとしていることが他愛《たわい》ない奇術だというのは、宇多にも分かっていた。それでも狼狽《ろうばい》している熱心な信者の目には、きっと奇跡に映るに違いない。

息を整えながら墓前を見下ろすと、天麗がまさに、衛兵に連行されようとしていた。

彼女は懸命に抵抗していたが、弟子も信者たちも、手を出せずにいる。夷子の母摩耶《まや》も、ただ嘆いているだけだった。

宇多はこのとき、神に祈った。その存在を確信できていたわけではないが、祈らずにはおれなかったのだ。夷子の信者たちの気持ちが、分かったような気がした。

その後宇多は、夕日を背にして立ち、悠然と両腕を広げる。

最初に異変に気づいたのは、天麗だった。

呆然《ぼうぜん》として彼女が見つめている先を、その場にいた衛兵や弟子、信者たちもそれぞれに声をあげ、指さすようになる。

墓前が騒然とし始めるなかで、天麗と摩耶がひざまずき、手を合わせた。弟子や信者も彼女たちに倣い、祈り始める。

夷子を演じながらそれを見届けた宇多は、速やかにその場を離れた。

そして墓から下り、自分が脱ぎ捨てた衣服を拾い集め、夷子の遺体を再び背負うと、急いで林の中へと消えていった。


その先にある沢までたどり着いた宇多は、水を飲み、顔を洗った。

今ごろ衛兵たちが、空になった棺を見つけて驚いているかもしれないと思いながら、苦笑を浮かべる。夷子の奇跡を疑っていた自分が、まさか夷子の奇跡を起こす羽目になるとは、皮肉なことだ。

血で汚れた夷子の体を、宇多が洗ってやった。

槍で突かれた傷口を見ていた宇多は、夷子の最後の言葉「神よ、神よ」を思い出した。やはり夷子は、神を信じていたのだろうか。

そう考えた宇多は、首をふった。しかしあれも、彼の計画の一環として信者たちに訴えたものか、あるいは処刑人たちを指して言った言葉のようにも受け取れる。何故《なぜ》なら夷子は、「目の前にいる人が神」とも語っていたからだった。

宇多は裸になり、汗にまみれた自分の体も水で洗った。

これから自分は生まれ変わるのだから、まるでこれは禊《みそぎ》のようだと宇多は思っていた。

夷子が自分にこの計画を手伝わせたのは、彼と背格好が似ていたこともあったのかもしれない。そんなことを考えながら、宇多はさっきまで自分が着ていた服を夷子の遺体に着せていった。

沢を少し登ったところに、宇多があらかじめ縄紐《なわひも》をくくりつけておいた木がある。夷子の首をその枝の縄にかけた後、宇多はしばらく、自分の服を着て木の枝にぶら下がっている夷子を見上げた。

遺体はすぐに鳥たちがついばみ、やがて腐り、見つかるころには体の傷はおろか、顔さえ誰かは分からなくなっているだろう。手がかりは身につけているものだけになり、自殺したのは宇多だと誰もが思うはずだ。

夷子の第三の計画をやり終えた宇多は、その場にへたり込んだ。

そして夷子の服を着ている自分をながめているうちに、また笑えてきたのだった。損得で考えると、とんでもなく馬鹿《ばか》なことをしでかしてしまったからだ。

これで自分は、全部失《な》くした。そう思いながら宇多はゆっくりと立ち上がり、夷子の墓とは反対の方向へ向かって歩き出した。

二

夷子が復活したという噂《うわさ》は、誇張されながら方々に広まっていった。

弟子たちのなかには何かに気づいている者もいたかもしれないが、密告者である自分が夷子の身代わりを演じたとは想像もしないはずだと宇多は思っていた。しかも大事なのは、天麗や信者たちが奇跡を信じ、夷子が復活したという評判が拡散し続けているという事実だった。それで弟子たちも、何も言い出せなくなっていることは考えられる。

むしろ弟子たちはそうした状況をうまく利用し、夷子の教えを再興しようとしているようだった。それは弟子たち自身の、今後の生き方の問題でもあった。夷子を助けなかった後ろめたさをかかえたまま、何事もなかったかのように生きていけるのかということである。迫害があるとしても、熱心な信者がそばにいてくれれば大きな支えとなるに違いない。夷子はこうなることまで、すべて予測して計画していたのではないかと宇多は考えた。夷子復活の陰で、宇多は裏切り者として扱われ、それがいたたまれずに自殺したとみられていた。

死んだことになっている自分には、何も反論する術《すべ》がない。しかし、この気持ちは何だろうと宇多は思った。すべてを失い、汚名まで着せられたのに、妙に心は晴れている。

自分を捨てて人のために働いたからではないかと、宇多は気づいた。しかも、もうこの世に存在しないはずの自分が、まだこうして生きている。

これはまるで、輪廻《りんね》のようだ。

宇多はずっと、死んだら無になると思っていた。自分というものがなくなってしまうのが恐ろしかった。けれども、死ぬと確かに自分ではなくなるが、それは無とは違っていた。

生命は無になることなどなく、意識はあり続け、生まれ変わって生き続けるのだろう。

宇多は、不可解だった夷子の言動が少し分かったような気がした。夷子はきっと、「自分」という枠組みを考え直した人だったのに違いない。自分と他人を分けるから、疑問も苦しみも生じる。本来それは、分け切れないものだったのだ。

彼にとって「人を傷つける」というのは、「自分を傷つける」ことと同じだった。それが誰にも理解されないので、向き合っている人を「神」と呼び、敬意を表すことで自分の思いを伝えようとしたことは考えられる。

また、自分を満たすことのみを考えていては、決して満たされない。与えることが、自分の幸せにつながる。人を救うことが自分を救うことにもなるという論理が成り立つわけである。だから夷子は、すべての生命を自分同様に愛そうとしたのだ。

彼が「私ほどの個人主義者はいない」と言っていたのも、そのためだったのかもしれない。彼の考え方で個人主義を究極まで突きつめていくと、人道主義と等価になっていくということなのだろう。

夷子のいう「復活」というのも、広い意味での「輪廻」――生まれ変わりのことではなかったかと思う。

夷子の思想は、幸せな人には必要ないのかもしれないが、幸せは永遠に続くものではない。人は一生のうちで、大切な人を失ったり、人に傷つけられたりしないことはない。孤独感にさいなまれないこともなければ、死の恐怖におびえないこともない。人生において何度かは、彼の方法が救いになるはずなのである。

彼は多くの苦難と向き合い、とてつもない努力を積み重ねてそのことを悟ったのだろう。

そこまで考えた宇多はふと、「いくら考えても、肩こりは治らない」という夷子の言葉を思い出して、苦笑いを浮かべた。確かに何を理解したとしても、じっとしていては相変わらず苦しいだけだ。

さて、夷子の質素な形見をまとっている自分がすべきことは、宇多にも分かっていた。彼はそれを、実践することにした。

人々に手を差しのべ、施しを受け始めたものの、宇多は夷子のように実際に行動を起こすことはなかなか容易ではないと実感していた。

また救いを求める人に対して、輪廻思想は直ちに理解されるものではなかったし、そのための修練を勧めるのもためらわれたが、夷子のように「神」を語ると確かに相手との意思疎通がうまくいくという感触は得ていた。理屈よりも優先されるべき現実的な救済の方法を、夷子も探っていたのに違いない。

神はおそらく、物理的な証明が困難でも心理的には容認されなければならないのだろう。存在するとかしないとかではなく、悟りきれない弱い人間にとって、絶対的に正しく強い神は必要な存在ということなのだ。

人に頼まれるまま祈禱《きとう》をして礼を言われたときなど、こんな自分でも何かの役に立っているらしいことに、宇多は今まで味わったことのないような感覚をおぼえていた。なかには泣いて感謝してくれる人もいて、自分は生まれてきて良かったのかもしれないとさえ感じたときがあった。夷子も同じような経験をしたのではないかと、宇多は気づいた。

しばらくして宇多は、夷子の弟子たちの何人かが立ち上がり、布教活動を再開したことを知った。もう死んだことになっている自分の合流などあり得ないので、見守ることにする。

布教に際して弟子たちは、夷子の奇跡を強調することで信者を引きつけているようだった。これには自分も責任の一端はあると宇多は思った。名乗るわけにいかなくなった宇多が、復活を遂げた夷子と受け取られていたからだ。それが新たな伝説を生み出していると も考えられた。これも夷子が仕組んでおいたことなのだろうかと思うと、宇多は苦笑いを浮かべるしかなかった。

復活後の夷子は時空間を超越した存在になったとして、弟子たちは彼を「夷主《いしゅ》」と呼んでいた。教団名は当初「契夷主教《けいいしゅきょう》」としていたが、弾圧を警戒して後に短く「契教《けいきょう》」と称するようになっていった。そして弟子たちは夷子の教えを基盤としながらも、それを彼らなりに発展させていた。彼らは儀式やしきたりを重んじ、教義は唯一の神の存在を前提にした、やや難解なものだった。

これは弟子たちも、夷子という存在を完全には把握しきれていないために解釈が難しくなっていったのではないかと、宇多は考えた。生きることの謎《なぞ》を解いた人物が、人々には十分に理解されずに謎そのものになるという皮肉な現象が起きているのである。もっとも、自分も彼についてすべてを理解しているわけではないので、意見する立場にないのかもしれない。

さらに弟子たちは、木や石で夷子の像を作って掲げ、信者たちとともにそれらの偶像に向かって手を合わせていた。仏法における仏像から学んだ手法のようだ。

これは弟子のせいばかりとはいえないと宇多は思っていた。夷子と会ったことのない人に彼の人物像について聞かれても、弟子には説明しきれなかったのだろう。夷子がどんな人だったのかを知りたい信者のために、具体的な形を示す必要に迫られたものと考えられる。それは救いを求める信者の心の弱さ故《ゆえ》でもあり、夷子の意に反していたとしても、仕方のない流れなのだ。だから宇多も、それを否定する気にはなれなかった。

また弟子たちは布教のために夷子の言動をまとめ始めていたが、警戒心から夷子の名を冠することは避け、単に『神示記《しんじき》』として後世に語り伝えていこうとしていた。それにはやはり、夷子は神の御子《みこ》でさまざまな奇跡を見せたという内容が織り込まれているようだ。

彼のように突出した才能は、なかなか人に引き継いでいけるものではない。確かなのは彼が遺《のこ》した言葉と行為であり、『神示記』がそれを記すのなら、救いを求める人々にとっては大きな拠《よ》り所となる可能性はある。当面は絵解きや口伝に頼るしかないが、いずれ文書化されるかもしれない。

ただ夷子の教えは、学問をするようにただ考えるだけではつかみきれず、実践が求められると宇多は確信していた。けれども人により解釈の仕方は違うし、人それぞれの夷子像があってていいのではないかと思い直す。

このように夷子の意図したものとは若干のずれが生じてきているとも考えられたが、布教活動の継続は彼が何より望んでいたことなので、評価されるべきだろう。大切なのはやはり、それで人が救われるかどうかだと宇多は思った。

一方、弟子たちの集団に、百済の天麗も「聖母」と呼ばれるようになった摩耶もいなかった。天麗は尼となり、十種瑞宝《とくさのみずのたから》を大切に守ったという。

三

用明《ようめい》天皇二年四月、天皇が崩御された。

六月、蘇我馬子宿禰《そがのうまこのすくね》の命により、穴穂部皇子《あなほべのみこ》が殺された。

七月、復讐《ふくしゅう》の機会をうかがっていた馬子宿禰は、武力では敵《かな》わぬとみられていた物部守屋大連《もののべのもりやのおおむらじ》と争い、これを滅ぼした。

乱は民衆を巻き込みながらも数日で収まり、守屋大連に神のご加護はなかった。

宇多はその惨状に涙しながら、神仏を旗印に戦《いくさ》をされては、神仏も本意ではないに違いないと思った。

八月、崇峻《すしゅん》天皇が即位し、以前のように蘇我馬子を大臣《おおおみ》とした。

馬子は神々のうち自分の気に入らないものを、「鬼」として扱うようになっていった。崇峻天皇元年には、馬子が法興寺《ほうこうじ》を創建し、その地を真神原《まがみのはら》と名づけた。

神仏をめぐるこの国の様相は、急激に変化していく。

衆生はそれで救われるのかという宇多の心配をよそに、神道の亜流として契教にも弾圧の手が伸びていく。弟子の何人かは逮捕を免れたものの、人前からは姿を消していった。

夷子の計画に誤算があったとすれば、穴穂部皇子の失脚と物部守屋の敗北ではなかったかと、宇多は考えていた。穴穂部皇子が天皇となっていたら、あるいは先の乱で物部が勝利していたら、夷子の望んでいた通り、今も将来も布教が認められていたかもしれないのだ。そうはならなかったのだから、考えても仕方ない。この国は仏法国になっていくのだろうと、宇多は思った。

仏法も、その根本は有り難いものだとしても、着飾った一部の階層のためのもののようで、衆生を救済するまでには至っていないと宇多は感じていた。そもそも衆生の苦しみの一端は権力者の存在にあり、それが仏法を強要するのだとすれば、救われるかどうかは、はなはだ疑問と言わざるを得ない。

各地に伝わるさまざまな神話は、蘇我馬子らの手によって再編されようとしている。それはかつて物部守屋らも構想していたことだったが、民衆信仰にまで踏み込み、神々も勝者たちにとって都合のいいように脚色されていった。

夷子の教えは、神を唯一無二の存在と考える特異なものであったため、この流れにも組み入れられることはなかった。弟子たちが、記録として残すよう願っていた『神示記』も、絵解きなどは発見され次第、廃棄されていく。

真理とは何と儚《はかな》いものかと、宇多は嘆いた。また争い合う神仏に戸惑い不信感をいだく民のために、自分ができることはないかと考えた。

そして宇多は、神仏の根本的な目的が同じであるなら、一つにできないものかという思いに行き着いたのだった。それなら蘇我馬子らの意向に背くことなくできるかもしれない。遠い夢ではあるが、因習などにとらわれず、民衆の救いになり、またこの国に合った方法を探りながら実践していこうと宇多は決意していた。

宇多は以後、人前では宇佐《うさ》と名乗り、神仏習合の教えを作りあげることを目指して旅に出た。

崇峻天皇五年十一月、蘇我馬子は、東漢直駒《やまとのあやのあたいこま》を使って天皇を暗殺した。

十二月には、推古《すいこ》天皇が即位された。

諸国をめぐり続けていた宇多は、馬子が国史の編纂《へんさん》に取りかかっているという噂を耳にする。宇多は弟子も取るようになっていたが、まだ果たせずにいる夷子の遺言が、ずっと心に引っかかっていた。「自分の真実と、これから起きることを、いずれ記録し残しておいてほしい」というものだ。

夷子の弟子たちの手による『神示記』があれば、それでいいのではないかと思っていた時期もあった。今さら文字を習うのが億劫《おっくう》だったこともある。

ただ夷子は、弟子たちが『神示記』を著そうとするのを見越した上で、そうした伝記を検証するための資料として、別な記録の必要性を感じていたのかもしれない。もっとも口伝として始まった『神示記』がすでに文書化されているのかどうか、宇多は自分の目で確かめたわけではなかった。仮にされていたとしても、契教への弾圧が続く限り、表には出てこないだろう。

このご時世では自分もいつ死ぬか分からないし、焚書《ふんしょ》の憂き目にあうとしても、そうしたものを書き残すのは自分の役目ではないかと宇多は思い始めていた。とはいうものの、彼を正しく理解できた者など、いないのかもしれない。そもそも自分が何者かも分かっていない人間が、誰か他の人の真実を理解しようなどというのはおこがましいことなのだ。

宇多は自分についても正直に告白するつもりだったが、もう記憶も定かではなく、自分の都合のいいように変えてしまうのではないかという不安もあった。自分の記述に間違いがないとは言えないが、それでも真実に近いものにしていきたいと宇多は思った。

記録は秘伝として扱い、自分の弟子のなかでも相応の修練を積んだ、継承者として信頼できる者にのみ託していくつもりだった。公開すれば弾圧の対象となるだろうし、神仏を信じている者の心に、わざわざ波風をたてる必要はないと宇多は考えていた。救われることこそ何より大事なのであって、ときには真実すら重要ではないのだ。

しかし夷子の真実を伝えようとする者が、信者と同じように夷子の奇跡を無理解に受け入れていてはならず、真実を知っておく必要はある。この記録が永く伝わることはないかもしれないが、それでもできる限り永く伝えていく努力を怠ってはならない。これは自分の遺言でもあると、宇多は思った。

『神事本紀《しんじほんぎ》』の執筆を始めた宇多は、ようやく、彼の足元に触れたような気がしていた。

第九章　神事本紀

一

語り終えた松枝《まつえ》は、座卓の麦茶を一口飲んだ。

「私が覚えているのは、これぐらいです。写本の方は、もう少し長かったかもしれません。読んだのは随分昔なので記憶違いもあると思いますが、どうかご勘弁ください」

短い沈黙の後、武志《たけし》が口を開いた。

「まず、分かることからみていこう……。時代背景は推察できる。物部《もののべ》氏が蘇我《そが》氏に敗北する、丁未《ていび》の乱の前後だ。編纂《へんさん》したのはやはり宇多《うた》か、さらに彼の弟子たちの誰《だれ》かということになりそうだな」

「八種《やくさ》だった瑞宝《みずのたから》が、ここで十種《とくさ》になっていた」と、藤四郎《とうしろう》がつぶやく。「ヘタレの言う通り瑞宝が夫婦仕様だったとすれば、剣、鏡、玉の数には一応納得してたが、何で比礼《ひれ》が三種なのかという疑問はずっとあった。それが今の松枝さんの話で、解けた気がする」

武志が、同意するようにうなずいていた。

「どうやら比礼のうち、理由が判然としなかった二種は元々、掛け布――つまり遺体にかける布だったようだ。夷子の死に際して身なりを正していた天麗《あまり》と摩耶《まや》が、自分が身につけていた比礼で彼の傷を覆ってやったんだろう。そして死から三日後、遺体は消えたが、比礼は墓に残されていた。それらが『聖骸布《せいがいふ》』となり、復活の象徴として新たに瑞宝に追加されたと考えられる。瑞宝が十種になることで、『旧事本紀《くじほんぎ》』とも一致する」

武志は、景教《けいきょう》伝来の伝説などと考え合わせてみると、バウマンの説というのも、あながち絵空事とは言えないような気がしていた。そういえば後継品の比礼には、二種に血のようなものが付着していた。後継品にも聖骸布としての印象が伝えられ、わざわざ血痕《けっこん》がつけられていたのだろう。

「夷子が見せたという奇跡は、奇跡ではなかったみたいですね。奇跡は『奇術』として描かれていた」

眞理依《まりえ》のこの発言にも、武志はうなずいていた。

「それがかえって、人間としての夷子に現実味を感じさせる。一部の帰化人は土地もなく、自分の芸や、あるいは生き方そのものを見せ物にして生きるしかなかったのかもしれない。夷子や弟子たちも、そうだったんだろう。そして復活劇も、夷子の意を汲《く》んだ宇多が演じた。裏切り者の汚名をかぶってな。それに夷子の墓との関係は不明だが、玄室につながる別な羨道《えんどう》や奥室があったと考えられる古墳だって実はないわけじゃないんだ」

「そうかなあ」藤四郎が腕組みをして言う。「俺《おれ》としては、奇跡の方を信じたいがな」

「釈迦《しやか》にも弘法大師《こうぼうだいし》にも、そうした伝説はある。『救』の巻で恵便《えべん》が言っていたように、奇跡や神秘は大衆を引きつけるための方便として有効だし、本人よりむしろ、弟子や後世の人が言い出したことなんだろう」

「いや、そうかなあ」

くり返し言う藤四郎を見て、眞理依が微笑《ほほえ》んでいた。

「復活が奇跡だったかどうかはともかく、夷子は自分が劇的な復活を遂げることで、自分の教えが広まるのを計画していたのは確かなようですね」

「ただし実際に宗教化したのは、弟子たちだ」と、武志は言う。「皮肉なことに奇跡が強調され、夷子の教えとは乖離《かいり》している面もあったみたいだが」

「奇跡や霊力は、宗教につきものだ。それを認めないで、宗教として成立するのか？」

藤四郎にそう聞かれた武志は、口をとがらせた。

「むしろ、それこそ真の宗教じゃないのか？　弟子たちに悪気はなかっただろうが、夷子の言行そのものを伝えることはできても、天才だった彼を正しく理解できていなかったことは考えられる」

「そもそも天才の発想なんて、そうでない人間に理解できるわけがないからな」

「もっとも夷子としては、そこまで見越していたのかもしれないが」と、武志は続けた。

「日本では蘇我氏が台頭したこともあって、夷子の教えは広まらなかったと考えられる」

「蘇我氏がどうであれ、夷子の教えなんて日本で広まっていたかどうか。『自分と同じように人を愛せよ』だなんて、穴穂部皇子《あなほべのみこ》はそれを信じて殺されたとも考えられるんだろ？　まさに『救』の巻の注意書き通り、『滅ぶを旨とすべし』だ」

「それは何も、夷子の教えに限らない。神仏について書かれた書物なら、どこにも『争え』とも『敵を倒せ』とも書いていないはずだ。なのに人は、いつの時代も争いに明け暮れている。本来『神事本紀』は繁栄の書であって、もしすべての人が夷子の教えを守るとするなら、彼が説く神の国が実現できるのかもしれない。

　けれども夷子の理想など、一人でも無法者がいれば、容易に壊れるんだ。争えば、覇気のない方が負けるに決まっている。それが『滅ぶ』の、一つの解釈になると思う。そして、何故《なぜ》生きているのかも分からない者が生き残っていく」

「それが我々人間なんだろうな」と、藤四郎がつぶやく。

「しかし……しかしだ。夷子はそれをよく分かった上で、なおかつ人間愛を説いていたんじゃないだろうか。それで至福が得られるからだ。あの注意書きが本当に伝えたかったのは、そのことだったと思う」

「どういうことだ？」

「たとえ滅ぶとしても、ただ滅んでいくわけじゃない。夷子の教えを会得していれば、生まれてきた意味をしっかり感じ取って死んでいける。それが『至福とともに滅ぶ』だったんじゃないだろうか」

「そんな御託をいくら並べてもらったところで、滅んでいく気に俺はなれんがな。そもそにはどうやったら得られる？　夷子についてここまで見てきても、俺には分からんのだが」

「僕にもよく分からんが……」武志は一瞬、顔を伏せた。「ただ、どうやら『滅ぶ』というのは、『個』を指しているようにも思える。『個』としては滅ぶとしても、より広い範疇《はんちゆう》において得られるのが至福なのかもしれない。ただし自分と同じように人を愛していては、社会を勝ち抜いていけないし、下手《へた》すれば長生きもできない。夷子自身がそうであったように。それでも得られるのが、至福ということらしい」

「やっぱり俺には分からん」藤四郎が首をふる。「結局、夷子の教えは広まらなかったし、『滅ぶ』は奴《やつ》の教えそのもののことだったんじゃないのか？　実際、夷子の言動を記した『神事本紀《しんじほんぎ》』の存在さえ、歴史から消え去っていた」

二人のやりとりを聞いていた松枝が、口を開いた。

「確かに夷子の教えは、世間の表舞台からは消えてしまいました。けれども夷子は、神道や仏教といった枠を超えた、人間にとって普遍的なことを教えていたように思います。あなた方のなかには、これが偽書だとお考えの方もおられるかもしれません。けれども私には、宇多という人間が自分を捨て切る行為によって何かを得たというくだりなどは、本当のことのように思えてならんのです」

藤四郎は松枝に会釈した後、武志に向き直った。

「婆《ばあ》さんには悪いが、俺にはまだ……。多分、自分について悩んでいたあの盗人《ぬすつと》が聞いても、同じことを言うだろうぜ」何かを思い出したように、彼は一度手をたたいた。「それより、肝心の瑞宝だ」

「でも、『蘇《そ》』の巻によって瑞宝の霊力は疑問視されると思いますが」と、眞理依が言う。

「霊力があるかないかは、瑞宝を前に祓詞《はらえことば》を唱えてみるまで分からんだろ。それに瑞宝が出てきたら、『神事本紀』が本物だと証明されるだけでなく、眞理依ちゃんの遠い祖先のことも明らかになりそうじゃないか」

「そうは言っても……」武志は腕を組み、考え込んでいた。「瑞宝の在《あ》り処《か》に関しては、『蘇』の巻にも手がかりらしい手がかりはなかったようだしな」

「ひょっとして、弓月《ゆづき》神社とやらに？」藤四郎が武志に体を近づける。「それともやはり、京都《きょうと》なのか？」

「そう慌てるな」武志は彼の肩を押し戻した。「『蘇』の巻で分かったこともふまえて、一度情報を整理してみよう。できれば松枝さんにも聞いていただけると助かります」

松枝がこっくりとうなずくのを見て、武志は再び話し始めた。

「瑞宝は元々、穴穂部皇子と物部守屋《もりや》のために秦河勝《はたのかわかつ》が用意した神器とみていいだろう。それが穴穂部の失脚により、天麗の手に渡った」

「問題はそこからだ」藤四郎が口をはさむ。「天麗はその瑞宝を、弟子たちが興した教団に預けたんだな？」

「『天麗は十種瑞宝を大切に守った』らしいから、しばらくは彼女の手元にあったと考えられる。一方教団は、当初『契夷主教《けいいしゆきよう》』――後に『契教《けいきよう》』と称したようだな。それが中国に伝わったとされる『景教』と紛らわしくもあるが、いずれにせよ設立には秦河勝の援助があったかもしれない。

教会はおそらく信者との意思疎通も考えて、都に建てられた可能性が高いのではないかと思っている。そして夷子復活の噂《うわさ》とともに、布教活動が進められていく。さらに弟子たちは、夷子の言行を元に脚色を交えながら、『神示記《しんじき》』という形にまとめようとしていたようだ。ただ、その後の瑞宝の行方《ゆくえ》については、『蘇』の巻にも記されていなかった」

「じゃあ、どうする？」

「想像するしかない。やはり天麗だけで瑞宝を守るというのは限界があるし、布教における象徴となるものを欲した弟子たちが、秦河勝の仲介を得るなどして天麗から瑞宝を入手したとみるべきだろう。ある期間瑞宝は、この教会にあったと考えていい。弟子たちも秦河勝も、契教の将来を楽観視していた時期があったかもしれない。

しかしその契教が蘇我氏より物部氏の勢力を切り崩していたとすれば皮肉なことと言わざるを得ないが、丁未の乱で蘇我氏が勝利した後は、次第に仏教が台頭していく。契教も、そのあおりを食うことになる」

「結果的に彼らが生きた証《あかし》の何もかもが、日本史からは消えていった。古代に散っていった、あだ花みたいなもんだ」

「まあな。ただし、歴史から完全に消えたわけではないと思う。たとえば宇多だが、こうした渦中で宗教の本質にまでさかのぼり、神道と仏教との習合を図ろうとしていたようだ。神仏習合の考え方が理論として確立していくのは鎌倉《かまくら》時代か平安《へいあん》時代の後半からとされているが、宇多の活動は、それに影響を与えていたと考えることもできる。

この神仏習合という日本独自の形に、宇多の足跡がうかがえるのかもしれない。また宇多が、弟子たちによって夷子の脚色が進んでいく前の状態を主に描いたのが『神事本紀』であり、曲がりなりにもそれはこうして、僕たちにまで伝わっている」

「それで、教会は？」と、藤四郎が聞いた。「やはり瑞宝を携えて引っ越すのか？」

「弾圧による布教そのものの困難も想定されるから、単に引っ越すだけでなく、形も変えざるを得なくなったと思われる。それが少数の信者たちによって支えられ、彼らなりの方法で信仰は続いていった」

「隠れキリシタンのように？」

眞理依の問いかけに、武志がうなずく。

「やはり教会は、神社か寺に偽装していたに違いない。瑞宝も移転の際に、後継品に作り替えられた。そしてオリジナルは、地鎮などの名目で地下に埋められたんだろう」

「一つ疑問なんですが」と、眞理依が言う。「『蘇』の巻が祖母の語った通りだとすると、本来、瑞宝とともにあるべきなのは、『神示記』の方なのでは？　すると瑞宝は、『神事本紀』が伝えられていた弓月神社とは別なところにあることになりませんか？」

眞理依らしい質問だと思って、武志は聞いていた。

「確かにその説は否定できない。ただ『神示記』は文書化されていたとしても、時の権力者か、あるいは弾圧を恐れた信者らによって早い段階で破棄されたことは想像に難くない。教典とすべき『神示記』が失われた教会は、宇多が遺《のこ》した『神事本紀』に目をつけ、やむなくその写本を彼の弟子から入手したとは考えられないか？

弾圧する側のことを考えれば、『神事本紀』の内容は『神示記』ほどの違和感はなかったのではないかと思う。一方で、夷子の教えもある程度はくみ取っているので、当時の信者も受け入れたんだろう。ただし夷子の教えとの乖離が生じていた契教は、『神示記』から『神事本紀』の内容に沿う形へと、教義などが引っ張られていったかもしれないな。

その『神事本紀』が何度かの書き写しや加筆を経て、弓月神社に残されていったという考え方もできる。ただし『蘇』の巻の内容は取り扱いが難しく、あの通りだとすると一部の信者から糾弾されるおそれがある」

「そのため、他の三巻とは分けて保管していた……」

眞理依は自分を納得させるように、そうつぶやいた。

「十六世紀にキリスト教が伝来した後も、契教は独自の形を保っていたと思われるが、キリシタン弾圧の影響は受けたに違いない。地下化し、限られた人間によって密《ひそ》かに受け継がれていた信仰も、明治《めいじ》の神社合祀《ごうし》で消滅する。

その間にも『神事本紀』は幾度か書写され、目にした人間に影響を与えていたことは考えられる。その一人が、『滅』の巻の表紙に注意書きをしたためた。おそらく、弓月家の祖先の誰かだ。その人たちのなかには、それこそ至福とともに滅んでいった人もいたのかもしれない」

眞理依は放心したように、天井を見上げていた。

「夷子の教えが計画通り広まっていたなら、この国で暮らす人々の生き方を、大きく変えていたでしょうね」

「それはどうかな」と、藤四郎が言う。やはり一握りの強者によって、滅ぼされていたに違いない。何しろ、それこそが人間なんだから」

「それでも至福は得られるはずです。『神事本紀』の注意書きにも、そう書いてあったじゃないですか」

「けど『神事本紀』が本物かどうかも、まだ分からないんだろ?」

眞理依が言い返せずにいると、松枝が口を開いた。

「私が言うのもおかしいですが、『神事本紀』を読んだとき、これは偽書ではないかと私も疑いました。ただ偽書だとしても、何らかの真実は描かれているように感じられたので、くり返し読み続けてきたのです」

藤四郎が、松枝に顔を近づけて言う。

「ひょっとして『救』の巻の表紙にあんな注意書きを書いたのは、婆さんじゃないのか?」

その質問に対して、松枝は微笑みながら、奇妙なことを口走った。

「読んでその通りに生きようとするのであれば滅ぶことを覚悟しておかないといけないというのは、偽書かもしれないものにかかわった人間の、『照れ』と『自戒』だったのではないかと私は思っています。またそう書いておけば、読んだ揚げ句に『これは偽書だ』とか言って騒ぎ立てる人も少ないでしょうしね」

「実際はどうなんだ？」

藤四郎がたずねると、武志は頭に手をあてた。

「瑞宝のオリジナルが出てくれば別だろうけど、今のところは後継品の存在を知る何者かの創作だという疑惑を、払拭《ふっしょく》することはできない。写本しか残っていないんだから。その何者かが景教について知っていたとすれば、フランシスコ・ザビエルによるキリスト教の伝来よりも早くまとめることはできたはずだ。

いつ誰が書いたのかはともかく、ドイツの哲学者、ニーチェが『ツァラトゥストラはかく語りき』で自分の思いをツァラトゥストラに語らせたように、『神事本紀』を書き遺した人物は夷子たちに語らせたかったのかもしれないな、人生に対する自分の思いを……」

何かに気づいたように、眞理依が顔を上げた。

「そうすると、たとえ『神事本紀』が偽書だったとしても、その写本が伝えられていたところに、かつて後継品が存在したということになりませんか？　もしかすると、オリジナルの瑞宝も……」

眞理依を見つめていた藤四郎は、武志に視線を移した。

「するとやはり、弓月神社跡に？」

ゆっくりと、武志がうなずく。

「地下に埋まっているかもしれない」

「けどヘタレは、寺跡の可能性にこだわってたんじゃなかったか？」

「比礼が、後継品になると幡化《ばんか》していたからだ。けれども定説より早い段階で神仏習合の成立に尽力した、宇多の影響が大きかったと考えれば納得がいく。ただし弓月神社跡が、瑞宝が埋まっていると思われる、最古から二番目の教会があったところかどうかは分からない。もう少し後の時代のものだったかもしれない」

麦茶を手にした松枝が、首をかしげて言う。

「私の知っている弓月神社は、お宝が埋まっているほど重要な神社ではなかったように思います。あの下に瑞宝だなんて、想像もつきません」

「しかし夷子の教えが地下化していたとするなら、大規模な神社は作れなかったはずです」

武志が松枝に説明している横で、藤四郎は腕組みをしていた。

「確かめてみる価値はあるな」

「ああ。もし瑞宝が見つかれば、かつてその地において、仏教、多神教、そして一神教が、おそらくは初めて習合していた時期があったことになる」

武志の言葉に、松枝は驚いている様子だった。

「認識不足だと言われても仕方ありませんが、契教や宇多による神仏習合について知っていたつもりでも、瑞宝の所在も含めてあの弓月神社がそんなところになるとは、思っておりませんでした」

「とにかく次の調査は、弓月神社跡に賭《か》けてみよう」武志がそう言うと、藤四郎も眞理依もうなずいていた。「ただし、すでに盗掘されているかもしれないがな」

「弓月神社跡だとして、埋まってそうなのはどのあたりなんだ?」と、藤四郎が言う。

武志は松枝にたずねた。

「弓月神社には、事実上の礼拝堂となる御神廟《ごしんびょう》のような建物はありませんでしたか?」

「あるにはありましたが、神社は過去に何度か建て替えられてますでしょうしね。大昔のことは、私にも分かりません」

武志は、松枝に弓月神社跡までの地図と、建物の配置図を描いてもらうことにした。発掘の手がかりになればという気持ちから、松枝も思い出せることはすべて描き込んでくれる。

藤四郎が、描き上がった建物配置図を手にして言った。

「ここを掘るとしても、どうする? 道具もいるし、人手もいるぞ。俺とヘタレ、眞理依ちゃんで三人。寛八《ひろや》さん、盗人も入れて五人だが」

「全然足りない」武志が首をふる。「発掘するには、その何倍も人手がいる」

「そう言われても、婆さんに手伝わせるわけにもいかないだろう」

「それと言ったと思うが、僕は明日、石上神宮《いそのかみじんぐう》で会議があるので、別行動をさせてもらう」

「俺たちも明日は寛八さんや盗人と合流して事情を説明しなきゃならんが、時間もない。明後日《あさって》には先に行ってるぜ」

藤四郎が眞理依に目をやると、彼女もうなずいていた。

「でも君らだけじゃ無理だ」と、武志が藤四郎に言う。「発掘のやり方も知らないのに」

「寛八のおっさんがいれば、何とかなるんじゃないか？　本で読んだだけの知識でも、ないよりましだ」

「それに食べ物だっている」

「それならここに」と、松枝が言う。

そして疎開先の厚意により、米だけでなく野菜も卵も分けてもらえることになった。

「決まりだな」と言って、藤四郎が微笑む。

藤四郎たちとは別に現地入りするため、武志は地図を描き写しておいた。

「じゃあ僕は、人手の方を何とかできないか考えてみる」

「どうする気だ？　まさか、帝国考古協会《ていこくこうこきょうかい》の連中に？」

「ああ。用心しながら、サ行分隊の連中には声をかけてみようと思う」

「ひょっとして、後継品のときに田んぼを掘り返しに来た連中か？」

眉間《みけん》に皺《しわ》を寄せている藤四郎を見て、武志は笑っていた。

「根はいい奴ばかりだし、交渉次第では手伝ってくれるかもしれない」

藤四郎は、武志の肩を力強くたたいて言った。

「弓月神社跡で落ち合うのを楽しみにしているぜ」

二

八月九日の午後、武志は石上神宮に戻ってきた。

会議前にサ行分隊の連中らと参集殿にいたとき、城戸《きど》監督から荷物整理を始めておくよう指示を受ける。明日の朝、ここを発《た》つのだという。

「どこへ行くのかな?」

首をかしげる佐竹《さたけ》に、下田《しもだ》が言う。

「きっと、それをこれから決めるんだ。何だか知らんが、新資料が出てきたらしいのは監督も漏らしていたし」

「しかし俺たち、何でこんなことをさせられてるんだろうな」

愚痴《ぐち》をこぼす杉崎《すぎさき》を見て、関川《せきかわ》が笑う。

「もう戦地送りは決まったようなものなのに……」

武志は、彼らに自分の計画について打ち明ける機会をうかがいながら、話しかけた。

「いや、まだ望みはある」

佐竹が、腑《ふ》に落ちない様子で武志に聞いた。

「お前、瑞宝の在り処について何か分かったのか？」

「分かったというほどでもないが、自分なりに見当はつけた」

「本当か？」と、疑《うたぐ》り深そうに下田がたずねる。

「ああ。城戸監督たちは、まだこのことに気づいていないはずだ」

「会議で言うつもりなのか？」

杉崎が武志の顔をのぞき込んだ。

「ただし、前の会議でよく分かっただろう。連中に発見されたら、僕たちが戦地送りを逃れられたとしても、この泥沼の戦争は、日本が勝つまで続けられるかもしれない」

「けどそれは、どうすることもできないじゃないか」

関川の肩に手を置きながら、武志はみんなに言った。

「ここはひとつ、僕に賭けてみないか？」

「どういう意味だ？」と、関川が聞き返す。

武志は注意して、用件を切り出した。

「監督たちが次にどこを調査する気かは知らないが、彼らとは別行動を取るということだ」

「別行動？」自分の声の大きさに驚いたのか、佐竹は口を手でふさぎ、小声で続けた。

「まさか、脱走する気じゃないだろうな」

「いや、そこまでは言ってない。実はこれからの会議で、自分の作戦として協会の方針とは別の場所を探すことを提案しようかと考えている。ただ、一人では無理なんだ。是非《ぜひ》、賛同して、手伝ってもらえると有り難い」

「なるほど、別行動か」佐竹がくり返した。「しかしもし瑞宝が期限内に見つからなければ、現地からそのまま脱走という手もあり得るよな」

「確かに脱走できる可能性は、協会と行動を共にするより高いが、それ以上のことは言えない」武志が首をふった後、みんなに言った。「とにかく、やるしかないと思っている」

「別行動はあり得ても、やはり脱走はあり得ないのと違うか?」と、下田がつぶやく。

「そんなことをしたら警察に追われるし、家族にも迷惑がかかる。逮捕されれば、戦地送りよりひどい目にあうかもしれない」

「いずれにしても僕は、何としても瑞宝を見つけたい」武志がサ行分隊の連中を見つめる。

「どうだ? 協力してくれるか?」

長い沈黙の後、佐竹が口を開いた。

「そろそろ会議が始まる」

彼が出口へ向かおうとするので、他の連中もその後ろに続いた。

「そうだな……」

そうつぶやく武志に、佐竹がふり返って言う。

「今聞いたことは内緒にしておいてやる。すまんが、返事は会議の後まで保留にしてくれ」

武志はサ行分隊の連中とともに、長生殿の大広間へ入っていった。

城戸監督の他に、堤《つつみ》課長、三條《さんじょう》教授、そしてバウマンも、後継品を取り囲むようにして立っている。

「昨日はどこへ行っていた」武志がいるのに気づいて、バウマンが聞いた。「この大事なときに」

武志は彼と目を合わさず、「ちょっと調査に出ていました」と返事をする。

すると堤課長が、大声で聞き直した。

「バウマン氏は、『どこへ行っていた』と聞いていらっしゃるんだ」

やむなく武志は、「京都です」と答えた。「瑞宝は、京都のどこかにあるのではないかと思って……」

「なるほど」三條教授が、武志を見ながらあごに手をあてていた。「さすがは外園《そとぞの》君、いい目のつけどころをしている。京都は、秦氏の重要拠点の一つだからね。ひょっとして君はあの、『神事本紀』の中身を知っていたのではないのかね?」

返事ができずにいる武志を見て、バウマンが微笑みを浮かべる。

「まあいい。実は我々も『神事本紀』を読み、京都も候補に加えたところだったんだ」

武志はとぼけたように、「そうだったんですか」とだけ答えた。

教授はサ行分隊の連中にも、『神事本紀』のあらましを説明した。

「それを我々なりに吟味すれば、秦氏の関与が浮かび上がってきた」と、教授が語る。

「その主な活動拠点としては、先ほど言った京都の他に、河内国《かわちのくに》があげられる。すると瑞宝調査の候補地として、京都だと広隆寺《こうりゅうじ》や木嶋神社《このしまじんじゃ》などを追加しなければならないだろう」

同調するふりをしている武志の前で、教授は続けた。

「しかしだ。この石上神宮とのつながりで考えると、河内国の方だと私は考えたい」

教授は大広間から堤課長の席へ移動し、大阪《おおさか》府の地図を広げた。

その地図には弓月神社跡も入っていることに、武志は気づいていた。

「特に、寝屋川《ねやがわ》町のあたり」教授が、その地図上に指で円を描いた。「この周辺の神社跡か寺跡は、候補として外せない」

教授はさらに寝屋川町の地図を取り出し、大阪府の地図の上に重ねるようにして広げた。

「後継品の比礼が仏教で用いられる幡のような形に変化していたことを考慮すると、寺跡の可能性の方が高いと私は思う。寺跡もこのあたりにはいくつかあるんだが、それで……」

教授の指が、地図の一点を指す。

「太秦廃寺跡《うずまさはいじあと》。ここだ。その名前も、秦氏との関係をうかがわせる」

弓月神社跡でなかったことに少しホッとしながら、武志は三條教授らに続いて大広間へ戻っていった。

「調査に入ることは、すでに役所などに連絡を入れておいた」と、堤課長がみんなに言う。「我々は先遣隊として、明朝出発する。城戸監督からも聞いたと思うが、準備は今日中にしておくように。ここまでで、何か意見のあるものは？」

「はい」ためらわず、武志は手をあげた。「自分は、京都の可能性も排除できないと思っています。木嶋神社ではないかと判断して独自調査を始めておりましたが、先生の説を尊重すると、広隆寺の方かもしれません。もちろん、太秦廃寺跡は外せないと思いますので、調査を二班に分けていただけませんでしょうか？」

武志は弓月神社跡の件は隠したまま、別班を立てることを提案した。

監督は、眉間に皺を寄せて武志を見ていた。

「だが人員は限られているし、時間もない。太秦廃寺跡の調査だけでも手一杯なんだ」

「ちょっと待ちたまえ」監督を制するようにして、バウマンが口をはさむ。「君はどっちの可能性の方が高いと思うのかね。京都の広隆寺か、それとも河内の太秦廃寺跡か」

「自分は、広隆寺と思います」

武志がそう答えると、三條教授は首をかしげていた。

「何だ、いつもの君らしくないな。今回の私の説に、君なら賛成してくれると思っていたんだが……。それとも何か、新しい情報でもつかんできたのかね？」

「いえ、そういうわけじゃ……」

まさか、本当は弓月神社跡へ向かうつもりだとも言えず、武志は目を伏せたまま口ごもっていると、堤課長が彼の前に立って言った。

「俺には分からんが、考古学を学んだ貴様の提案にも、一理あるのかもしれない。また我々の目的は一つなんだから、貴様の意見に賛成する者が多ければ、考慮しないわけにもいかないだろう。ねえ先生」

堤課長が三條教授に目をやると、彼は黙ったままうなずいていた。

それを確認して、課長がみんなに言う。

「念のために聞いてみてやる。別班を立てて、京都も調査した方がいいと思う奴は？」

武志は固唾《かたず》を呑《の》んでサ行分隊の連中を見守っていたが、四人とも下を向いたままで、手をあげる者は誰もいなかった。

「外園、そういうことだ」課長が武志の肩をたたく。「またこの期に及んで、貴様一人に調査機材を割くような真似《まね》もしたくない。全員計画通り、明日から太秦廃寺跡へ行ってもらおう」

そう言うと課長は、その場でサ行分隊に解散を命じた。

参集殿へ戻る途中、佐竹が武志に声をかける。

「すまんな、外園。あの連中ににらまれたら、みんな何も言い出せなくて……」

「いや、仕方ないさ」武志は無理に微笑みを浮かべた。「太秦廃寺跡で、明日から一緒にがんばろう」

仮に弓月神社跡のことを彼らに打ち明けていたとしても、結果は変わらなかったかもしれないと武志は思った。

その後——、帝考協の作業員たちと床についた武志は、便所へ行くふりをして、十日の夜明け前に起き出した。

参集殿を抜け出すときには、もうサ行分隊の連中とも会うことはないと彼は感じていた。そして社務所の裏口にかけてある、「くろがね四起《よんき》」と呼ばれる小型乗用車の鍵《かぎ》を盗み出す。さらに参集殿の玄関前で、スコップなど発掘に必要な道具類のいくつかを、音を出さないように注意しながら手に取り、楼門を出た。

これで自分はもう、立派な脱走犯だと思いながら、武志は大鳥居の先の駐車場をめがけて懸命に走った。

三

国道から山間部へ入り込んだ武志は、そこで車を降りることにした。その先は、徒歩でしか行けそうにない。けれども松枝の地図を見る限り、弓月神社跡の近くまで来ているのは確かなように思えた。

彼は谷間を流れる沢へ下り、用意していた水筒に水を入れておいた。発掘に必要な道具類は、紐《ひも》で縛って担いだり、雑嚢《ざつのう》に入れたりして持っていく。

人通りのまったくない山道を歩き始めた武志は、途中で小さな磨崖仏《まがいぶつ》を見かけ、足を止めた。昔は天災や戦乱に際しても、こうやって祈るしかなかったのではないかと彼は思った。しかし考えてみれば、本質的なところでそれは今も変わっていないのかもしれない。

彼はさらにその先を目指して歩き続け、ようやく地図に示された弓月神社跡に到着する。

藤四郎たちは、まだ着いていないようだ。

見たところ夏草が生い茂っているばかりで、どこに建物があったのかも分からなかった。ここに間違いないのだろうかと思いながらしばらく地図と見比べていた武志は、とにかく鎌《かま》で草を刈るところから始めることにする。

もうじき藤四郎たち四人が来てくれる手筈《てはず》にはなっているが、この分だと発掘に必要な人員は、その数倍でも足りないのではないかと武志は思っていた。よほど的を絞って掘らないと、短期間で瑞宝を見つけるのは難しい。下手をすれば、掘り出すまでに捕まってしまうかもしれないのだ。

しばらくして人の気配を感じた武志は、作業の手を止める。自分が来た山道の方を見ると、藤四郎、眞理依、寛八、そして盗人がやって来るのが見えた。

四人も武志に気づき、大きく手を振っている。

合流してすぐ、藤四郎が大声で言った。

「車が止めてあったんで、すぐ分かったぜ」

「武志はんが先に行ってくれてたんで、ほんまに助かった」と、寛八も微笑んでいる。

「人の通った跡をたどればよかったんやからな」

「結局、夜明け前に一人で脱け出してきたんでみんなより先に着いたんだが、それはまずいな」と武志が言うと、藤四郎は首をひねった。

「何がまずいんだ？　無事に落ち合えたのに」

武志の代わりに、眞理依が藤四郎の疑問に答えていた。

「追手が来るとすれば、それらを手がかりにできるかもしれないでしょ」

「じゃあ、奴らに気づかれる前に見つけてしまわんと」と、寛八がつぶやく。

藤四郎は、武志の腕を軽く小突いていた。

「けどヘタレは、うまくごまかして来たんだろ？」

「ああ、脱走には気づいているに違いないが、瑞宝を探しているとしても京都の広隆寺に向かったと思い込んでいるはずだ」

「それより瑞宝だ」藤四郎は両手を合わせながら、周囲を見回した。「俺たちが来たからには、もう大丈夫だ」

「焼け石に水かもな……」

武志のつぶやきがまるで聞こえなかったかのように、藤四郎がたずねる。

「それで、どこを掘ればいいんだ？」

「それが分かれば、苦労しない。とりあえず、邪魔になりそうな草を刈り始めていたところだが、発掘の基本は、布留《ふる》遺跡のときと同じだ。基準点を設け、五間ほどの間隔で升目を作って、各区に番地をふっていく。区画の境界には、土手を残しておく」

武志は、みんなにも分かるよう説明した。

「そんな呑気《のんき》なことをしていて、間に合うんですか？」と、盗人は聞いた。

「だから焦ってるんだ。ただし何か手がかりが出てくれば、その周辺を集中的に掘る作業に切り替える。最初から思いつきで掘り返すより、かえって効率的なはずだ」

武志の指示に従い、全員で草取りと掘削作業を始めた。

「おい、しっかり掘らんと出るものも出ないぞ。花壇に球根を植えるんじゃないんだから」

そんな具合に、最初みんなに発破をかけていた藤四郎だったが、次第に口数が少なくなっていく。その彼が土を掘り返しながら、また一言つぶやいた。

「何か出てきたと思ったら、石ころばかりだ。俺たち、あの婆さんに一杯食わされたんじゃないのか？　やっぱり瑞宝は、太秦廃寺跡の方だったりしてな……」

拾ったものを遠くへ放《ほう》り投げようとする藤四郎の腕を、武志がつかんだ。もう片方の手でそれをつかみ取り、確かめるようにながめながら言う。

「だからあんたは『藤四郎』なんだ。これは石ころではない」

「何だと？」

「瓦《かわら》の破片と思われるものだ。ほら、裏に縄目がある」

武志は縄の跡が描いている模様を、藤四郎に見せた。

「と、いうことは？」と、藤四郎がたずねる。

「そうだ、このあたりに何か建っていたのは確かだ」

「じゃあ、もっと掘れば……」

「ただし、さらに一尺（約三〇センチ）、あるいは二尺掘らないとたどり着けないかもしれない」

それから彼らは、瓦の破片が見つかったあたりを中心に掘り進めることにした。

しかし出てくるのは同じような破片ばかりで、他にはこれと言って新たな発見はない。

「ここから掘り出すのは、やはり大変みたいやな」

寛八がそうつぶやくと、藤四郎は愚痴をこぼした。

「まったく、掘るときのことを考えて埋めてくれたらいいのに……」

「瑞宝を埋めたのは、弟子たちだ」と、武志が言う。「天才夷子とは違い、弟子たちはむしろ、僕たちに近いはず。考えていたことも、さほど違わないだろう」

「だから、埋めた場所も突きとめられると？」と、寛八がたずねる。

「やってみないと分からんが」

「弟子らが何を考えていたかも分かりまへんで。瑞宝を後継品に継承する際に、破砕行為をやらかしたかもしれんやないですか」

武志は顔をしかめながら答えた。

「それがないことを祈るしかないな……」

立ち小便でもしようと思ったのか、手を休めて周辺をウロウロしていた藤四郎が、「茂みの中に、大きな石が埋まっているみたいだ」と言って戻ってきた。

「何かの目印？」盗人が首をかしげる。「だとしたら、その下に埋まっているとか……」

「いや、見たところただの石にしか見えなかった。ちょっと大きいが」

「けど、そんなところに大きな石が埋まっているのも変じゃないですか？」

「そうだろ？　さっきの瓦みたいなことがあるかもしれんし、一応ヘタレに教えてやった方がいいかと思ってな」

とにかく武志たちは、藤四郎にそこまで連れて行ってもらい、確かめることにした。

「ほぼ自然石と言ってもいいな」石の表面をながめながら、武志はつぶやいた。「ほとんど加工していない」

武志が寛八と顔を見合わせると、彼はうなずいて言った。

「間違いおまへんやろ」

「どうした？」と、たずねる藤四郎に、武志が答えた。

「礎石だ」

「礎石？」

「ああ。建物の土台だ。自然石を使っていたとすれば、かなり以前のものと見ていい」

「じゃあここに、礼拝堂か何かが？」

そう言いながら藤四郎はかがみ込み、石に手をあてた。

「まだ分からんが、しっかりした礎石なので、立派な建物だったことは想像できる。周囲の土砂が流されたりして露出したようだが、他の礎石も探せばあるかもしれない」

彼らは見つかった礎石周辺の草を刈り、さらに土を掘り返して、同じような礎石がないかどうか探し始めた。

すると他にも、二か所からほぼ同様の礎石が見つかった。

「礎石を探すだけで、日が暮れてしまうな」と、藤四郎はため息をもらしていた。

「三つだけではどんな建物跡かは分からんが、通常の礎石配置とはまったく異なることだけは分かる」と、武志が言う。「この三つをどう結んでも、直角を形成しない」

「建物が長方形やなかったからでは？」石をながめながら、寛八がつぶやく。「たとえば、法隆寺《ほうりゅうじ》の八角円堂みたいな」

そうしたやりとりを聞きながら、眞理依はあごに手をあてていた。

「この三か所の礎石から、全体像を推察できると思います」

藤四郎が、顔をしかめて横を向く。

「また奇妙なことを言い出すんじゃないのか？　この娘っ子は」

「でも、夷子が星形を好んで描いていたことを、弟子たちが知っていたとすれば？　実際、二種の比礼を組み合わせれば星形になりましたし、星形ではないとしても、五角形の建物を建てたのでは？」

「だとすれば、そこが礼拝堂か？」と、藤四郎がつぶやく。

眞理依は武志らに木の枝を折ってもらい、それを三つの礎石の縁に一本ずつ立てた。

その場所を元にさらに二本の枝を立て、さほど大きくはない正五角形を木の枝で形作る。

彼女が示した二か所の周辺を掘ると、しばらくして残りの礎石の一部を確認することができた。

さらに眞理依は、五つの角をつなぎ合わせるようにして、木の枝で地面に星形を描いた。

その中央にできた小さな五角形を、眞理依が指さす。

武志は一度唾《つば》を呑み込み、「よし、ここを掘ろう」とみんなに言った。

それからは、礎石が描く正五角形の中央のあたりを、全員で集中的に掘り進めることにする。

しかし何も成果が得られないまま、到着から三日が過ぎていった。口にはしなかったが、ここではなかったのではないかと、武志も思い始めていた。

八月十三日、朝から黙々と掘り進めていた藤四郎は、スコップが石らしきものに当たったことに気づき、手を止めた。

武志と寛八が、すぐにそれを確かめる。

「また礎石かな?」

そうたずねる藤四郎に、武志は首をふった。

「いや、例の礎石群より深いところにある」

みんなでその周囲を、人が入れるほどの広さまで掘り進めていく。

するとそれが、長方形をした石の蓋《ふた》のような物体で、明らかに人の手で加工し、埋められたものだと分かった。

「石棺やろか？」と、寛八がつぶやくと、武志が答えた。

「見たところ、長辺が五尺ほどしかない。石棺にしては小さ過ぎる」

彼らが次にすべきことは、もう決まっていた。

武志、藤四郎、寛八、盗人の男四人が力を合わせ、その蓋を開けてみる。

彼らの期待を裏切るように、中に詰まっていたのは、赤土だった。

「土しかないじゃないか」と、藤四郎がふてくされて言う。

「いや、そんなはずはない」寛八が首をふった。「わざわざ埋めてあったんやから」

「じゃあ……」

藤四郎が、スコップで赤土を掘り返し始める。

「乱暴にするな」武志は彼に注意した。

武志と寛八が移植鏝《ごて》や刷毛《はけ》を使って赤土を払いのけていくと、中から木箱の蓋の、残骸《ざんがい》のようなものが姿を現した。

「大分傷んでいるけど、樟《くすのき》と違うかな」と、寛八が言う。「防虫効果を期待して、古代から使われることがあったらしい」

武志と寛八の二人が代表して、木箱の蓋を取り除いた。

さらにその中に詰め込まれていた土と木炭を、慎重に払いのけていく……。

息をのむように、全員が木箱の中身に注目していた。

武志がまず、口を開く。

「劣化はしているが、破砕はされていないようだ」

「写真を撮っておきたいところやけど……」寛八が舌打ちをした。「カメラもフィルムもあらへんしな」

鏡は大小二枚で、小型の直径は一尺二寸（約三六センチ）、大型は一尺五、六寸ほどもある。

武志は注意しながら、大きい方の鏡を手に取り、みんなにも見せた。

裏面の図柄は小型のものとそっくりで、一対になっている。

「これも幾何学模様だな」と、藤四郎が言う。

「後継品には、くさび形や渦巻きなどの模様がみられたが、同じ幾何学模様でも、それとはまた別な特徴がある。いわゆる『内行花文鏡』と呼んでもいいかもしれない」

「花文……。花なのか？」

藤四郎が、鏡をながめてつぶやく。

「中国では『連弧文鏡』と呼ばれている。内向きの連弧で、太陽の輝きを表していると考えられているんだ」

「偶然でしょうか？」眞理依が鏡を指さした。「連弧文は正五角形の頂点を結ぶ五個一組のものが二重に重ねられ、正十角形を形成しています」

武志は鏡を元に戻し、次に剣をつかみ上げた。

一尺ほどの刃は残っていたが、朽ちてしまったのか、柄《つか》はついていない。後継品が鉄で作られていたこともあって、武志は青銅製であることも予想していたのだが、これもやはり鉄製のようだった。

剣も元へ戻し、玉に目をやる。

丸玉ではなく勾玉《まがたま》状で、緑色と青色が二種ずつある。緑は硬玉翡翠《ひすい》、青は聖石ともされたラピスラズリではないかと武志は想像していた。

「残念ながら、比礼はやはり、劣化が進んでいるようだな。残存してはいるが……」

武志は思わずそうつぶやきながら、比礼に顔を近づけた。

それでも比較的、金糸はよく残っているようだ。撚金糸《よりきんし》といわれるもので、少なくとも石上神宮で見つかった幡の技法よりは古いと思われた。他の布の部分は色褪《いろあ》せていることもあり、断定はできないが、血の痕《あと》のようなものがついているように見えなくもない……。

武志は腰を上げ、みんなに言った。

「剣はともかく、鏡や玉などは、言い伝えられている三種の神器に近い形状と考えられる。威信財としての性格は十分に備えている。十種瑞宝のすべてがここに納められていたとみていいだろう」

眞理依が拍手をすると、みんなもつられたように手をたたいた。

「それで、これからどうする？」と、藤四郎がたずねる。「例の復活の儀式をやるのか？」

「いや、なるべく急いでここを離れよう。帝考協に見つかれば、奪われてしまうからな」

「離れると言っても、どこへ？」腕組みしながら、寛八が言う。「こんなものを持って、大阪へも奈良《なら》へも行けまへんやろ」

「祖母の疎開先は？」

眞理依の提案に、反対する者はいなかった。

それから瑞宝を傷めないよう注意しながら、さらに掘り進めて十種すべてを取り出す作業を始める。

そして寛八が用意した風呂敷《ふろしき》に移し替えようとした矢先だった。

武志はようやく、何者かが近づいてくる気配に気づいた。

ふり返ると穴の外から、堤課長と城戸監督が武志らを見下ろしている。

どこにも逃げ場がない彼らは、その場で立ちすくむしかなかった。

「手伝いに来てやったぞ」

中腰の姿勢で、微笑みを浮かべながら監督が言う。

「どうしてここが……？」

思わず武志はつぶやいた。いくら考えても、弓月神社跡のことは彼らの誰にも話した覚えがなかったのだ。

堤課長が「そいつに教えてもらった」と言って、あごの先を盗人に向けた。

盗人は何も反論せず、気まずそうにただうつむいている。

「そんな、あり得ないだろう」

驚きながら武志が言うと、課長は意外なことを話し始めた。

石上神宮の長生殿でバウマンたちと話し合っていた八月六日、急な来客の知らせで、堤課長が席を外したときがあった。機密保持の名目で、帝考協の関係者への来客はすべて、彼が最初に取り次ぐことになっていたからだ。

そのときの客こそが、武志を訪ねてきた盗人だったというのだ。盗人が寛八の逮捕を知らせに来たとき、武志らと楼門で出合うより前に、石上神宮に着いていたらしい。

「社務所で外園さんを呼んでもらったのに、来たのがこの人で」盗人が、課長を指さす。

「それから無理矢理《むりやり》、駐車場に連れて行かれて……」

「俺が殴って、全部吐かせた」課長は、自分の拳《こぶし》を掲げて言った。「兵役逃れで盗人暮らしをしていることも、碇谷裕次《いかりやゆうじ》という本名も」

「外園さんたちの動きを知らせないと警察に突き出すと脅されて、それで出発前に、電報で……」

「他愛《たわい》もない」

唾を吐きながら、課長がほくそ笑んだ。

「それで俺たちは太秦廃寺跡の方の段取りをつけて、様子を見にきた」

城戸監督がそう言うと、盗人は崩れるように、その場にしゃがみ込む。

そして「僕はくだらない。生きていても仕方ない」と言って、大声で泣き始めた。

監督が、ほぼむき出しになった瑞宝に目をやる。

「まさか、掘り当てたとはな……。探す手間がはぶけた。報奨金については後で相談させていただくとして、さあ、俺にも見せてくれ」

そう言って監督が、片手を前に差し出す。

武志は返事をする代わりに、穴に立てかけてあったスコップをつかみ、監督の脚を振り払った。

彼が横転するのを見ていた藤四郎も、スコップを課長に向けて振り回し始める。

相手が二人なら何とかなると思いながら、武志は穴からはい出した。

藤四郎たちも彼に続く。

武志が監督の体を押さえ込みにかかった次の瞬間、乾いた発砲音が周囲に響いた。

見ると堤課長が拳銃《けんじゅう》を空に一発発射した後、武志らの方を向けて構えている。

勝ち目はないと悟った武志は、眞理依をかばうように立ちながら、両手をあげた。

課長は銃を構えたまま、武志の雑嚢に手を突っ込み、「車は返してもらうぜ」と言って、鍵を取り出す。

監督は脚をさすりながら立ち上がると、腹立ち紛れに武志の顔を一発殴った。

それから彼は、盗人以外の四人の手を縛る。

課長が盗人に小銭を渡し、「約束だ。どこへでも行け」と言うと、盗人は泣きながらその場を走り去っていった。

そして監督が、瑞宝を一つ一つ確かめながら、風呂敷に包んでいく。

課長は銃を突きつけ、歩くよう彼らに命じた。

「心配するな、置いて行ったりしない。何しろ君らには、大事な役目があるからな」

役目が何なのか武志に分かるはずもなかったが、彼らに逆らわず歩き始めることにした。

山道を下っていくと、武志が乗ってきた「くろがね四起」の横に、帝考協のトラックがとまっている。彼らは両手を縛られたまま、そのトラックの荷台に押し込まれた。

四

翌八月十四日、帝考協関西支部が入る四階建てのビルへ連れてこられた四人は、昼前になっても会議室の床に座らされたまま、後ろ手に縛られていた。

堤課長とともに入室してきた野間《のま》支部長が、武志を見下ろしながら声をかける。

「ご苦労さん。おかげで何とか、締め切りに間に合った。早速、本部に伝えたんやが、東京まで運ぶ時間が惜しい、一刻の猶予もあってはならないと言うので、この関西支部に儀式は一任された」

さらに支部長は、同様に縛られている他の三人の方を向いて続けた。

「あんた方も、どこのどなたか存じませんけど、えらいお世話になりました」

「一応、私の方で分かってます」と、堤課長が支部長に説明する。「旧文字屋《くもじや》という古書店を営む天馬《てんま》寛八、森之宮神社《もりのみやじんじゃ》で巫女《みこ》見習いをしている弓月眞理依、それから大陸戦線から除隊後は無職の、煙《けむり》藤四郎こと戸田平太郎《とだへいたろう》」

「ほう」支部長が、藤四郎の眼帯に顔を近づけた。「その目は、大陸で?」

藤四郎は黙ったまま、横を向いている。

「それも調べました」と、課長が藤四郎に代わって答えた。「確かに負傷で除隊したことになっています。しかし実際は……」

課長が藤四郎の眼帯をつかみ、取り外す。

藤四郎は小刻みにまばたきをすると、気まずそうに顔をしかめた。

「何や、見えるんか?」

支部長がつぶやくのをみて、課長が微笑む。

「ええ、軍医を丸め込むなどして、怪我《けが》を偽装して除隊した模様です」

武志も驚きながら、眼帯を外した藤四郎の顔をながめていた。

そのとき、隣の支部長室からワーグナーが聞こえ始める。

「もう分かったやろ」野間支部長が武志に言う。「バウマン氏が来られている。音盤を持参してな。もちろん、儀式には立ち会う」

「また『ニーベルングの指輪』ですか?」と、武志がたずねた。

「残念。わしもさっき教えてもらったところやが、『パルジファル』といって、聖杯と聖《せい》槍伝説《そう》にもとづくワーグナー最後の楽劇らしい。その第三幕の最後を飾る『この上ない救済の奇跡よ！』とかいうくだりで、ワグネリアンだったヒトラー総統にこれからの儀式を捧《ささ》げることとや。式はこの屋上で、準備が整い次第始める」

「戦勝祈願と、ヒトラー総統の復活祈願でしたよね」

ふてくされたようにつぶやく藤四郎を無視して、支部長が武志に言った。

「君にも儀式の段取りなんかを点検してもらえると有り難い」

それが自分の役目なのかと思いながら聞いていたが、武志は返事をしなかった。

しばらくして、隣の部屋から聞こえていたレコードが止まる。

会議室の扉をたたき、城戸監督が支部長らに声をかけた。

武志らは両手を縛られたまま、ビルの階段を上らされた。

屋上の一角には、朱色の毛氈《もうせん》が敷かれ、両脇《りょうわき》に榊《さかき》が置かれた祭壇がすでに設《しつら》えられていた。祭壇には昨日発掘した十種瑞宝だけでなく、彼らの手に渡った後継品も、『神事本紀』の写本も用意されている。

そして神主の正装に着替えた三條教授が粛々と準備を進め、それぞれの大きさに見合った白木の器に、それらを載せていった。

祭壇正面の椅子《いす》には、辛島《からしま》少尉とバウマンが着席している。野間支部長も、その隣に腰かけた。

と報告した。

堤課長が二人に、「損傷の激しかった比礼などは、協会の方で若干修復しております」

バウマンは立ち上がると、武志に歩み寄った。

「君には、私からも礼を言わせてもらう。玉は私の考えとは違っていたようだが、瑞宝のオリジナルであることは間違いないだろう」

「さて、準備が整い次第、儀式を始めてもらおうか」少尉は、武志に目をやった。「何が起きるか、君も見られるところまで見ておくといい」

「ところで前回、霊力が得られなかったのは、瑞宝が後継品だったからだけではないと気づいた」

バウマンがそう言うと、武志は聞き返した。

「どういう意味ですか？」

「それで念のため、人柱も用意することにしたんだ。霊力をより確実にするために……」

「おい」血相を変えながら、藤四郎が大声を出した。「まさか、それが俺たちなのか？」

「そうだ。祓詞の中盤で、貴様らのような非国民には命を捧げてもらう」

少尉がその場で立ち上がり、腰の軍刀を堤課長に手渡す。

その軍刀を目で追いながら、課長の言っていた「大事な役目」というのは、人柱だったのかと武志は思った。彼がすぐさま少尉に訴える。

「僕は瑞宝探しにかかわったんだから、仕方ない。けど、みんなは助けてやっていただけませんか？　寛八さんには、古書店で世間に貢献したいという夢がある。藤四郎は戦線から逃げ出したようだが、それは生きたいからこそなんだ。眞理依さんの人生も、これからなんです。結婚して母にもなって、どうか人生をまっとうできるようにしてやってほしい」

「それは好都合だ」と、バウマンが言う。「生き生きとした人間ほど、生贄《いけにえ》としての価値はあるからね」

「おい、どうなる？」藤四郎が武志に聞いた。「俺たちが死んで、代わりにヒトラーが蘇《よみがえ》るのか？」

「さあ、分からん」そう答えると、武志はもがきながら再びバウマンたちに訴えた。「もう悪あがきはやめて、降伏すべきです。『蘇』の巻の内容を知らないあなた方には分かってもらえないかもしれませんが、『神事本紀』における夷子の復活劇は、宇多による奇術だったんです。霊力じゃない」

「いや、私は瑞宝の霊力を信じる」バウマンが、きっぱりと言う。「私たちだって、霊力で救われたいんだ」

「救われたいのなら、これ以上の戦いはやめるべきだ。あなたは夷子の教えに接して何も感じなかったんですか？　我々は、もっと分かり合えたはずなんです」

「ふん、間抜けた理想論を……」

鼻で笑うバウマンの背後で、三條教授によって祭壇が着々と整えられていく。

それをながめながら、武志はやり場のない無力感をおぼえていた。

そのとき、バウマンに向かって眞理依が言った。

「確かに理想論かもしれません。それでも夷子は、どの宗教にも共通する普遍的なものを訴えていたんだと思います。おそらく異邦人だったと思われる夷子の境遇は、バウマンさんにも通じるはずです。夷子は霊力でなく、生き方で困難から切り抜けようとした。彼にあやかりたいと願うのなら、何故彼のように生きようとしないのですか?」

バウマンは眞理依のあごを指で持ち上げ、にらみつけた。

「おかしなことを言う娘だな。誰も夷子のようには生きられないだろ? そもそも夷子は、その生き方を貫いたが故《ゆえ》に死ぬしかなくなった」

「何もおかしくない」横で聞いていた藤四郎が、口を開く。「俺にだって、この娘《こ》の言うことは分かる。おかしいのは、あんたたちだ」

「もう無駄や」寛八が藤四郎に忠告していた。「どんな真理も、無理解によってたやすく滅ぼされる。そうやって生き残ってきたのが人間なんやから。武志はんもそんなこと、言うてませんでしたか?」

バウマンのしかめっ面に気づいた城戸監督が、用意していた手拭《てぬぐ》いで、寛八の口を縛った。監督はさらに、武志に続いて眞理依の口にも猿ぐつわをかませていく。

その様子をながめていた藤四郎が、話し始めた。

「俺も霊力を信じている。だから喋《しゃべ》れなくなる前に、一言だけ言わせてくれ」

バウマンと少尉が何も答えないのをいいことに、藤四郎が続ける。

「瑞宝がかなえる願い事に余裕があったら、一つ頼みたいことがあるんだ。実は、妹を蘇らせてやりたい。俺の妹は、何も悪いことをしてないのに、生まれてきた喜びを満足に知ることもなく、空襲で死んでしまった。

小さいころにさんざんいじめたから、もし蘇ってくれたら『優しい兄ちゃんでなくて悪かった』と、手を握りしめて謝らせてほしいんだ。妹の辛《つら》さを分かってやれなくて、本当にすまなかった。それでこれからは、思いきり幸せにしてやりたい。

確かに、何の役にも立たない小娘さ。お国のためにもならないだろうが、そう願うのがそんなにいけないことか？　ヒトラー総統がどれだけ影響力のある人間だったとしても、俺は誰より、妹を蘇らせてやりたい。そのためになら、俺の命を捧げてもいい。そう思って、瑞宝を探し続けてきたんだ。だから妹のことも、願い事につけ足してくれ。頼むから……」

城戸監督は無言で、藤四郎の口にも猿ぐつわをした。藤四郎の嗚咽《おえつ》は、その後も漏れ続けていた。

祭壇では、三條教授が瑞宝の真正面までゆっくりと移動している。姿勢を正すと、バウマンや辛島少尉が見守るなか、祓詞を唱え始めた。

「一二三四五六七八九十《ひとふたみよいつむななやここのたり》、布留部由良由良止布留部《ふるべゆらゆらとふるべ》……」さらに教授は、十種瑞宝の個々の名前も唱える。「瀛都鏡《おきつかがみ》、辺都鏡《へつかがみ》、八握剣《やつかのつるぎ》、生玉《いくたま》、死返玉《よみかへしのたま》、足玉《たるたま》、道返玉《みちかへしのたま》、蛇比礼《へみのひれ》、蜂《はち》比礼《のひれ》、品物之比礼《くさぐさのもののひれ》……」

そしてそれら瑞宝を載せた白木の器を手に取り、振り動かしている。教授はその祓詞を、くり返し続けた。

武志は涙をこらえながら、その様子を見ていた。戦勝祈願など、夷子に対しても裏切り行為に他ならないと思えてならなかったのだ。

ふと気がつくと、堤課長が少尉から預かった軍刀を手にして、武志らの前に立っている。いよいよ、生贄として捧げられるらしい。彼らの祈りによって何が起きるのかも、自分たちは見届けることはできないようだ。

課長が軍刀を抜き、武志を見下ろしていたとき——、遠くからサイレンが聞こえ始めた。

五

それが何を知らせるものなのかは、誰もが気づいていた。それでも空襲警報が鳴り響くなか、儀式が続けられる。

サイレンは重なり合い、いたるところから聞こえるようになっていった。

祓詞を一旦《いったん》中断して空を見上げた教授に、辛島少尉が言う。

「かまわん、続けろ。敵機など、瑞宝が払いのけてくれる」

「そうだ、こっちへ来るとは限らない」と、バウマンも大きくうなずいていた。

教授は彼らに命ぜられるまま、儀式を再開する。

やがて押し寄せてきた無数の敵機がまたたく間に南側の空を覆い、爆撃による振動は彼らがいるビルの屋上でも次第に激しさを増していった。地上からの悲鳴さえ、爆撃音がかき消すほどになっていく。

「続けろと言っている」少尉が大声で叫んだ。「今やめるわけにはいかない」

しかし三條教授は、祭壇に敷かれた毛氈の端をつかみ、風呂敷に包み込むようにして瑞宝や『神事本紀』を一まとめにし始めた。

それを見たバウマンと辛島少尉、そして野間支部長が屋上の出入り口へ向かおうとしたため、堤課長が三人の誘導にまわった。

城戸監督と、毛氈の包みをかかえた三條教授もそれに続き、最後に堤課長が出ていく。

拘束されたままの武志ら四人は、屋上に取り残された。

彼らがもがきながら出入り口を目指していたとき、避難したはずの堤課長が、軍刀を抜いたまま戻ってくる。

課長はひざまずくと、武志を見て微笑んだ。

「『神事本紀』、俺も読んだぜ。少尉たちに言わせりゃ、俺も非国民なんだろうな」

大声でそう言うと、課長は自分の胸の前で「十字」を切って見せた。そして少尉から預かったままの軍刀を使い、全員の縄を切りほどいていく。

課長はクリスチャンだったのかと思って武志が彼を見つめている間にも、空襲による爆撃はビルの間近にまで迫っていた。

「この分じゃ、ここもやられる。早く逃げようぜ」と、課長が言う。

武志は眞理依の肩を支えながら、みんなと一緒に出口へ急いだ。

階段にはすでに、土煙が舞っている。

絶え間のない轟音《ごうおん》に耳をふさぎ、かろうじてビルの外まで脱出できたものの、周囲は黒煙にまみれ、騒然としている。

「瑞宝は？」

藤四郎が課長に聞いた。

「この南、陸軍の第四師団司令部庁舎へ持って行こうとしているはずだ」

「じゃあ、俺たちも……」

「しかし敵の狙《ねら》いは今度こそ、同じ方向にある砲兵工廠《こうしょう》だぜ。南へ向かうのは危ない」

「そう言われても……あっ」

藤四郎が指さす先に、朱色の毛氈をかついだ三條教授らしい人影が見えた。バウマンや少尉も一緒のようだ。

追いかけようとする藤四郎の腕を、武志があわててつかむ。

「課長の話が聞こえなかったのか？」

「邪魔するな！」

そう叫ぶ藤四郎と武志がもみ合っているうちに、教授らは瑞宝とともに、火炎と黒煙の先へと消えていった。

「俺は先に行くぜ」と言い捨てて、堤課長が走り出す。

やむなく武志たちも、陸軍の庁舎とは反対側へ避難することにした。

その直後、爆弾の直撃を受けたビルの壁が、激しい揺れとともに崩れ始める。

必死で逃げまどう武志は、思わず神に祈った。それは屋上で生贄にされかけたときとまったく同じ祈りだった。自分はともかく、彼らだけは生き延びさせてやってほしいと――。

次の瞬間、風切り音に気づいて空を見上げた武志は、落下してくる爆弾を目の当《ま》たりにしていた。

「危ない！」

咄嗟《とっさ》に眞理依の体に覆いかぶさりながら、その場に倒れ込んだ。

鈍い振動に揺さぶられ、彼女が叫び声をあげる。

しかし身構えていた衝撃は、武志の想定をはるかに下回っていた。

不発……？

そう思いながら全員の無事を確認した武志は急いで立ち上がり、彼らとともに再び走り出した。

第十章　瑞宝《みずのたから》

一

大空襲が収まった後、武志《たけし》も藤四郎《とうしろう》も、瑞宝《みずのたから》の行き先とみられる陸軍の庁舎へ向かいたかったが、周囲は救護を求める人であふれ返っている。

武志はみんなと一緒に、怪我《けが》人の処置や黒く焼け焦げた遺体を運び出すため、延々と続く焦土で汗を流していた。

その夜、彼らは半焼した寛八《ひろや》の店に集まって、体を休めた。

「神も仏もおらんのか……」

そうつぶやく寛八に、眞理依《まりえ》が声をかけていた。

「あの空襲から助かっただけでも、奇跡じゃないですか」

「案外、瑞宝のおかげかもな」と、藤四郎が言う。

彼はいまだに霊力を信じているようだと、武志は思った。しかしあのとき、自分たちの頭上に落ちてきたのが不発弾だったことを一体どのように解釈すればよいのか、彼は答えられないままでいた。

「俺《おれ》たちは助かったものの、瑞宝を失った」藤四郎が、がっくりと肩を落とす。「『神事本紀《しんじほんぎ》』も……」

「救護活動が一段落したら、探してみよう」

武志はそう言って藤四郎をなぐさめながら、ぼんやりと夜空をながめていた。

終戦は、その翌日のことだった。


さらに数日後、彼らは帝国考古協会《ていこくこうこきょうかい》が入っていたビル跡から陸軍の庁舎方面へ向けて、瑞宝を探し始めた。

「比礼《ひれ》や『神事本紀』は、焼けたかもしれんな。残念やけど」と、前かがみの姿勢のまま寛八がつぶやく。

藤四郎は、少しむきになったように答えた。

「剣や鏡や玉なら……。どこかに埋まっているはずだ」

「そない言うても、この焼け野が原の一体どこを探せばいいのか……」

武志は腰を上げ、みんなに言った。

「瑞宝を持っていた教授らを見失ったのは、確かこのあたりだった。もっと先まで行ったとは思うが」

寛八は、首をかしげていた。

「あの空襲で、庁舎までたどり着けたとはとても思えまへんけど。ひょっとして大川《おおかわ》にでも避難して、瑞宝と一緒に流れてしまったか……」

「それとも俺たちが救護で駆けずり回っている間に、誰《だれ》かが持ち去ってしまったとも考えられるかな」と、藤四郎が言う。

「とにかく証拠品が出てこんことには、私らの話なんか誰も信じてくれまへんで。もっともこの国は、今それどころやありまへんけど」

そのとき、「外園《そとぞの》さん」という声が聞こえ、みんな一斉に声の方を向いた。

彼らの方を目指して、あの盗人《ぬすっと》がかけ寄ってくる。

「お前、どの面下げて……」

藤四郎が盗人の頭を小突くと、彼は地面に頭をこすりつけて謝った。

「迷ったんですけど、どうしても謝りたくて旧文字屋《くもじや》を訪ねたら、焼けてしまってて……。それで余計に心配になって、探してたんです」

「おい盗人。お前のおかげで瑞宝は奪われちまったんだぜ」藤四郎がまた、盗人の頬《ほお》を小突く。「このあたりのどこかにないかと思って、みんなで探してたところだ。なあヘタレ」

「じゃあ、手伝います」

盗人を見ながら、武志が言う。

「戦争は終わったんだ。逃げる必要はないし、もうみんなから『盗人』呼ばわりされなくてもいいだろう。本名は確か、『碇谷裕次《いかりやゆうじ》』君だったかな?」

「いえ、『盗人』でいいです」首をふりながら、彼が答える。「性根はまだ盗人のままですから」

「よく探すんだぞ」藤四郎が、今度は盗人の尻《しり》をたたく。「いろいろあって、瑞宝は赤い毛氈《もうせん》に包まれていた。もっともその毛氈も、焼けてしまっただろうが……」

彼らは瑞宝を探しながら、とうとう陸軍の庁舎前までたどり着いてしまう。

その前庭では、数名が手分けして、軍の機密資料と思われる書類を焼却処分していた。

「さんざん戦争で人をふり回しやがって、終わったらさっさと証拠隠滅でっかいな」

寛八のぼやきを聞いて、武志がうなずいていた。

「瑞宝の調査資料も、あの中にあったかもしれないな」

「証拠を燃やした後は、誰もが『自分は命令されただけ』なんて言うんでしょうな」

その光景をながめながら、藤四郎はため息をもらしていた。

「まったく、煙《けむり》藤四郎はどっちなんだと言いたくなるぜ。もっとも戦争が終わったことだし、俺もそろそろ本名を名乗るとするか」

「そういえば、あんたの本名、戸田平太郎《とだへいたろう》だったよな」と、武志が彼を見て言う。「あんたの名前の方が、よっぽどヘタレっぽいじゃないか……」

彼らはその後も、徐々に旧文字屋へ引き返しながら瑞宝を探し続けたが、十種のうちの一種さえ見つけることができずにいた。

二

半焼した旧文字屋まで戻ってきた彼らは、全員が店先にへたり込む。

「お婆《ばあ》様に何て報告すれば……」と眞理依が言うと、盗人はまたその場に手をついて謝った。

「すみません。僕のせいで、何もかも失わせてしまった」

「まあ私らでなくても、他の誰かが見つけるかもしれまへんし」と、寛八はつぶやいた。

「もっともそれが何なのかを、分かってくれる人が見つけるとは限らんのでしょうけど」

「それで、これからどうなるんだ？」

藤四郎がたずねると、寛八が聞き返した。

「どうなるって、私らのことですか？」

「それもあるが、この国だ。これから一体、どうなっていくんだ？」

口をとがらせた後、寛八が話し始める。

「まあ少なくとも、今までの日本ではなくなっていくんでしょうなあ。心の支えも何もない民族になっていったとしても、おかしくはない」

「おかしくないって、おかしいだろ、そんな民族は。そもそも日本って、何だったんだ?」

寛八は、藤四郎の肩を軽くたたいて続けた。

「まあまあ……っ。それよりまず、食っていかんといけませんがな。国民にとっての一大事は今、とにかく生きることでしかない」

「その生き方も信条も、二の次三の次ということか」藤四郎が舌打ちをする。「どうやらこの国の出直しに、神仏の出番はほとんどないのかもしれんな」

「まあ、これぱかりは瑞宝でもどうにもならんでしょう。これからの日本がどうしようもなくグチャグチャになっていくことだけは、確かやと思います」

盗人が、小さなコンクリートのかけらを放《ほう》り投げて言う。

「この先、生き延びたとしても、僕たちは何を信じて生きたらいいんだ?」

「さあ……。わけも分からず彷徨《さまよ》うしかないのとちゃいますか」

寛八がそうつぶやいた後、しばらく誰も何も言わなくなる。

遠くで鳴くセミの声が聞こえていた。

「そうだろうか……」と、武志がぽつりとつぶやく。「そうでもないんじゃないか?」

藤四郎は、武志に聞いた。

「どういうことだ?」

「何もかも失《な》くしたわけではないということさ。少なくとも僕たちは、夷子《いす》という人物の片鱗《へんりん》に触れ、瑞宝探しでさまざまな経験をしたじゃないか」

「それがどうした？」

つまらなそうに、藤四郎が言う。

「まず、そもそもの疑問なんだが、これが僕にはよく分からなかった。『自分と同じように人を愛せよ』だとか、『神は今、私の目の前にいる』だとか……」

「それは俺もだ」

藤四郎がそう答えると、盗人はうなずいていた。

「僕もです……」

「『人道主義』と言ってしまえばそれまでなんだろうが、夷子の考え方は何とも不合理に思えてならなかった」と、武志が言う。「けど、今回のことで一生懸命になっているうちに、これは夷子が信じていた『輪廻《りんね》』で解けるのではと思えてきたんだ」

「輪廻で？」

意外そうな表情を浮かべながら、藤四郎が聞き返した。

「すべての生命は元々同じもので、それが便宜《べんぎ》的に分かれている。死んでも何者かに生まれ変わって、また生きる――。だとすれば目の前の人と自分は密接につながっているわけで、『蘇』の巻で宇多《うた》が気づいたように、その人の幸せは自分の幸せということにもなる。

哲学者のニーチェに言わせれば、こんな考え方は弱者の強者に対するルサンチマン――怨恨《えんこん》でしかないのかもしれない。けれども『自分とは何か』をめぐる不条理のあれこれは、他人も自分も同じであると考えると、解けてくるんだ。『自分と同じように人を愛せよ』

といった夷子の様々な言動も、原理はこの輪廻思想に集約されると思う」

「輪廻というのも、俺には分からんな」

首をかしげる藤四郎に、眞理依が話しかけた。

「輪廻って化学反応みたいなものだと考えると、ちょっと分かりやすくなるかもしれませんよ。同じ酸素原子が水になったり、二酸化炭素になったり、また有機物になったり……」

藤四郎は、反対側に首をひねっていた。

「いつものことながら、眞理依ちゃんのたとえ話もよく分からん」

笑いながら、武志が話を続ける。

「夷子の教えが一神教だったのも、また人と人はもちろん、人と神すらも分けなかったのも、その原理によるんだと思う。自分と他の生命は元々同じものだと考えていたとすると、一見理解困難な夷子の言動は、辻褄《つじつま》が合ってくる。『自分とは何か』という問いかけも、神よりむしろ、かかわり方次第で目の前にいる人が答えてくれることになるわけだ。

夷子の教えのベースが輪廻思想だとすれば、彼が言う『神』とは、『仏』のことでもあったのかもしれない。実は、目の前の人が神とも解釈できるエピソードは、確か『新約聖書』のマタイによる福音書にもあって、そこは何か輪廻を連想させないでもない。もちろん輪廻は仏教の根本思想であるわけだし、『すべてのものに神が宿る』とする多神教にも通じると考えることもできる。そうした考え方は、神仏が習合していく上でも大いに役立ったのではないかと思われる」

うなずきながら、眞理依が言う。

「それはゼロの発見によって一気に可能性を広げた数学とも通じる発想かもしれませんね」

藤四郎はその意味を聞き返そうとはせず、「眞理依ちゃんがそう言うんなら、きっとそうなんだろうな」と、つぶやいていた。

「しかし夷子は何故《なぜ》、輪廻が信じられたんでしょう?」盗人がみんなに聞いた。「それが本当に、救いにつながったんでしょうか? 神に救いを求めなかったのだとすれば、なおさら不思議に思えます」

「それも当然の疑問だ」と、武志が言う。「夷子じゃないのでうまく説明できないが、多分これは、頭で考えただけでは分からないことだったのではないかと思う。おそらく夷子も最初、答えを、数学や物理法則のようなものだと考えていたのかもしれない。ピタゴラスがそうであったように。けれどもきっと、それではうまくいかなかったんだろう」

「今の僕みたいですね」自嘲《じちょう》気味に、盗人がつぶやく。「それで、どうしろと?」

「これも宇多が『蘇』の巻に記していたみたいだが、信じる信じないではなく、修練を通じて夷子が何かを体感したことは考えられる。さっきも言ったように、僕なんかでもみんなと必死で瑞宝を探しながら、気づけたことがないわけでもない。君だって、少しは分かっているはずだ。懸命に手伝ってくれたとすればな」

顔を伏せて首をふる盗人に、武志が説明を続ける。

「夷子は考えるだけでなく、自分の体を積極的に動かして、答えをつかみ取ろうとしていた。救われたいと思ってじっとしていても救われないことに気づいた彼は、目の前の課題に対して能動的に取り組み始めたんだろう。それも自分のみならず、人のために。それが生きることであり、自分の救いにもつながることを実感してな。

　そもそも夷子は、ただ神仏に祈れと説いていたのではなかった。人はどう生きるべきかを、実践して見せていたんだ。彼が伝えようとしていたのは、人が幸福に至ることができる、そのシンプルな道筋だったんじゃないか？」

「実践……」と、盗人はくり返した。

「そもそも夷子自身が『救』の巻で語っていたのも、このことだったんじゃないか？　考えても分からないことが、実践を積み重ねることで悟りの境地に近づけたと思えるときがあったと……。もっとも偉そうなことを言えるほど、僕もまだ分かっちゃいないんだが。ただそんなふうに実際に行動を起こしていけば、何か見えてくるのかもしれない」

「けど僕は、それで分かった気にはなれそうにありません」盗人は一度、唇をかみしめた。

「それで何もかも解決するほど、世の中単純じゃないと思います」

「確かに分からないことなど、山ほどある。夷子だって、この宇宙の何もかもを理解してはいなかったと思う。だから神を持ち出してきたんだ」

「神を？」盗人は首をかしげた。「どういう意味ですか？」

「おそらく夷子は人間の存在を揺さぶる運命であれ天変地異であれ、分からないことをひっくるめて『神』と呼び、敬意を払った上ですべて神棚に上げてしまったんじゃないか？　ある意味それは、人にとって神という存在の本質かもしれない。それで、とにかく行動を起こす。そもそもたかだか数十年の人生で、宇宙の謎《なぞ》のすべてが分かるわけがないんだ。

　そんなことを考えてじっとしているぐらいなら、問題を一旦《いったん》棚上げにしてしまって、実際に生きた方がよほど解決につながる。この宇宙に謎や疑問がどれほど残されていたとしても、人間のすべきことというのは、さほど変わらないかもしれない。その点でも彼の教えはシンプルで、主に理性について説いていたんだと思う」

「理性、ですか？」

「それが人の幸福につながると確信してな。ただし周囲の人は皆、神を信じている。そのために神を語りながら、自分の考えを伝えようとした」

「でもそれって、宗教なんでしょうか？　自らは神にすがらず、神について深く考えないというのなら、ある意味、宗教の放棄なんじゃないですか？」

「契教《けいきょう》という、いわゆる宗教の形にしていったのは、弟子たちの方だ。夷子自身は宗教家というより、むしろ思想家……、いや、実践哲学者に近かったのかもしれない」

「実践哲学？」と、盗人が聞き返す。

「私見だが、人間にとって理論哲学はいまだに謎でも、実践哲学の方法論ならすでに完成していると言ってもいい。生きることに苦しみがともなうのは、今も昔も変わらない。そこに宗教が必要になってくるんだろうが、夷子は実践哲学を、宗教のように説いたとは考えられないか？　実践する上での大切な規範が、理性だったということだ」

黙り込んでしまった盗人を見ながら、眞理依が言う。

「実践哲学って、何だか量子力学に似ていますよね。何故そうなのかはよく分からないけど、そう考えるとうまくいくという、不思議な考え方なんですけど」

武志は一瞬、どう反応してよいか戸惑いながら、話を続けた。

「要するに、分からないことは棚上げにして、理性に従いながらとにかく生きるのが実践哲学だと僕は思っている。しかし理性的に生きようとすれば、生存競争に勝ち抜けない場合もある。それでも真理に触れて、安らかに死んではいける。そうした思いも『救』の巻の注意書きに込められていたんだろう。夷子の教えは、すぐには理解できないかもしれない。けどまず、体を動かすことから始めてみたらどうだ？」

武志がそう言うと、眞理依が元気よく立ち上がった。

三

「じゃあ、私も早速！」眞理依がみんなに向かって微笑《ほほえ》みかける。「私たち、瑞宝のオリジナルにこだわって探し続けてきましたけど、夷子が武志さんの言うような人だったとすると、後継品にも価値があるって思えてきました」

「どこがだ？」と、藤四郎がたずねる。「そりゃ新しい分、後継品の方が見栄えはしたが、勾玉《まがたま》なんか、ガラス玉だったじゃないか。それにどんな価値があるっていうんだ？」

「眞理依さんの言う通りかも」武志は立ち上がり、彼女の横に立った。「皮肉なことだが、夷子の大切な教えの一つは、むしろ後継品の方に生きていたという見方もできる」

「だから、どうして？」

いら立たしげに、藤四郎が武志に聞いた。

「オリジナルは、神の国からか大陸からかはともかく、完成品を授かっただけなのに対して、後継品はこの国で暮らす人間が、自分たちの手で作り上げたと考えられるからだ」

しばらく一人で考えていた藤四郎は、軽くうなずいた。

「後世の人間が作ったのなら本物の瑞宝じゃないとばかり思っていたが……。なるほどな」

作るには相当な困難があったはずだと、武志は思った。たとえば鏡は鋳金の際、銅にスズや鉛を適度に加え、脆《もろ》くなるのを抑えながら美しい銀白色に加工していた。剣は製鉄技術を研鑽《けんさん》し、強度と精緻《せいち》な細工を兼ね備えた鉄製品に仕上げていた。勾玉にも、当時のガラス製造技術の高さを見ることができる。比礼からは、養蚕や機織りが、国内の技術として定着していった様子がうかがえる。

「元の技術そのものは、帰化人の職人たちが伝えたのかもしれない」と、武志は言う。

「その後自分たちで試行錯誤を続け、後継品には独自の技術も加えられていた。そしてオリジナルと比較しても遜色《そんしょく》のない、独創的な瑞宝を作り上げていったんだ。契教の信者たちも、瑞宝を自分たちで作り直したあたりから、変わり出したと考えることもできる」

「信仰のスタイルが、ですかな?」と寛八がたずねた。

「ああ。救いを待っていても、救われるとは限らない。信者たちは瑞宝を後継品に替えるとき、能動的にものを作るという行為にも意義を見いだすようになっていたのではないだろうか。そしてそのための技術だけでなく、もの作りに取り組む姿勢やそれを継承していく生き方そのものが、宝物と言ってもいいぐらい大切なものだと実感したんだと思う」

「だからこそ、惜しげもなくあっさりと、オリジナルを埋納できたのかもしれまへんな」

寛八の言葉に、武志は大きくうなずいた。

「三種の神器は皇位継承の意味合いがあって、オリジナルが大切にされてきた。一方の十種《とくさの》瑞宝を信者たちが作り替えることで伝えてきたのは、もの作りの技術とともに、『実践』という夷子の教えの核心だったんだと思う。

それはさまざまな製品の国産化に貢献したかもしれない。たとえば剣の場合、やがて刀鍛冶《かたなかじ》に伝わり、独自の日本刀を作る技術に発展していったことは考えられる。武器だけでなく瑞宝の製造技術は、鉄製品や銅製品、ガラス製品、または織物など、生活必需品を供給していく上で広く応用され、さらに改良もされていった。そうした技術や人々の意志はある時期、瑞宝作りにかかわったと考えられる秦《はた》氏のみならず、この国にとっての宝物だったことは言えると思う」

「まさに『温故知新』やな」

そう言いながら立ち上がる寛八を、藤四郎が見上げた。

「オンコチシン？　何だそれは。大河内傳次郎《おおこうちでんじろう》なら知ってるが」

「『古きをたずねて新しきを知る』やないか。瑞宝の製法など、今では過去の技術にすぎないけれども、その精神性からは、今でも得るものはあるんやないかと思ったわけや」

「じゃあ、新しい瑞宝は、自分たちで作ればいいということかしら？」

そう言う眞理依を見て、寛八が微笑む。

「ものを作る技術と、意欲のある人がいれば、この国は蘇《よみがえ》るかもしれん。意識して能動的な姿勢に切り替えることで、すさみ切った今の気持ちも、少しは救われるやろう。これからの日本にとって、その意味は大きいと思う」

藤四郎が、尻の土を払いながらようやく立ち上がった。

「俺も瑞宝の霊力にばかり気を取られていたが、眞理依ちゃんの言う通りかもな。瑞宝が失われたのなら、むしろそれがいいきっかけなんだろう。俺たちが自分の手で、この国の新たな瑞宝を作ればいい」

「そうや」寛八が力強く、藤四郎の肩をたたいた。「わしらなりの瑞宝を作っていこうやないか。戦争で壊されたものを復興していくというのは理不尽ではあるけれども、命と違って作り直せるんやから。瑞宝の原料になりそうなものなら、この日本にいくらでもある。今、わしらの目の前にも……」

瓦礫《がれき》と化した街を見渡していた寛八は、最後までしゃがみ込んでいた盗人の手を引き、立ち上がらせた。

「なあ盗人……いや、碇谷裕次君。いつまでも絶望してないで、わしらと実践しようやないか、この廃墟《はいきょ》から。今の自分をどうにかしたいんやったら、祈ることも考えることも大切やけど、まず行動することや。いくら考えても分からんことでも、一緒に汗を流せば、あんたかて何か得られるかもしれんやろ」

　小さな声で、盗人がたずねた。

「こんな僕でも、できることがあるのか？」

「大ありや。まず手始めに、わしの店を片づけるのを手伝ってくれ」

　横で聞いていた藤四郎が笑っていた。

「大きなことを言っておいて、結局自分の店の手伝いをさせるつもりなのか？」

「当然やがな。店の再建には人手もいる。まず足元をかためて、夢の実現はそれからや」

　寛八は、盗人を見て続けた。「その前に一度、故郷へ帰っといた方がええやろな。いろいろ不義理もあったようやし。それからまた来てくれたらええ」

　盗人は寛八に頭を下げ、「よろしくお願いします」と言っていた。

「そうと決まったら早い方がええ。駅まで送ったるわ。ほなみなさん、お先に失礼」

　寛八は、盗人の手を引いて歩き出した。

武志が盗人に、「これからは本名を名乗って、堂々と生きるんだな」と声をかけると、彼はふり向いて手をふっていた。

寛八と盗人が立ち去った後、武志は藤四郎に向き直った。

「あんたもだ。嘘《うそ》がばれて眼帯も取れたことだし、真っ当な生き方をした方がいい。その方が、亡くなった妹さんの供養にもなるだろう」

藤四郎は苦笑いを浮かべて言った。

「じゃあ俺は、また内山永久寺跡《うちやまえいきゆうじ》の岡田《おかだ》さんのところへ行って、田んぼの草取りでも手伝わせてもらうか。せめて菜穂子《なおこ》ちゃんの父ちゃんや兄ちゃんが、復員してくるまで……。いろいろとありがとうよ。礼を言わせてもらうぜ。また会うときには、俺ももうちょっとましな人間になっているつもりだ。じゃあな、あばよ。武志」

彼は武志の手を握ると、笑顔でその場を去っていった。

後ろ姿を見送っていた武志は、彼が最後に自分を「ヘタレ」ではなく、ちゃんと名前で呼んでくれていたことを少し誇らしく思った。

ふと気がつくと武志は、眞理依と二人で、ぽつんと廃墟に立っていた。

「私は森之宮神社《もりのみやじんじや》へ戻ります」武志の方を向いて、彼女が言う。「いずれ、祖母も母も帰ってくるでしょうし」

「じゃあ、送らせてもらいます……」

武志の申し出を、眞理依は素直に受け入れる。

二人は肩を並べて、ゆっくりと歩き出した。

瓦礫でまっすぐ進めないところは、武志が手を貸してやる。何度かそんなことをくり返しているうちに、眞理依は武志の手を、しっかり握りしめていた。

「これぐらいは、もういいでしょ」と、彼女が微笑む。「時代は変わるんだから」

そのとき武志は、彼女のなかに、自分の拠《よ》り所とするものを見いだしていることに気づき始めていた。そして眞理依もそうであってほしいと願いながら、彼女を見つめる。

廃墟を行く二人に芽生えた感情は、その足元でかすかに姿を見せていた瑞宝の輝きさえ、遠く及ばなかった。

●主な参考資料

・『石上神宮寶物誌《ほうもつし》』石上神宮　編（吉川弘文館）一九八〇年復刊（一九二九年初版発行）
・『先代旧事本紀　訓註《くんちゅう》』大野七三　校訂編集（批評社）二〇〇一年復刊（一九八九年初版発行）
・『日本書紀（四）』坂本太郎、家永三郎、井上光貞、大野晋　校注（岩波書店）一九九五年
・『現代に生きる聖書』曾野綾子　著（日本放送出版協会）二〇〇一年
・週刊朝日百科『日本の国宝　第八号　奈良／石上神宮　天理大学』（朝日新聞社）一九九七年
・『修理完成記念特別展　糸のみほとけ　―国宝綴織當麻曼荼羅《つづれおりたいままんだら》と繡仏《しゅうぶつ》―』奈良国立博物館　編（奈良国立博物館　讀賣テレビ放送　日本経済新聞社）二〇一八年
・『古代神宝の謎』古川順弘　著（二見書房）二〇一八年
・『ヒトラーとロンギヌスの槍』ハワード・A・ビュークナー、ヴィルヘルム・ベルンハルト　著／並木伸一郎　訳（角川春樹事務所）一九九八年
・なにわ塾叢書27『われらが古本大学　大阪・ミナミ・天牛書店』天牛新一郎　講話／大阪府「なにわ塾」編（ブレーンセンター）一九八八年
・『写真で見る　大阪空襲』大阪空襲写真集編集委員会　編（大阪国際平和センター）二〇一一年

本書は書き下ろしです。

Haruki Bunko
ハルキ文庫

き 5-11

戦《せん》禍《か》の神《しん》宝《ぽう》

著者 機《き》本《もと》伸《しん》司《じ》

2019年10月18日第一刷発行

発行者 角川春樹

発行所 株式会社角川春樹事務所
〒102-0074 東京都千代田区九段南2-1-30 イタリア文化会館

電話 03(3263)5247(編集)
03(3263)5881(営業)

印刷・製本 中央精版印刷株式会社

フォーマット・デザイン 芦澤泰偉
表紙イラストレーション 門坂 流

ISBN978-4-7584-4293-0 C0193 ©2019 Shinji Kimoto Printed in Japan
http://www.kadokawaharuki.co.jp/[営業]
fanmail@kadokawaharuki.co.jp[編集] ご意見・ご感想をお寄せください。

機本伸司の本

穂瑞沙羅華の課外活動

シリーズ

- パズルの軌跡
- 究極のドグマ
- 彼女の狂詩曲
- 恋するタイムマシン
- 卒業のカノン

機本伸司の本

傑作ＳＦ

僕たちの終末

人類滅亡の危機に
宇宙船で地球を脱出!?

太陽活動の異常により人類に滅亡の危機が迫る。
待ち受ける難問の数々を乗り越え、
宇宙船を作り上げることはできるのか？
傑作長篇ＳＦ。

ハルキ文庫